U0115225

生命理論
沈從文文論探微

陳慧寧　著

邱　序

一

　　陳慧寧對沈從文（1903～1988）的散文、小說，以及其文論，有深入的研讀和深究，不久前，她完成了一部〈生命理論──沈從文文論探微〉著述，要金榮華教授幫她寫序，由於金教授近來忙於出國，應邀至大陸出席學術研究會；於是將一篇序，推薦我幫他執筆，這份盛情，我難以拒絕，只好接下這份差事，為慧寧的著述，撰寫其書的序，推薦其對沈從文文論的探述，有獨到之處和成就。

二

　　沈從文，本名沈岳煥，是一位鄉土文學小說家和散文家，對特殊地域湘西辰河一帶的人物景物有深刻的描繪，他用淡雅的筆觸，除對生命的熱愛外，又有新鮮的意會。他的散文有〈湘行散記〉、〈湘西〉、〈辰州途中〉等，小說有〈黑鳳集〉，其中收錄七篇作品，長篇小說〈邊城〉，更是沈氏的代表作。今其散文集、小說集，均收錄在太原，北岳文藝出版社出版的《沈從文全集》中。

三

　　陳慧寧對沈從文的文論，是從生命理論的觀點出發，發現沈從文作品中，對生命的意義，在於斯土斯民，有一份無法割捨的愛和美，於是激發出文學其人性的描寫，表揚文學與道德的真實。

　　全書共八章，除緒論、結論外，文章主體共六章，首先介紹沈從文的生平事略，進而探索沈從文的創作理論，由於鄉土作家，種根於

斯土斯民，對湘西一帶的人物、景物，有一份深沈的愛和美，也是生命的泉源，無形中在字裡行間流露出湘西一帶的清新山水，其間的人情冷暖，以及如行雲流水般生命，蘊育其中，使人讀後，也會愛上這一帶生命的暖流，如同跟作者，同遊於湘西辰州等地的感受。

　　文中探析沈從文小說理論與實踐，從小說中人物的刻畫，自然環境的感受，發現生命中愛與美的真實。其實任何文學動人之處，在於「真」，真就是愛的源泉，真與愛往往如同連體嬰，無法分割。

　　其次，文中探析沈從文的新詩理論與實踐，尤其拓展散文詩的新途徑，在新文藝中，有鮮明的一頁，是沈從文在文藝上的特有成就，為一般人鮮所見知的特色。

　　最後，從沈從文的文學批評理論，來確認沈從文對生命的熱愛，激發出文學與人性、文學與道德的關係；同樣地，這些理論根源於儒家文學的載道思想，流變為唐宋古文家的言志文學、載道文學，認為文學是導正社會風氣，發揚人生的價值，促進道德的規範，是人類進化的原動力。

四

　　陳慧寧的沈從文文論探微，是對沈從文的散文、小說、新詩，有深沈的意會和研讀。從此部著作，也可體會陳慧寧具有文學的慧根，如同其名一樣，從寧靜發現智慧的所在，加以平日的努力，完成此部著述，也有清新的面目，如同沈從文的〈湘西行〉等系列的作品一樣，具有清新流利的氣息，深深吸引讀者，久久難忘。

邱燮友

目　次

第一章　緒論

　　沈從文（1902～1988）原名沈岳煥，湖南西部鳳凰縣人。小學畢業後隨本鄉土著部隊到沅水流域各地，開始接觸中外文學作品。其後到北京自學並學習寫作。1930年起在武漢大學、青島大學任教，曾參與多份報紙及文藝雜誌的編輯工作。從二十年代出版第一本創作集《鴨子》開始，到五十年代的一段長時間停筆，文學豐收時間是在1926年到1947年之間，沈從文出版了七十餘種作品或詩文集。

　　三十至四十年代是沈從文文學批評集中發表的時期，正當這時文壇趨於追逐「商品意義」和「低級趣味」的所謂「新海派」創作，他遂嚴詞這種風氣是造成民族失去健康人物與習氣態度的現象，以「妨害新文學健康發展，使文學本身軟弱無力，使社會上一般人對於文學失去它必需的認識，且常歪曲文學的意義，又使若干正擬從事於文學的青年，不知務實努力，以為名士可慕，不努力寫作卻先去做作家，便都是這種海派風氣的作祟。」[1]的言論，重申掃蕩海派的種種壞影響，除作者本身在立較高標準要靠自己的誠實和樸質外，也提醒那些文學編輯應有的道德良知，不要為了讀者的嗜好和海派的惡習影響，而糟蹋了誠實努力的作家。從沈從文對海派文學的態度和立場，確定其在現代文學的「第二個十年」（1928～1937）時期是重要自由主義批評家的地位[2]。

---

[1]　〈論海派〉，《沈從文全集》第17卷，太原：北岳文藝出版社，2002年12月，頁54。

[2]　沈從文這一時期的批評著作《沫沫集》，使之在小說創作外，有不能忽略其為批評家貢獻的身分。看錢理群、溫儒敏、吳福輝著，《中國現代文學三十年》，北京：北京大學出版社，1988年7月，頁207。

　　在沈從文的文學創作中，小說和散文著實取得巨大輝煌的成就，從而掩蓋其文學理論所闡釋的文字。從八十年代起始，沈從文的文學作品一直是學者們作為學術研究的重點，當中所採取的觀點和角度，屢見新穎，使沈從文文學研究的成果達到高峰。由於小說和散文的豐碩收成，使作為文學批評家的沈從文在評論界的角色，相形之下顯得十分寂寞。而沈從文文學創作的獨特風格，「湘西世界」的標誌，「湘西人」的主體敘述，豐富了小說的空間，故事敘述進而充滿「湘西精神」。由於他大量的創作，在三十年代繁盛的作品潮流中，成為京派作家的桂冠。

　　其實，沈從文的批評活動在二十年代中期就開始了。湘西人的直率鹵莽，充斥在他早期的批評文字，如寫於1925年的〈捫虱〉，聲稱要在文壇捉幾隻「虱子」示眾。也許是這股本於湘西的率性自然，以致從他的作品到理論，都貫穿這種湘西所代表的健康、完善的人性[3]。

　　沈從文的文學批評集中在三十年代至四十年代，正當這時期是創作小說的豐盛期，而創作方向也明顯有大的變化。同時，文壇受制於政治，作家的習氣，加上海派的創作態度，令他十分反感，遂發表了一系列文論，掀起「京」「海」文學論爭，在在表明他的文學立場，也旗幟鮮明的鞏固自己的文學理念。但在眾多研究沈從文的專著裡，對沈從文的理論文字只是作為解讀他的小說的理性工具，而對他的文學理論本身，卻缺少探討，這不僅在沈從文學術研究當中造成一定的缺憾，同時也無法把握沈從文作品整體的價值意義。1949年以後，外部環境使沈從文停止了一切創作和文學批評。在嚴酷的政治氛圍下，沈從文迫不得已轉向了文物研究。他的文學批評成了小說、散文

3　沈從文完成的湘西系列，鄉村生命形式的美麗，以及與它的對照物城市生命形式批判性結構的合成，提出了他的人與自然「和諧共存」的，本於自然、回歸自然的哲學。同註2，頁277。

之外，顯得彌足珍貴的材料，其中他為一些集子寫的序跋後記一類文字，更是文評上的珍品。在這一批珍品中，沈從文敏銳的藝術感覺，倔強的個性，對文學理想所抱持的堅定信念，都毫無保留的得到淋漓盡致的發揮。

從概括的意義上說，京派的文學活動因為沈從文的文章而立論彰顯，而沈從文對於「京」、「海」的文學論爭對中國現代流派的新興有特殊意義。早在 1929 年，沈從文就提出「新海派」的名詞[4]，並且作為京派的理論旗手出現，〈論海派〉、〈關於海派〉、〈文學者的態度〉等一系列文章奠定了他的理論家地位[5]。

從根本上說，沈從文在三十年代留下的大批評論文字雖不能使他棲身於理論家行列，但在「京派」團體活動期間，他的價值首先表現在時代精神上，起碼能清晰的為青年樹立教育意義。因此釐清沈從文的文學理論，對於沈從文這一複雜現象卻是相當重要的。基於這種想法，便有寫作此書的動機。

八十年代，研究沈從文的內地學者凌宇的第一篇論文在 1980 年發表，這是一篇研究沈從文創作的文章，他的《從邊城走向世界》，於 1985 年出版[6]，是中國大陸最早以嚴肅的態度，以文學分析來研究沈從文的學者，此書可說是 1949 年以來，也就是有沈從文研究以來第一本重要著作，作者對沈從文的文學思想與小說散文之創作作了剖析與評論，但於沈從文的批評文論卻探討不多。另外，吳立昌於

---

[4]　金介甫認為沈從文含蓄指出「海派」的根源，表明沈從文開始以一個中國文學史學家的角度論這個問題。參看金介甫著，符家欽譯，《鳳凰之子：沈從文傳》，北京：中國友誼出版社公司，1999 年 11 月，頁 297。

[5]　〈論海派〉、〈關於海派〉、〈文學者的態度〉三篇文章，均見《沈從文全集》第 17 卷。

[6]　凌宇著，《從邊城走向世界——對作為文學家的沈從文的研究》，北京：三聯書店出版，1985 年。

1988年撰寫出版《沈從文作品欣賞》[7]，對沈從文的創作作總體性的介紹和評價，還對沈從文小說，如〈柏子〉、〈丈夫〉、〈邊城〉、〈八駿圖〉；散文如〈綠魘〉作細緻的評析，而文論方面的探討從缺。趙學勇於1990年撰寫出版的《沈從文與東西方文化》[8]，從中西文化的撞擊與交會中，深入探尋了沈從文的生命學說的哲學基礎，審美撰擇，集中論述人性、倫理、道德觀念以文化重構的審美追求。王繼志於1992年出版的《沈從文論》，其中三章〈沈從文小說論〉、〈沈從文散文論〉及〈沈從文藝術風格論〉，對沈從文之創作與小說理論作了深入的解剖與詮釋，是從沈從文作品看他的理論論述的重要著述[9]。又韓立群撰寫的《沈從文論：中國現代文化的反思》，於1994年出版，是從文化角度來研究沈從文的作品，他把沈從文置身在中國文化的氛圍中去看他作為中國現代文化反思者的意義與價值[10]。

1986年以來，沈從文研究上的一個新格局，就是更多地從文化學角度研究沈從文的特異性。如沈從文作品所包容的地域文化、民族文化、社會心理、人生觀的哲學基礎、生命學說，人與自然的契合關係等等。而且進一步把沈從文的創作和他所走過的道路與知識份子的命運結合起來思考。

1991年出版的由錢理群、吳福輝、溫儒敏、王超冰主編的《中國現代文學三十年》[11]對於人們只是注意小說家沈從文的獨特創造，因而忽視了批評家沈從文的貢獻，是不予贊同的。認真探討沈從文的批評實踐及其對作家作品的批評，是1993年出版的溫儒敏的《中國

7　吳立昌著，《沈從文作品欣賞》，廣西：廣西教育出版社，1988年。

8　趙學勇著，《沈從文與東西方文化》，蘭州：蘭州大學出版社，1990年。

9　王繼志著，《沈從文論》，江蘇：江蘇教育出版社，1992年。

10　韓立群著，《沈從文論：中國現代文化的反思》，天津：天津人民出版社，1994年。

11　本論文根據的版本是錢理群、溫儒敏、吳福輝同著，《中國現代文學三十年》（修訂本），北京：北京大學出版社，1998年7月。

現代文學批評史》[12]。將沈從文作為一位富有特色的批評家進行專門闡述的另有許道明的《中國現代文學批評史》[13]。

九十年代後學界在沈從文研究的方法上，延續對作家與作品的關係探討，這概括為兩方面，一是以揭示沈從文的獨特性為指歸，以背景探源和思想剖析為主要方向，主要以創作主體研究向縱深推進。二是立足於作品分析，著力於文體探秘，並向作家作品縱橫比較等層面拓展，主要以日臻全面而深入的作品研究，使沈從文的文學成就得到公正的評價，從而確立他在文學史上應有的地位[14]。從一方面的沈從文研究大致情況中，有以沈從文思想的人性內涵與生命信仰為起點，透視其觀念形成因素，概括一些基本觀點：如人生分為生活和生命兩種形式[15]；美在生命[16]；一種愛與美的新的宗教[17]。至於第二方面有傾向以西方哲學的理論和方法，如結構主義、原型批評、比較文學形象學方法、敘事學研究方法和精神分析學說等等，對沈從文及其作品進行新領域多角度的認識鑑賞。

沈從文文學的淵源是複雜的，他對傳統文化的態度和見解散佈於一些序跋、書信和作家的評論文章中。有關沈氏對小說、新詩和散文

---

[12]　溫儒敏，《中國現代文學批評史》，北京：北京大學出版社，1993年。

[13]　許道明，《中國現代文學批評史》，江蘇：江蘇文藝出版社，1995年。

[14]　參看鄧瓊〈90年代沈從文研究綜述〉，《南開學報》，1998年第五期。

[15]　生命形式的動態提升過程，即（1）人的自在生命形式，「人在社會中的義利取捨符合人的自然本性……不為金錢、權勢所左右。」（2）人的自為生命形式，「經理性與意志認識並駕馭人生……使生命從自在上升為自為。」（3）這種自為生命形式，還必須「擴大到個人生活經驗之外」，「粘附到這個民族的向上努力中。」李明劼，〈虹與影：沈從文的生命理想〉，《雲南教育學院學報》，1994年第4期。

[16]　「生命」是一種以審美為核心而又不脫離生理和社會的三維結構體。吳東勝，〈生命即美──試論沈從文的生命學說〉，《南京社會科學學報》，1991年第6期。

[17]　《邊城》、《長河》裡「天下同是一家人」的人際關係，是對老莊、道教等傳統哲學所追求的大同境界的生動闡釋，是使湘西社會獲得寧靜和諧特徵的重要原因。看陳愛國，〈論沈從文的生命觀〉，《吉首大學學報》，1997年第3期。

的理論，文獻資料並不十分充裕顯示各理論之間的協調。綜觀其言論，可說是模稜兩可，言辭前後不一致，思維也欠缺完整、系統，很多時候片面之詞無從構成其立意的準確性，這可能由於他沒有明顯完整的理論架構和自成系統的理論主張有關。

因此，作為作家個案研究的方向，有必要系統性的整理他集子中屬於文學創作理論的文字，多方探索其創作淵源。然而，真要發現和釐清後代作家與前人的聯繫，實在不容易。因為情況太複雜，後代作家欣賞學習對象往往很廣泛。所謂淵源，所謂古今、前後的聯繫和關係，往往並不簡單呈現於作品淺層表面。為了學術上的這點貢獻，本論文只能嘗試從生命形式敘說他接受傳統文化的態度和見解，也只能集中於沈從文獨樹一格的評論文章為探索目標，就是否還原作家本身對理論的實際掌握，提出另一種理解的途徑。

沈從文在三十至四十年代寫下很多評論文字，計有《沫沫集》（1934）、《從文小說習作選》（1936）、《廢郵存底》（1937）、《昆明冬景》（1939）、《雲南看雲集》（1943），當中也發表不少對文學運動的看法和意見，還有一些小說的創作談，都收錄在《序跋集》裡。本論文的研究範圍除了以上所列的文本作為基礎，另外也包括他寫下的具有哲學意味的散文，但同時也不偏廢這期間出版的小說集和傳記雜文等。因為文學理論往往還從作家的創作中體現出來。

闡釋學者伽達默（Hans George Gadamer, 1900～2002）認為，任何理解都是一種歷史現象，既然任何理解和闡釋都必然會帶有某種主觀性，即是說，它不可能是純客觀的、唯一的、絕對正確的，即不同歷史時代的人對事物的理解存在著差異，而且用共時性觀點來看，不同地域、不同環境中的不同個人，對一件事物或一個對象的理解也各不相同。因此，本論文嘗試透過接受美學方法，文藝學角度，檢視沈從文作為接受者，如何處理創作理論中的問題。

　　漢斯・羅伯特・姚斯（Hans Robert Jauss, 1920～）是德國康士坦茨大學教授，是「康士坦茨學派」（接受美學）的創始人與代表。1967年，他以《文學史作為向文學理論》的挑戰一文向當時聯邦德國文藝學界盛行的「本文批評學派」發起攻擊，轟動了學界，標誌著接受美學的興起。

　　姚斯直接受到伽達默哲學解釋學的影響，吸收了形式主義文論的一些觀點，強調文學研究要以讀者為中心，認為作品的意義與價值不是給定的，對它的建立，讀者也是一種能動因素，文學作品的歷史性不能離開接受者的能動參與。他認為，讀者對作品的接受是一個作品代表的傳統，即它的背景與讀者代表的「期待視野」之間的交流。兩個視野之間的距離，姚斯稱為「審美距離」，在此距離的空間中，存在著「審美經驗」。當然，視野交流的最終結果不是分裂，而是「視野融合」，同時產生「審美愉悅」。「歷史」在這種融合下，得以激起與恢復。

　　沃爾夫岡・伊瑟爾（Wolfgang Iser,1926～）是德國康士坦茨大學教授，接受美學代表人物之一。與姚斯比較，他受現象學美學家羅曼・英伽登（Roman Ingarden,1893～1970）影響很大，許多概念都從英伽登那裡借鑒。英伽登認為未經閱讀的作品只是一種「潛在」，即可能的存在，通過閱讀，它才會變為現實的存在。文學作品的這種獨特的存在方式使它包含了大量的「未確定點」（indeterminacies）和「空白」（blanks），有待於人們在閱讀過程中予以填補和消除。

　　伊瑟爾認為文學作品的文本所使用的語言包念了許多「不確定性」與「空白」。這一觀點來自英伽登。「不確定性」和「空白」構成了文學文本的基本結構，這就是文本的「召喚結構」。文學作品的文本由於不確定性和空白的存在，而吸引讀者參與到文本所敘述的事件中去，並為他們提供理解和闡釋自由。

伊瑟爾把閱讀過程作為本文與讀者的一種現象學式的活生生關係來掌握和描述。他認為文學本文並非是固定的、完全的，對於讀者來說，它只提供出一個「圖式化」的框架，這個框架中有「空白」，即本文未寫出但又暗示著的東西。這個有空白的框架，對讀者具有「召喚性」，激發讀者參與完成文本。

接受理論強調文學接受是期待視野與文學文本交融的過程，文學文本要適應讀者的期待視野才產生作品的現實效果。而讀者是使文本成為作品的不可少要素，也是文學作品的最高仲裁者。

在生命哲學的基礎上，人性的表現是沈從文作品中最明顯的核心，而構成這人性的基本要素就是美→愛→神，也是沈從文自我理解人具有的神性就是他堅持表現的人性。這種神性的表達方式在通過創作，寄予作品中的人物精神滲透出來。生命具神性、神性在生命是沈從文創作的不同表述。而他的時評、政論和文評中，有不少人性的闡述，此人性可以透過不同的情感形式表現出來。美學家蘇珊‧朗格認為這種情感是藝術知覺的一個結果，是發現引起它注意的感覺形式「恰當和必要」的個人反應，即有意味的形式[18]。不僅是沈從文藉以宏揚民族品德的重造、提倡文學事業的良好習氣，抑或倡導文學教育的求新求變，都是一種生命的形式[19]。若按照接受美學的理論主張，筆者自我理解這生命的形式是沈從文的生命哲學基礎內涵的美→愛→神所創造出來的情感符號，這裡面充溢著他人性的感覺能力，並且

---

[18] 「恰當和必要」是一種具有哲學意義的性質，是藝術判斷過程的一個理性原則，一個情感，只要體驗到它，就必然在欣賞著藝術。蘇珊‧朗格著，劉大基、傅志強、周發祥譯，《情感與形式》，台灣：商鼎文化出版社，1991 年 10，頁 44。

[19] 蘇珊‧朗格認為某種創造出來的符號（一種藝術品）要想激發人們的美感，它就必須以情感的形式展示出來，也就是說，它必須使自己作為一個生命活動的投影或符號呈現出來，必須使自己成為一種與生命的基本形式相類似的邏輯形式。參看《藝術問題》，北京：中國社會科學出版社，1983 年，頁 43。

人性的直覺觀照構成他生命活動的重要方面。生命是沈從文的文學藝術觀中非常重要的範疇，他由初期開始思索生命具象的形式意義，到1949年將自己陷入抽象思想的迷糊境地，期間生命思維變化開展的脈絡，曾使他孤苦萬分，這在四十年代寫作《綠魘》、《燭虛》、《潛淵》和《長庚》等諸作品中可觀察到這種微妙的心態。因而在沈從文從傳統生命觀的土壤找尋內在契合點時，似乎可以探討當中他對傳統文化接受的情形。

　　沈從文對生命形式的追求是多姿多彩的，他對生命中美和愛的理想是義無反顧的，貫串在他的評論文字背後的意義，更是這種對生命真摯熱切的盼望。雖然他對政治的態度使他受當時堅持文學為政治服務的左翼文學批判。但如以反省歷史的進程和感受時代的變遷的角度去剖析沈從文的評論文字，那就不至於忽略他的文論的重要性，從而確立其在中國現代文學批評史上的歷史地位。

第二章　沈從文的生平

第一節　沈從文的時代背景與文學情境

一　新文化運動的歷史背景

　　1840年鴉片戰爭後，清帝國的大門在長期閉關自守下，被有志者在愛國、救國而向外尋求真理時打開，當時也提出了各種改革方案。1911年辛亥革命推翻了封建帝王，瞬息萬變的政局起著翻天覆地的變化，知識份子要求思想解放、個人解放。但是，革命轉眼間為北洋軍閥袁世凱所篡奪。接連發生的袁世凱復辟和張勳復辟遭遇失敗，中國政局陷入極度混亂，各派軍閥擁兵割據，大小戰爭連綿不斷。北洋政府表面行使虛有中央政府之名，全國實際上處於四分五裂之中。與此同時，思想界卻十分活躍，革命雖連續不斷的失敗，但促使人們對中國問題進行深入思考。各種各樣西方現代思潮，從政治學、社會學、哲學、倫理學、歷史學甚至文學藝術，都被介紹進來，以供選擇和比較。這是一場以反封建內容的規模空前的思想解放運動，極大地促進了中國人民的覺醒。在俄國十月革命的鼓舞、感召下，1919年的五四運動終於爆發。

　　1915年5月，《青年雜誌》在上海創刊（第二卷易名為《新青

年》）[1]，新文化運動即以此為肇始。《新青年》於1917年遷京後，集結了一批推進新文化和新文學運動的先驅人物，並且在1919年藉「五四」運動的大勢，將整個新文化與新文學推向高潮。而沈從文所身處的時代，正是新文化運動企求中國現代化的思想啟蒙運動的時代。至於沈從文文學活動的時代大抵圍繞在現代文學發展的第二期（1927～1937）和第三期（1937～1949）之間。

作為新文學進入發展期的重要標誌，是「五四」後兩個重要文學社團的成立。一是文學研究會，主張文藝為人生；另一是創造社，高舉藝術為藝術的旗幟。

文學研究會並沒有系統的理論主張。它於1921年初發表的《文學研究會宣言》成立宣告：「將文藝當作高興時遊戲或失意時的消遣的時候，現在已經過去了。我們相信文學是一種工作，而且又是於人生很切要的一種工作；治文學的人也當以這事為他終身的事業，正同勞農一樣。」[2]這段話大致代表了文學研究會成員們的共同態度，因而有著「為人生」的文學目的。他們高舉「為人生」的旗幟，是為了反對封建文學，為了堅決反對把文學作為封建名士們得意時表示風流，失意時發牢騷的工具。

創造社初期的文學主張，強調文學必須忠實地表現作者自己「內

---

[1] 這是陳獨秀辦的雜誌《青年》，是他將改造社會的職責寄於青年身上，並在創刊號的文章《敬告青年》中認為要改變人們的思想，有必要先從改變本性「新鮮活潑」的青年人的思想入手。還為不善於、不慣於運用「腦神經」的青年人提供了判斷「孰為新鮮活潑而適於今世之爭存、孰為陳腐朽敗而不容置於腦裡」的六項標準：一、自主的而非奴隸的；二、進步的而非保守的；三、進取的而非退隱的；四、世界的而非鎖國的；五、實利的而非虛文的；六、科學的而非想像的。參看彭明、程歗主編《近代中國的思想歷程》（1840～1949），北京：中國人民大學出版社，1999年3月，頁405。

[2] 轉引自張大明、陳學超、李葆琰著，《中國現代文學思潮史》上冊，北京：北京十月文藝出版社，1995年，頁140。

心的要求」，講求文學的「全」與「美」，推崇文學創作的「直覺」與「靈感」，比較重視文學的美感作用，多帶有明顯的為藝術而藝術的色彩，故被視為「為藝術」的文學流派。他們反對把藝術看作工具，提出文學家要完全超越「勸善戒惡」、「有功於世道人心」的思想。

　　1928年起，新文學進入發展的第二期，這時出現了無產階級文學的倡導運動。無產階級文學亦稱普羅文學（Proletarian）。經過一段時間關於無產階級文學的論爭[3]，促成以建設無產階級文學為主旨的中國左翼作家聯盟（左聯）的成立。在三十年代，左翼文藝運動成了新文學發展的主要推動力。這個時期顯著的特徵有三：其一是「五四」所開啟的有相對思想自由的氛圍消失了，文學主潮隨著整個社會的變革而變得空前的政治化；二是無產階級革命文學運動推進了馬克思主義文藝理論的傳播與初步的運用，並在相當程度上決定著此後二三十年間文壇的面貌；三是在左翼文學興發的同時，自由主義作家的文學及其他多種傾向文學彼此頡頏互競，共同豐富著三十年代的文學創作[4]。

　　1937年，七七事變爆發後，在新的國共合作形成，人民全面抗日戰爭開始的新形勢下，一個文學發展的新階段，也宣告開始。1945年抗戰勝利，接著爆發解放戰爭，到1949年中華人民共和國成立，

---

[3]　左翼作家聯盟與文學論爭發生的事件，諸如民族主義文學事件、「自由人」與作家中「第三種人」事件、關於「大眾語」與「拉丁化」、「兩個口號」的論戰。據李歐梵先生的文章中認為左聯強調思想觀念上的正確，組織上的紀律，但卻不強調文學創作，它試圖獨尊自己的集團而反對持有其他思想信仰的派別。參看《現代性的追求——李歐梵文化評論精選集》，台灣：麥田出版股份公司，1996年9月，頁301。

[4]　參看錢理群等著，《中國現代文學三十年》，北京：北京大學出版社，1998年7月，頁191。

幾乎十二年間的時間，都在大規模戰爭中度過。抗日戰爭聯繫著整個民族和國家的命運，並對第三期中新文學影響特別大。

抗日戰爭開始後，中國的政治地理便分為三個地區，即在中國共產黨領導下的抗日根據地，亦稱解放區；在中國國民黨領導下的國府區；被日本帝國主義佔領的淪陷區。由於三個地區政治背景各異，因而文學發展狀況也很不一樣。淪陷區在侵略者的蹂躪踐踏下，文學在這裡難有發展空間。解放區和國府區文學成了本時期新文學的兩大部分，其發展亦各不相同。解放區文學是在中國共產黨的領導下，於1942年開展了文藝整風運動，毛澤東（1893～1976）的《在延安文藝座談會上的講話》指導思想，作為發展革命文藝的方針，此後便在「文藝為工農兵服務」的基本理論下開始新的發展階段。國府區文學的情況較為複雜，武漢失守後的國民黨政府在抗日態度的變化和對共產黨黨員的壓迫，文藝戰線的形勢也隨著變化。皖南事變後，文藝界階級鬥爭加劇，文學作品中揭露國民黨黑暗統治越來越多，到了解放戰爭時期，更成為新文學創作的主要內容。其實國府區的抗日文藝運動各項工作雖遭受國民黨成立的文化運動委員會所實施的文化專制主義的不斷打擊，但在中共中央的堅持發展方針和經常發表的社論、文章，始終使抗戰文藝運動在十分複雜的環境中，得到健康的發展[5]。

二　革命文學的時代主題

劉勰（465～520）《文心雕龍‧時序》篇中，進一步考察了「時運交移，質文代變」的歷史事實，得出了「文變染乎世情，興廢繫

---

[5]　國府區文學中的國民黨和共產黨的文藝拉鋸戰，可參看黃修己著，《中國現代文學發展史》，香港：中國圖書刊行社，1994年2月，頁437。

乎時序」的結論。「文變染乎世情」有兩方面意思：一是作品反映時代，二是時代影響創作，創作跟著時代變化。現代文學發展的一個重要傳奇色彩，是五四時期文學對自我的發達與其他活動比較，是相當具有「個人主義」及英雄式氣概的，是「個人文義」在時代的烙印。文學作品中的個性傾向，越發表現作家極具個人意義的民族與國家社會的關懷，這確實驗證了「文變染乎世情」的事實。李歐梵認為「五四時期文學對『本我』的專注，就整個中國文化來說，是相當獨特的。簡而言之，這種專注，是出於人類自我（個人主義）的重要性的強烈關切，再加上對現實個人看法所相結合而成的。[6]

　　隨著《新青年》雜誌發表胡適（1891～1962）的《文學改良芻議》[7]和陳獨秀（1879～1942）的《文學革命論》[8]後，文學革命由此展開。陳獨秀提出建立的一種新文學，是對舊文學的徹底否定，他提出建立新的國民文學、寫實文學和社會文學的明確目標，使掃蕩舊文學的氣勢，堅決而勇猛的態度，極大地鼓舞了不滿舊文學而有志於文學革命的知識份子，使文學革命迅速地發展起來。

　　由於陳獨秀並不是作家或研究文學的學者，所以當他舉起了文學革命的旗幟之後，便沒有再接再勵多發表關於文學的言論。而胡適和周作人此時的言論延續了文學革命思想的光芒。胡適認為文學是人類生活狀態的一種記載。依據進化論思想，人類生活當隨時代變遷，

6　參看《現代性的追求——李歐梵文化評論精選集》，台灣：麥田出版股份有限公司，1996年9月，頁92。

7　胡適提出文學改良的八事是：一曰、須言之有物。二曰、不摹仿古人。三曰、須講求文法。四曰、不作無病之呻吟。五曰、務去爛調套語。六曰、不用典。七曰、不講對仗。八曰、不避俗字俗語。

8　陳獨秀提出的三大主義是：曰推倒雕琢的阿諛的貴族文學，建設平易的抒情的國民文學。曰推倒陳腐的鋪張的古典文學，建設新鮮的立誠的寫實文學。曰推倒迂晦的艱澀的山林文學，建設明瞭的通俗的社會文學。

則文學亦應隨之而變遷，故有「一時代有一時代的文學」。[9]周作人（1885～1967）認為文學是由文字和思想而成的，與胡適的偏重形式的革新不同。[10]周作人在《人的文學》一文，較集中地表達了人道主義的文藝思想，認為「用這人道主義為本，對人生諸問題，加以記錄研究的文字，便謂之人的文學。」[11]周作人的主張對新文學創作中個性解放主題的發展有很大影響，他認為人具有靈肉二重的生活，主張靈肉一致的正常的生活，也較集中反映了「人的覺醒」的意識。

魯迅（1881～1936）提出「立人」思想，是要「別立新宗」[12]，為二十世紀的中國創立一個新的價值理想，表現了他對西方文明的一種總體理解與把握，也表明了他對中國國情的深刻理解。在有幾千年封建專制主義傳統的中國，對於人的價值的貶抑、個性的壓抑、思想的束縛，遠比歐洲歷史上封建國家為甚。他所立的人，是一個非常具體的人，真正的人道主義要關懷具體真實的人，強調每一個具體的生命，個體的意義和價值。這是魯迅一個最基本的思想，他要把「人」還原到人的個體生命自身。

而陳獨秀、魯迅、胡適和周作人正是「個人主義」的追求者和實

9　參看〈歷史的文學觀念論〉，載《中國新文學大系·建設理論集》，上海：上海文藝出版社，影印本，2003 年 7 月。

10　胡適認為歷史上的文學革命多從形式上著手，要求文字文體的解放，這可從他的〈文學改良芻議〉、〈論短篇小說〉、〈談新詩〉諸篇文章中表現出來。三篇文章收入俞吾金編選，《疑古與開新──胡適文選》，上海：上海遠東出版社，1995 年 12月，頁 3、14、40。

11　楊揚編，《周作人批評文集》，廣東：珠海出版社，1998 年 10 月，頁 29。

12　錢理群認為中國學術界的缺失是少有獨立、自由創造的思想家，而最有成就的是拿來，是繼承，是整理、重新闡釋東西方傳統的注釋家與翻譯家，與魯迅給知識份子所確立的文化戰略性目標背道而馳，因而要重新確立「別立新宗」的戰略目標，應從培養有獨立、自由的創造精神的「精神界之戰士」開始。參看《話說周氏兄弟──北大演講錄》，濟南：山東畫報出版社，1999 年 9 月，頁 2。

現者。除陳獨秀外，沈從文對魯迅、胡適和周作人所表現的「個人主義」的主張，都由衷的視為追隨目標，並下意識的藉以形成個人的獨具特色的抒情主義。從而有論者認為沈從文的抒情主義來自於擯棄，而非擁抱五四作家對於個人主義的放縱追求；他對那些自命激進的作家看似前衛、實則傳統的浪漫姿態，一向不能苟同。[13]

第二節　沈從文的家庭出身和氣質稟賦

　　沈從文出生於湖南鎮箪（今鳳凰），地處湖南、貴州、四川三省交界處，是苗、侗、土家等少數民族聚居之所。湘西秀麗的自然風光使他富於多彩的幻想，十四歲高小畢業後從軍，隨軍隊輾轉流徙於三省邊境與長達千里的沅水流域，熟諳這一帶人民的愛惡哀樂的鮮明生活樣式和淳樸的鄉俗民風，積累了寶貴的人生經驗，也形成了對民間世俗生活特殊敏感的生活情趣。沈從文步入文壇創作的小說和散文，大量充斥以湘西為敘事背景的特色，形成獨具色彩的民族作家。湘西對於沈從文而言，的確是他培養感情、豐富知識和引發想像的地方，他之所以對湘西人民有著一種濃厚的情結，除因他從這裡出發，對一切民間宗教、婚姻及兩性關係的習俗、神話、民間傳統和民歌中體現的民眾創造力，皆引起他探索的興趣外，最重要的是，湘西文化孕育

---

[13] 王德威以為沈從文的抒情話語的力量就在這一悖反之中，他的抒情風格與田園主題每似以不自覺的姿勢流露在小說中，形成朦朧的表徵，其實是有意為之的效果，用以強化而非鬆動意識形態（對人生悲憫，強者欺弱者的悲憫，充滿了對人的愛和對自然的愛。這種悲憫和愛和一點歡喜讀《舊約》的關聯，「犧牲一己，成全一切」）和修辭上的審美性。王氏更以為沈從文似乎有一種難以自制的衝動，他要將田園主題與現實中的恐怖、悲愴揉為一體，為幻夢在歷史的混沌中保有一席之地，或在死亡與暴力的場景中提煉愛欲的偉力。參看〈批判的抒情〉，《現代中國小說十講》，上海：復旦大學出版社，2003年，頁134。

了他的樸素氣質、熱情真誠的鄉下人性格。

　　沈從文在《從文自傳》中〈我所生長的地方〉對鎮箪（今鳳凰）生發思古之幽情，他細述這個地方的地理位置，描繪鄉鎮的環境面貌和人民的生活作息[14]。沈從文在日後的作品中曾多次緬懷這個地方給予他的無限遐思，很大程度上是故鄉自然環境的優美能將他導向一種以情緒、情感為對象，通過人的情感活動而實現的識記，即「情緒識記」。而這種情緒的識記、保持、復呈，就是「情緒記憶」的活動過程[15]。

　　沈從文的曾祖父沈岐山於清道光三十年（1850）攜家由貴州銅仁下寨遷居於湖南鳳凰黃羅寨，開始了沈氏家族旅居鳳凰的日子。沈岐山長子沈宏富（1837～1868），秉性剛勇，在清政府任命為幫辦團練大臣的曾國藩，於1853年始在其家鄉湖南各地招募鄉勇，創建湘軍之時，投奔乾州參將鄧紹良，曾鎮壓太平軍，也曾圍剿起義回民和苗民。沈宏富與同鄉田興恕升官至貴州提督，但卻因涉嫌反洋教運動而引發田興恕事件，遭清政府監視與猜疑[16]。在得不到信任和感到前途莫測之下，沈宏富毅然請求辭官還鄉，結果病逝故鄉。沈宏富並沒有子嗣，以其弟在鄉下所娶的苗族姑娘生下的第二個兒子沈宗嗣過繼為

---

[14] 《從文自傳》，《沈從文全集》第13冊，太原：北岳文藝出版社，2002年12月。

[15] 魯樞元在〈論文學藝術家的情緒記憶〉中認為「情緒記憶」包含兩方面的含義：一、對於記憶對象的性質而言，它是對於人類生活中關於情感、情緒方面的記憶；二、對於記憶主體的心理活動特徵而言，它是一種憑藉身心感受和心靈體驗的記憶，體現為主體的一種積極能動心理活動過程。參看趙麗宏、陳思和主編，《得意莫忘言》，（《上海文學》50年經典·理論批評），上海：華東師範大學出版社，2003年9月，頁155。

[16] 沈宏富的官運並不十分順暢，清同治元年（1862年），田興恕與法傳教士齟齬，引致貴州人民掀起一場反洋教運動，田因鎮壓法國天主教而被清政府革職查辦，沈富宏自己也被牽涉其中。參看王繼志，《沈從文論》，江蘇：江蘇教育出版社，1992年4月，頁4。

兒子，這就是沈從文的父親。由於沈宏富的將軍身分顯赫，家裡渴望
沈宗嗣能成為將軍自然是名正言順的夢想，他所受的教育也自然得格
外嚴密。沈從文在《從文自傳》之〈我的家庭〉有對父親的描述：

> 就由於存在本地軍人口中那一份光榮，引起了後人對軍人家世
> 的驕傲，我的父親生下地時，祖母所期望的事，是家中再來一
> 個將軍。家中所期望的並不曾失望，自體魄與氣度兩方面說
> 來，我爸爸生來就不缺少一個將軍的風儀。碩大，結實，豪
> 放，爽直，一個將軍所必需的種種本色，爸爸無不兼備，爸爸
> 十歲左右時，家中就為他請了武術教師同老塾師，學習將軍所
> 不可少的技術與學識。……[17]

後來沈宗嗣的確做了軍官，被派去跟隨羅榮光一起駐守大沽口炮
台，在清軍與攻陷炮台的八國聯軍激戰，炮台失守，他逃離天津，返
回故鄉鎮筸。沈宗嗣於民國成立後接受孫中山民主革命思想，有感於
清政府的腐朽無能，成功參與鳳凰縣起義。不過在競選湖南省議會失
敗後，憤而離家出走，並於北京組織革命團體，準備密謀刺殺袁世
凱，結果事敗逃亡。由於沈宗嗣經年不在家，他和黃英（沈從文的母
親）所生的三子二女的撫育重任（沈宗嗣和黃英共育有九個兒女，其
中四個夭折），就落在黃英一人身上。因而，沈從文在處事決斷和個
人氣度上深受母親的影響。〈我的家庭〉有這樣的敘寫：

> 我等兄弟姐妹的初步教育，便全是這個瘦小、機警，富於膽氣
> 與常識的母親擔負的。我的教育得於母親的不少，她告我認
> 字，告我認識藥名，告我決斷；做男子極不可少的決斷。我的

---

[17] 《從文自傳》，《沈從文全集》第13卷。

氣度得於父親影響的較少，得於媽媽的也較多。[18]

沈從文從祖父和父母身上承傳了樸素寬宏、沉著凝鍊的氣質，他的自卑與自負也來自於少數民族長期被歧視的歷史，有著長期的歷史中積澱的沉痛隱憂。他的這種特殊氣質，使他在以後或避重就輕或隨遇而安的度過不少文壇論爭和政治漩渦[19]。向成國認為沈從文與他的祖父、父母相承傳的文化本質有兩點：一、沈從文從這個家庭中繼承了生存自由的精神；二、沈從文從這個家庭中繼承了生存奮鬥的精神[20]。而孩提的頑童生涯到卒伍生活經歷，這對於日後從事文學創作的沈從文而言，卻是人與世界關係中一種特定的聯繫形式中表現出他的性格的過程[21]。凌宇認為「童年的生活與經歷也許種下了沈從文未來發展的種種無形根苗，對於未來的作家沈從文，這童年的經歷帶來了預想不到的結果，便是他對現實生活最初也是最可寶貴的積累。」[22]而這一看法則和心理學家弗洛姆有異曲同工之妙。弗洛姆以為「必須區分個人性格與社會性格、區分另一文化中，這個人的性格與那個人

---

18 同上註。

19 心理學家弗洛姆（Eric Fromm, 1900～1980）認為氣質（temperament）的不同並不具有倫理意義，而性格（character）的差異卻構成了真正的倫理問題。氣質就反應的方式而言，它是本質上的、不可改變的；性格本質上是由人的體驗，尤其是早期生活的體驗所構成的，而且，由於見識和一些新的體驗，在某種程度上它是改變的。參看《為自己的人》，北京：三聯書店出版，1988年11月，頁64。

20 參看《回歸自然與追尋歷史——沈從文與湘西》，湖南：湖南師範大學出版社，1997年7月，頁54。

21 弗洛姆認為在生活過程中，人憑藉：(a)獲得並同化事物；(b)使自己與他人（及自己）有關而使自己與世界發生著聯繫。他把前者稱為同化過程（the process of assimilation），而把後者稱為社會化過程（the process of socialization）。人能夠通過取得或接受外在的來源、或依靠自身的努力生產而獲得事物；為了知識的傳播和物質的佔有，必須與其他人發生聯繫。同註19，頁70。

22 《從邊城走向世界》，北京：三聯書店出版，1985年12月，頁33。

的性格。這些差別部分地是由於撫育孩子成長的父母之間的人格不同，以及孩子成長之特色的社會環境——物質和精神的不同。……個人性格的形成取決於他在氣質和體質方面之生活體驗的影響，這些體驗包括個人體驗和文化體驗。」[23]

　　沈從文一生自命為「鄉下人」。他一再宣稱：「我實在是個鄉下人……鄉下人照例有根深柢固永遠是鄉巴佬的性情，愛憎和哀樂有它獨特的式樣，與城市中人截然不同！他保守，頑固，愛土地，也不缺少機警卻不甚懂詭詐。」[24]這種「鄉下人」的角色認識，大體上是含括弗洛姆所說的氣質和體質方面的個人和文化生活體驗的影響。在某種程度上觸及了作者隱秘的潛意識角落裡鄉下人的自卑情結，但更重要的是使他成為湘西生活自覺的敘述者，另一方面又使他在擠身都市生活時，自覺地以「鄉下人」的目光和評判尺度來看待中國的「常」和「變」。[25]

　　《長河》題記中說：「……用辰河流域一個小小碼頭作背景，就我所熟悉的人事作題材，來寫這個地方一些平凡人物生活上的『常』與『變』，以及兩相乘除中所有的哀樂。」「常」就是「前一代固有的優點，尤其是長輩婦女，祖母或老姑母們勤儉治生忠厚待人處，以及在素樸自然景物下襯托簡單信仰蘊藉了多少抒情詩氣氛。」即是「農村社會所保有那點正值素樸人情美。」「變」就是這些品德「被外來洋布煤油逐漸破壞，年輕人幾乎全不認識，也毫無希望從學習中去

23　參看《為自己的人》，頁72。

24　《從文小說習作選代序》，《沈從文散文》第三集，北京：中國廣播電視出版社出版，1994年2月，頁391。

25　關於「常」與「變」，賀興安認為作為人物活動的背景，作品安置了三大塊：歷史源流、民俗風情和現實變動。沈從文以富於感情的文字，處置這些背景，引發人們的感慨與思考。參看《楚天鳳凰不死鳥——沈從文評論》，四川：成都出版社，1992年，頁119。

認識。」即是「近二十年實際社會培養成功的一種惟實惟利庸俗人生觀。」

第三節　交遊與退出文壇

一　交遊

　　沈從文在文學創作的道路上歷經滄桑，幾經波折起伏。雖然他在尋求知識、實現理想是為著生命的獨立，爭取自己支配自己的權利而付出額外的代價，但他在文壇卻因而結識了不少朋友，這裡略為概述幾位與他有過交遊來往，在處世態度和文學創作有較多影響的作家。

（一）胡也頻（1903～1931）、丁玲（1904～1986）

　　沈從文從1925年和胡也頻、丁玲結識，一起從事文學活動，直到1931年胡也頻被國民黨殺害，到1936年沈從文和丁玲產生思想上芥蒂為止，他們相濡以沫，同甘共苦的友誼，確實是沈從文早期交遊活動一個重要的過程。沈從文這時所寫的傳記式長篇散文《記胡也頻》、《記丁玲》、《記丁玲續集》[26]，足以證明沈從文對二人友情的深厚。陳漱渝在《乾涸的清泉──丁玲與沈從文的分歧所在》文章的一段敘述，概括了沈、丁、胡三人之間友誼的發展過程和沈、丁由結識、互助到淡漠、分歧的經過[27]：

---

[26]　三篇文章見於《沈從文全集》第13卷，太原：北岳文藝出版社，2002年，頁3、49、129。

[27]　報界文化人李輝先生在其再版的傳記《沈從文與丁玲》（初版原名為《恩怨滄桑──沈從文與丁玲》中，詳細記載了兩位作家從交往到交惡的經過史實。作者在

人們常將友誼比喻為生命的泉水，因為它可以潤澤心靈的瘠土，使重馱著悲苦命運的人們變得更為堅實。在沈從文、丁玲、胡也頻早期的文學活動中，就曾經汨汨流淌過這種友誼的清泉。作為「文章知己」蕩舟，頭上是朦朧的月色，耳邊是隱隱的簫鼓聲。他們也曾在上海望平街那搖搖欲墜的樓上合編副刊，同吃辣椒、菠菜，同看最後的清樣。當29歲的胡也頻穿著沈從文的海虎絨袍子慷慨就義之後，丁玲和沈從文之間的友誼受到了一次嚴酷的考驗。應該承認，由於丁玲、胡也頻二十年代後期的逐漸左傾，沈從文跟他們之間精神上的距離也隨之拉大。沈從文愈感到自己那「充滿弱點性格的卑微庸俗」難於跟他們「走同一道路」（《記胡也頻》），但他們三人畢竟像兄弟姐妹般地相處過，彼此都不願意看到舊誼絲縷斷絕。因此，沈從文不僅兩次赴南京營救胡也頻，而且後來又毅然陪伴成為寡婦的丁玲從上海回湖南老家，將烈士的遺孤交外祖母撫養。當他們入洞庭、渡沅水、闖過六次盤查關的時候，他們的友誼也在腥風血雨中得到了淨化與昇華。

對於丁玲得悉胡也頻被殺害消息後的鎮定，使在場的沈從文感到欽佩[28]。早年在湘西軍隊中，他看過多少廝殺和生命的消失，得知朋

新版自序不無感慨的說：「於是，有一天，校勘最終誘發我開始追尋這兩位作家的交往史，試圖借梳理漫長六十年間他們由相識、相助、合作、友好到隔閡、淡漠、矛盾、反目的全過程，描述他們那一代知識份子的苦悶、彷徨、奮鬥、抗爭乃至寂寞、磨難等。」參看〈新版自序〉，武漢：湖北人民出版社，2005年1月，頁1。

28 沈從文在〈記丁玲續集〉一文中記載了丁玲曾說的話：「死去的，倒下死去，躺入混合了泥土和積水的大坑擠在一個地方，腐爛了，也就完事了，找尋它還有什麼用處？我們不必作這種蠢事，費神來料理一個死人。我們應當注意的，是活人如何去好好的活，且預備怎樣同這種人類的愚蠢與殘酷作戰，如何活下去，又如何繼續去死！」看《沈從文全集》第13卷，頁181。

友的死訊，除了悲哀和痛苦外，不會有恐懼。但一個女子表現出如此的鎮靜，他卻不能不對丁玲產生敬意。

對沈從文而言，畢竟盡到一個朋友的義務和責任，但最終沒有改變朋友的悲慘結局。在日以繼夜的奔波勞累，使他表現出做人的基本誠信。在隨後護送丁玲母子回家鄉的行動上，表現出他平和性格中所包含的湘西人的俠義之情。

> 令人遺憾的是，丁玲與沈從文之間的友誼終於在半個世紀之後悲劇性地終結，其公開表現之一是丁玲《也頻與革命》一文的發表。這篇刊登於《詩刊》1980年3月號的文章，將沈從文的《記丁玲》一書稱為一部編得很拙劣「的小說」，並斥責了沈從文「對革命的無知、無情」，乃致「對革命者的歪曲和嘲弄」。沈從文對丁玲的這篇文章的反應，則是在編定十二卷本《沈從文文集》時，斷然抽出了《記丁玲》、《記丁玲續集》兩本書，並在致友人信中表明了自己的觀點和立場。至此，這兩位文學大師的矛盾就完全暴露在熱愛他們作品的讀者面前。[29]

（二）徐志摩（1896～1931）

沈從文在《沈從文自傳》中曾回憶說：「從1925～1926我認識了郁達夫和徐志摩，在寫作上得到了些幫助和鼓勵，生活也有了些變化。」[30]可見沈從文日後踏入文壇時所受到前輩的禮遇是感覺異常幸運的。據凌宇的記載：1928年，當沈從文仍在生活困境裡掙扎時，徐志摩曾寫信給他叫他去北京，而他曾對徐志摩談及想進上海美術專科

29　引自王珞編，《沈從文評說八十年》，北京：中國華僑出版社，2004年，頁304。
30　《沈從文全集》第27卷，頁146。

學校，跟劉海粟學習繪畫的念頭。是徐志摩建議沈從文去教書，並介紹沈從文給胡適認識，且同意聘用沈從文為中國公學講師[31]。而沈從文開始用筆學習時，「年紀最輕，幫助最多，理解特深，應數徐志摩先生。」[32]在1936年的《從文小說習作選》代序，曾坦然承認自己是徐志摩文學工作的傳播者：

> ……尤其是徐志摩先生，沒有他，我這時節也許照《自傳》上說到的那兩條路選了較方便的一條，不過北平市區裡作巡警，就臥在什麼人家的屋簷下，瘓了，僵了，而且早已腐爛了。你們看完了這本書，如果能夠從這些作品裡得到一點力量，或一點喜悅，把書掩上時，盼望對那不幸早死的詩人表示敬意和感謝，從他那兒我接了一個火，你得到的溫暖原是他的。如果覺得完全失望了，也無礙於事，不妨把我放在「作家」以外，給我一個機會，到另外一時，再來注意我的工作。十年日子在人事上不是很短的時期，從人類歷史說來卻太短了。我們從事的工作，原來也可以看得很輕易，以為是製造餑餑食物必需現作現賣的，也可以看得比較嚴重，以為是種樹造林必需相當時間的。我希望我的工作，在歷史上能負一點兒責任，盡時間來陶冶，給他證明什麼應消滅，什麼宜存在。[33]

沈從文在晚年的一篇文章〈回憶徐志摩先生〉中回首往日和徐志摩交往的詳情，內容透露徐志摩對人直率無機心的性格：

> 我算是熟悉志摩先生僅餘的幾個舊人之一，從1925年9月裡，

---

[31]　參看《沈從文傳》，北京：北京十月文藝出版社，1988年，頁251。
[32]　《沈從文全集》第27卷，頁434。
[33]　《沈從文散文》第三集，北京：中國廣播電視出版社，1994年，頁397。

和他第一次見面，就聽到他天真爛漫自得其樂，為我朗誦他在夜裡寫的兩首新詩開始，就同一個多年熟人一樣。第一次見到徐志摩先生，是我讀過他不少散文，覺得給我嶄新深刻動人印象，也正是我自己開始學習用筆時。就不知不覺受到一種鼓舞，以為文章必須這麼寫，不同當時流俗所讚美的〈槳聲燈影裡的秦淮河〉一類作品，才給人眼目一新的印象。……我這麼一個打爛仗出身的人，照例見生人總充滿一種羞澀心情，不大說話。記得一見他，只一開口就說：「你那散文可真好！」他就明白，我是個不講什麼禮貌的鄉下人，容易從不拘常套來解脫一切拘束，其還剛起床不久，穿了件條子花紋的短睡衣，一面收拾床鋪一面談天，他的隨便處，過不久就把我在陌生人前的羞澀解除了。只問問我當前的生活和工作，且就從枕邊取出他晚上寫的兩首詩，有腔有調天真爛漫自得其樂的念起來。因為早知道我在《現代評論》作個小工，專管收發報刊雜事，且和叔華夫婦相熟，經常在陳家作客，且可肯定叔華夫婦一定早已在他面前說了我不少好話。有關他的為人和易親人，不像別的《現代評論》另外幾個教授，即或再熟一些，依舊令人感到拘束。不到一點鐘，就把一小卷似乎用日本紙寫的長信遞給我來欣賞，且一面說這信是封剛從美國寄來的，你讀讀看，內中寫得多真誠坦率又多有情！原來是他的好友林徽因女士來的一個長信。他就為我補充這個朋友的明朗熱情種種稀有的性格，並告我和寫信人的友誼種種。那時他還未曾和陸小曼結婚。對人無機心到使人吃驚程度………[34]

---

[34] 《沈從文全集》第27卷，頁436。

（三）郁達夫（1898～1945）

　　沈從文離開湘西初到北京時，經濟窘迫，生活難以維持，百無奈何之際，懷著一絲希望，寫信向幾位知名作家傾訴自己的處境。時郁達夫正受聘在北京大學擔任統計學講師，沈從文想起了他。郁達夫接到沈從文的來信後，到公寓裡來看望了沈從文。當天外面正紛紛下著大雪。郁達夫推開了沈從文那間狹窄而潮濕小屋的門，屋內沒有火爐。沈從文身穿兩件夾衣，用棉被裹著兩腿，坐在桌前，正用凍得紅腫的手提筆寫作。郁達夫看到沈從文的神色，立即明白了他的處境。郁達夫將脖子上一條淡灰色羊毛圍巾摘下，撢去上面的雪花，披到沈從文身上，然後邀他一道出去，在附近一家小飯館吃了一頓飯。結賬時，共花去一元七毛多錢。郁達夫拿出五塊錢付賬，將找回的三塊多錢全給了沈從文。一回到住處，沈從文不禁伏在桌上哭了起來。而郁達夫從沈從文住處回去的當天晚上，揮筆寫下那篇題為《給一位文學青年的公開狀》[35]的著名文章。在文章裡，他稱讚了沈從文「堅忍不拔的雄心」，也詫異於沈從文的「簡單愚直」。他一時憤慨，給沈從文獻了似是激勵又似嘲諷的上中下三策。郁達夫在文章後面給沈從文獻了擺脫目前困境的上中下三策。上策是到外面找事情做；或者去革命，去製造炸彈。中策是想法弄幾個旅費，返回湖南故土。下策有兩種辦法，一是應募當兵；二是做賊去偷。凌宇認為郁達夫當時並不深知沈從文，只看到沈從文生活上的困頓，卻不明白沈從文是在什麼情形下走出湘西，又是為什麼而自甘如此辛苦[36]。

---

[35]　同註26，頁159。

[36]　參看《沈從文傳》，北京：北京十月文藝出版社，1988年10月，頁196。

（四）巴金（1904～2004）

凌宇在《沈從文傳》裡記載，從1935年9月起，由沈從文和蕭乾署名合編《大公報・文藝》副刊擁有實力雄厚的作家陣容。大部分新進作家的初期之作，就有相當一部分是在這個刊物上發表的。1933年，巴金剛來北平時，住在沈從文家裡，沈從文每天在院子裡的老槐樹下寫作《邊城》，巴金則在客室裡著手中篇小說《雪》的創作。直到沈從文大姐一家來京，家裡無法住下，巴金才遷居北海三座門[37]。巴金正是在沈從文的家中結識了一批稱為「京派」的教授學者，認識了一批嶄露頭角的青年詩人、小說家和劇作家。陳思和在《人格的發展・巴金傳》中說「巴金與京派作家之間的橋樑是沈從文，其實他們倆結成好朋友是很令人奇怪的。這兩人個性、出身、教養、人生態度、文藝觀點都截然不同，沈從文從來也不曾贊同過巴金的信仰。巴金在文藝界選擇朋友很是挑剔，王魯彥、馬宗融早年有過共同信仰，毛一波、索非本來就是同志，胡愈之是因為世界語的關係，其他文壇朋友都是在三十年代以後慢慢交上的，這時期巴金在文學界的好朋友，第一個是繆崇群，第二個是沈從文。繆崇群性格柔和，對巴金懷著崇拜之情，而沈從文才是名副其實的諍友。但是巴金沒有因為沈從文關係再進一步被引進「京派」的圈子，相反，他對這彌滿濃厚貴族氛圍的學術沙龍有一種格格不入的情緒[38]。

沈從文和巴金深厚的友情關係，在《從文散文選》題記中有細節

---

[37] 同上書，頁304。

[38] 陳思和曾研究巴金在文壇的生活圈子、活動方式及心理狀況的變化，他認為巴金對自己一天天陷入文學圈內卻又不甘心如此下去的恐懼，唯恐信仰會遠他而去。這種不安的狀態本身就是危機的表現。有關巴金和京派文人間的矛盾衝突的經過，參看《人格的發展・巴金傳》，上海：上海人民出版社，1992年6月，頁158。

記述。沈從文在1980年為了應出版公司編選選集時，由於自己的著作因歷經二十年社會動盪，全部已散失，除了靠在香港的陌生朋友贈送外，幸而巴金保存一堆沒收十年失而復得的文件、紙堆中，清理出一束沈從文三十年前托他保存的舊稿。事情表面上無疑是巴金對沈從文的幫助很大，其實早在三十年代二人交往後，沈從文已表現出對巴金絕對的信任了[39]。

（五）胡適（1891～1962）

1922年，沈從文離開湘西，獨自來到北京。由於只得高小文化程度，因而被北京大學拒之門外。後來住在北大紅樓附近的漢園公寓，得以在北大當旁聽生。也先後認識胡適、郁達夫、徐志摩等人，受到他們的鼓勵與支持。他的初期作品在《晨報副刊》、《現代評論》和《小說月報》等報刊上發表。1929年受胡適聘請在上海吳淞中國公學任講師。

胡適可說在沈從文和張兆和的戀愛生涯開始前當了一個重要的角色。當時，沈從文正在追求長於演話劇、精於體育的校花張兆和，但張兆和卻頗為抗拒和惱怒沈從文每天寫給她的情書[40]。她將收集到一大包情書，交去身為校長的胡適面前，聲稱要求胡適出面制止，否則就要轉學。胡適不但沒有勸阻沈從文的行為，反而樂於成人之美，勸說張兆和嫁給她。此後，沈從文離開公學，先後到武漢大學、青島大學執教。他依然一如既往，耐心和期待的追求張兆和。1933年，二人終結為伉儷。

---

[39] 〈《從文散文選》題記〉，《沈從文全集》第16卷，頁381。

[40] 張兆和是沈從文在中國公學的學生，身邊有不少追求者。沈從文為了追求張兆和，有時一天寫兩三封信，可見他的痴情。見《從文家書──從文兆和書信選》，上海：上海遠東出版社，2000年。

　　另外，胡適時為文學革命的關鍵人物，沈從文自然對他有著文化界領袖的一種期許。1934年與1936年，沈從文曾兩次致信胡適，請求胡適向中基會提議，為無名文學作家設立獎金與提供支持。信中說：

> 先生為新文學運動提倡者，一定明白自從五四以來中國社會組織、政治組織與青年思想三方面的變遷，受新文學影響到何動程度，也一定明白這個東西將來還可以如何影響到這個民族的前途。
>
> 使中國產生一個新的文化，或再造一個新的國家，單是十個大學院的科學研究生與廿個中國上古史的研究者，以及幾十本翻譯名著還不夠用。在造就科學家以前，還必須如何造就國民對於科學尊重的觀念，以及國民堅實結實的性格。且必需了解目前中國新文學的發展，在一個民族趨向健康的努力上，它負了多少責任，且能夠盡多少責任。[41]
>
> 您不能給他們年青作家設設法，我覺不大公平。對他們太疏忽，所謂新文學革命實近於有頭無尾。[42]

　　對於胡適的信任與支持可謂溢於言表。其實，在胡適周圍的年輕一代作家裡，已經認同與契合一種獨立、自由的思想精神。而沈從文所惹起的兩次筆戰：反「海派」與反「差不多」，更是這種獨立思想的崇揚[43]。

---

[41] 〈致胡適〉，《沈從文全集》第18卷，頁207。

[42] 同上書，頁224。

[43] 胡適與周作人的區別是胡適持守自由主義的立場，積極地表達自己的思想，並企圖以文化思想層面的活動介入與干預社會現實。周作人更多地表揚一種高蹈超脫、退守全身的韜晦傾向。而後輩一代作家欣賞周作人的毋寧是超然閒散的文學趣味與生活態度，以及「平淡」的文風，是一種文學藝術創作上的意境。這也是後輩作家近

（六）朱光潛（1897～1986）

1933年，朱光潛在北平地安門內慈慧殿三號舉行的「讀詩會」[44]，這是「京派」方式的第二個文藝沙龍。[45]沈從文曾經提供過一份參加者名單：

> 這個集會在北平後門慈慧殿三號朱光潛先生家中按時舉行，參加的人實在不少。北大有梁宗岱、馮至、孫大雨、羅念生、周作人、葉公超、廢名、卞之琳、何其芳諸先生，清華有朱自清、俞平伯、王了一、李健吾、林庚、曹葆華諸先生，此外尚有林徽因女士、周煦良先生等等。[46]

沈從文在四十年代的回憶中道：

> 然而在北方，在所謂死沉沉的大城裡，卻慢慢生長了一群有實力有生氣的作家。曹禺、蘆焚、卞之琳、蕭乾、林徽因、何其芳、李廣田……是這個時期中陸續為人所熟習的，而熟習的不僅是姓名，卻熟悉他們用謙虛態度產生的優秀作品！……提及

於胡適而遠於周作人的地方。參看黃鍵著，《京派文學批評》，上海：上海三聯書店，2002年，頁10。

[44] 「讀詩會」的情形，據沈從文的回憶中說：「這些人或曾在讀詩會上作過有關於詩的談話，或者曾把新詩，舊詩，外國詩，當眾誦過，讀過，說過，哼過。大家興致所集中的一件事，就是新詩在誦讀上，有多少成功可能？新詩在誦讀上已經得到多少成功？新詩究竟能否誦讀？差不多集所有北方系新詩作者和關心者於一處，這個集會可以說是極難得的。見〈談朗誦詩〉，《沈從文全集》第17卷，頁238。

[45] 京派的第一個文藝沙龍是梁思成夫人林徽因在北平東總布胡同的「太太的客廳」文人聚會。參見高恒文，《京派文人：學院派的風采》，上海：上海教育出版社，2002年，頁54。

[46] 〈談朗誦詩〉，《沈從文全集》第17卷，頁247。

這個扶育工作時,《大公報》對文藝副刊的理想,朱光潛、聞
一多、鄭振鐸、葉公超、朱自清諸先生主持大學文學系的態
度,巴金、章靳以主持大型刊物的態度,共同作成的貢獻是不
可忘的。[47]

楊義認為沈從文發表的言論證明他重視的兩條原則:(一)報刊
的理想和態度,包括《大公報‧文藝副刊》,以及《駱駝草》、《學文
月刊》、《水星》和朱光潛主編的《文學雜誌》。(二)大學的風氣。
這些人多是清華大學、北京大學、燕京大學中文系、外文系或哲學系
的師生[48]。

朱光潛和沈從文過從甚密而結成朋友,除一同編輯文藝刊物以集
結文藝愛好者,也在於有著培育青年朋友的共同目標。朱光潛在〈沈
從文的人格和風格〉一文曾敘述和沈從文的關係:

> 在1949年前十幾年中我和從文過從頗密,有一段時期我們同
> 住一個宿舍,朝夕生活在一起。他編《大公報‧文藝副刊》,
> 我編商務印書館的《文學雜誌》,把北京的一些文糾集在一
> 起,佔據了這兩個文藝陣地,因此博得了所謂「京派文人」的
> 稱呼。[49]

沈從文接編《大公報‧文藝副刊》,把「京派」文人集合在一
起,因而結識了一群文人教授。在1933年底由沈從文引起而在1934
年初愈演愈烈的「京派」與「海派」論戰中,連魯迅也忍不住撰文聲
明「京派」的立場。1933年,沈從文、楊振聲、聞一多等人從青島

---

[47] 〈從現實學習〉,《沈從文全集》第13卷,頁385。

[48] 參看楊義著,《京派海派綜論》,北京:中國社會科學出版社,2003年,頁28。

[49] 台灣《聯合文學》(沈從文專號),民國76年1月第27期。

回到北平，從而結束了二十年代後期北平文人南下的歷史；朱光潛、梁宗岱、李健吾等人也是在這一年前後從國外留學歸來，聚集到北平；而卞之琳、李廣田、何其芳、常風、林庚等人也是這一年前後從大學畢業，投身於文壇，成為「京派」年輕一代作家。在這個時期裡，沈從文身為「京派」的旗手與各方面原來自成圈子的團體逐漸走在一起[50]，大家彼此惺惺相惜，互相勉勵、賞識，改變了北平文壇的文學結構和文人組織、團體的格局。沈從文在這一群人中所接受的大部分在文學藝術創作方面是自成一家的，如周作人、郁達夫、徐志摩、馮文炳等，他曾撰文表示學習對方的優點，讚賞對方的文采風格，這些直覺感悟式的批評，確實有真知灼見的理解，更能看出他客觀品評的特色。

（七）周作人（1885～1967）

　　沈從文對於周作人同時集學者、作家一體的知識份子表現出一種過分的崇拜，在這個京派精神領袖的身上，沈從文主觀的偏袒著周作人當時的生活和行為（時周作人已集中書寫草木蟲魚一類的文章），這首先為巴金在《文學季刊》雜誌上發表短篇小說《沉落》，批評周作人開始，沈從文接著在《文學季刊》上發表通信（給某作家），內容認為巴金火氣太大，「過分偏持，不能容物」，因而與巴金通過幾封長信進行辯論，並把信公開發表。據巴金在《懷念從文》一文中回憶：

---

[50] 「京派」是由四個方面的成員組成的一個文學隊伍。一是從《語絲》分化出來的《駱駝草》成員；二是從《新月》（《現代評論》的後身分化而來的《學文》成員；三是朱光潛、梁宗岱、李健吾等三十年代初從國外留學歸來的學者；四是三十年代從北大、清華、燕京等大學畢業的李廣田、卞之琳、何其芳、常風、蕭乾、林庚等年輕作家。參看高恒文，《京派文人：學院派的風采》，上海：上海教育出版社，2000年，頁4。

1934 年我從北平回上海，小住一個時期，動身去日本前為
《文學》雜誌寫了一個短篇《沈落》……從文讀了《沈落》非
常生氣，寫信質問我：「寫文章難道是為著洩氣？」我也動了
感情，馬上寫了回答。我承認「我寫文章沒有一次不是為著
洩氣」。他為什麼這樣生氣？因為我批評周作人一類的知識份
子。周作人當時是《文藝》副刊的一位主要撰稿人，從文常常
用尊敬的口氣談起他。其實我也崇拜過這個人，我至今還喜歡
他的一部分文章，從前他思想開明，對我國新文學的發展有過
大的貢獻。可是當時我批判的、我擔心的並不是他的著作，而
是他的生活，他的行為。從文認為我不理解周，我看倒是從文
不理解他。[51]

其實，當時周作人為文追求平淡自然的境地，而他也曾說過很反對為
道德的文學，自覺自己總做不出一篇為文章的文章，並稱聲不必管其
他，只要「從吾所好」，這可能也是沈從文心境的投影，所以竭立偏
袒周作人。

二　退出文壇

　　沈從文在整個四十年代，比以往任何時候更加敏感到個人和時代
之間的密切而又緊張的關係，也比以往任何時候更加深刻地體會到
精神上的極大困惑和苦惱。這可從《湘西》和《長河》[52]兩部作品中

---

[51] 參看巴金《懷念從文》，載王珞編，《沈從文評說八十年》，北京：中國華僑出版
　　社，2004 年，頁 17。此事另載張菊香、張鐵榮編，《周作人年譜》，天津：天津人
　　民出版社，1999 年，頁 476。

[52] 《長河》故事是以戰前辰河呂家坪作為背景，但其出版頗費周折，書稿被扣，後又
　　被刪改，到 1945 年第一卷出版時，只剩不到十一萬字。這從作者寫給他的兄弟的

的「問題」意識，如何從鄉下人的尺度看現代文明侵蝕湘西社會時
的「常」與「變」，在在洩露出強烈的危機感和日益加深的焦慮[53]。思
想上的危機和焦慮，嚴格自我苛求驅使他尋求新的創作方法和風格。
《看虹錄》便是他創作追求的新實踐。創作於 1941 年的《看虹錄》，
經過重寫後發表於 1943 年 7 月桂林《新文學》雜誌的創刊號，1945
年收入沈從文小說集《看虹摘星錄》。小說與他在這一段創作時期的
心態相聯繫，最終導致他從文壇上退了下來。

　　1938 至 1946 年沈從文隨西南聯大南遷雲南，在昆明郊區的呈貢
縣生活了八年。1946 年底回北平後，他在一篇回顧性長文《從現實
學習》中將這八年稱為自己人生經歷的「第四段」，「相當長，相當
寂寞，相當苦辛」。最初在南方逃亡的一、二年，沈從文經歷了兩年
短暫的創作停頓，在〈沉默〉這篇文章中他解釋說：「我不寫作，
卻在思索寫作對於我們生命的意義。」[54]到昆明後，他除了寫作《長
河》、《湘西》寫實性作品外，極大部分精力都花在思考、創作《看
虹錄》一類作品上。1940 至 1943 年他創作了散文集《燭虛》、自傳性
長篇散文《水雲——我怎麼創造故事，故事怎麼創造我》以及小說集

信中看到這種端倪。1942 年作者在一封〈致沈雲麓——給雲麓大哥〉信中曾預言
自己在政治方面因極討厭那些吃官飯的文化人，不願意與他們同流合污混成一氣，
所以不可免要事事受他們壓抑，書要受審查刪節，書出版後說不定尚要受不公正批
評。結果不出他意料之外，在 1943 年〈致沈荃——給三弟〉一信裡，訴說《長河》
被假借名義扣送重慶，重慶官方審查時刪掉五十萬字，發到桂林時，又被刪去數千
字。見《沈從文全集》第 18 卷，頁 407、423。

53　糾結在這兩部作品中的「問題」意識，一方面是對湘西特殊的歷史、現實和將來命
運的憂心關注和悲觀的預感，另一方面，所有的關注和預感都關涉著現代中國的當
下實況和來路去向。後一方面的普遍情境自然不可能包含和消融前一方面的特殊存
在，但湘西也絕不是孤立封閉的社會區域。參看《20 世紀上半期中國文學的現代
意識》，北京：三聯書店，2001 年，頁 226。

54　〈沉默〉，《沈從文全集》第 14 卷，頁 104。

《看虹摘星錄》，這一段側重的是生命本體的理解感悟和個體體驗。
1943至1946年主要寫了散文集《七色魘》，側重文化批判和社會思
考。1946年沈從文發表小說《虹橋》，似乎得出一個總結性的命題：
「真正的美只能產生宗教而不能產生藝術」、「文學中有朗誦詩，藝術
中有諷刺畫，就能夠填補生命的空虛而有餘，再不期待別的什麼。」[55]
此後基本上中斷了這類創作。誠然，沈從文對生命空間的填補，有意
通過這些作品確立一種具有詩人氣質的思想體系，在世界本體（生命
本體）、審美本體、對社會文化批判等方面都力圖作出獨特的具有感
性體驗的表敘。同時為了尋求合適的表達方式，他進行了多種文本實
驗[56]，此一方向的生命探索和文學實驗性作品構成了他四十年代創作
的主體。

　　沈從文對個人的主體經驗的強調與當時一切文藝為抗戰服務的
基調自然是大相逕庭，因而，《看虹錄》被視為「　廢」、「墮落」和
「追求肉欲的色情文學」。或者當時「所有論者都只關心如何討伐文
藝與政治上的異己者，卻沒有一位願意考慮作家可能作的藝術上的
探討，這也許是很可悲的事實，而沈從文所熱衷的『實驗小說』，至
少在1948年前後的中國文壇，還是一種不合時宜的奢侈──甚至危
險。」[57]

　　1948年底，郭沫若（1892～1978）加置的「挑紅色的反動文
藝」[58]的罪名，成為沈從文最終不得不退出文壇的嚴重一擊。同年12
月7日，沈從文在給一名叫吉六的青年的信中寫道「擱筆」：

55 〈虹橋〉，《沈從文全集》第10卷，頁384。

56 賀桂梅，〈沈從文《看虹錄》研讀〉，《中國現代文學研究叢刊》1997年2輯。

57 錢理群撰，《百年中國文學總系──1948：天地玄黃》，山東：山東教育出版社，
　　1998年，頁252。

58 〈斥反動文藝〉，原載《大眾文藝叢刊》（1948年3月，第一輯），後收入《沈從文
　　研究資料》，廣東：花城出版社，1991年，頁206。

大局玄黃未定，一切終得變。從大處看發展，中國行將進了一個嶄新時代，則無可懷疑。……人近中年，情緒凝固，又或因性情內向，缺少社交適應能力，用筆方式，二十年三十年統統由一個「思」字出發，此時卻必須用「信」字起步，或不容易扭轉，過不多久，即未被迫擱筆，亦終得把筆擱下。這是我們一代若干人必然結果。[59]

　　1949年1月起，沈從文陷入精神失常以至瘋狂。左翼文化人的激烈批判確實使沈從文心懷憂懼，這種日益強大的政治力量的威脅是導致沈從文「瘋狂」的直接因素，以致出現精神危機。《從文家書》中《囈語狂言》部分，記錄了沈從文「生病」過程所留下的一些文字材料，驗證他當時精神的起伏[60]。其中，一篇〈五月卅下十點北平宿舍〉手記富有象徵意味地記錄了知識份子在一個轉型的時代裡呈現出的另一種精神狀態[61]。沈從文一度精神瀕臨崩潰，企圖自殺獲救後，離開北京大學轉入中國歷史博物館工作，從此退離文壇。[62]

59　〈致吉六——給一個寫文章的青年〉，《沈從文全集》第18卷，頁519。

60　沈從文、張兆和著，《從文家書——從文兆和書信選》，上海：上海遠東出版社，1999年，頁147。

61　陳思和認為沈從文這篇低調的新「狂人手記」對五十年代以後的文學史同樣有著重要的意義。儘管這篇作品當時不可能發表也不可能流傳，但從文學史的眼光來考察，應該是被剝奪了寫作權利的知識份子留下沒有公開發表的私人性文字，是一股潛在寫作之流的濫觴。參看《中國當代文學史教程》，上海：復旦大學出版社，1999年，頁28。

62　張新穎認為沈從文選擇了歷史博物館和古代文物與藝術研究，是在一切皆「動」的時代中，「靜」的生命形態需要一個現實的庇護形式。參看《火焰的心臟》，石家莊：花山文藝出版社，2002年，頁64。

第三章　沈從文的創作理論

第一節　「美」和「愛」——一種審美理想

　　要想對於一種理論以及與這一理論有關的所有概念作出可靠的
解釋，必須先從解決一個中心問題著手。[1]（蘇珊・朗格）

　　沈從文的有關文學理論的文字中，並沒有一個清晰的概念，如果
要歸納起來以為解釋他的審美選擇，可以「美→愛→神」作為他創作
中心理念的基礎，藉此去看他的作品，則會發現沈從文的所有作品無
非是宣揚一種「美」和「愛」的新宗教情緒[2]。

　　接受美學家姚斯（Hans Robert Jauss, 1921～　）在〈文學史作為
向文學科學的挑戰〉中提出以接受美學為基礎建立一種轉向讀者的文
學史的構想[3]。如果以接受美學的方法處理沈從文從傳統文化中接受的
「美」和「愛」的觀念，無疑能更全面更深刻地去認識作家，同時也
反映了沈從文所處時代的審美情緒，鑒賞能力，期待視野[4]，社會思潮

1　《藝術問題》，北京：中國社會科學出版社，1983年。

2　〈美與愛〉，《沈從文全集》第17卷，太原：北岳文藝出版社，2002年，頁362。

3　H.R.姚斯、R.C.霍拉勃著；周寧、金元浦譯，《接受美學與接受理論》，沈陽：遼
　　寧人民出版社，1987年，頁3。英文版見 Hans Robert Jauss, *Toward an Aesthetic of
　　Reception*, trans. Timothy Bahti (Minneapolis:University of Minnesota Press,1982).

4　所謂「期待視野」，是指文學接受活動中，讀者原先各種經驗、趣味、理想等綜合
　　形成的對文學作品的一種欣賞要求和欣賞水平，在具體閱讀中，表現為一種潛在的
　　審美期待。參看朱立元著《接受美學》，上海：上海人民出版社，1989年，頁13。

以及某些意識形態上發展和變化。

　　哈羅德・布魯姆（Harold Bloom, 1930～）指出，後世詩人與前代詩人之間的關係如同兒子與父親，兒子要長成獨立個體，就得超越父親加諸身上的影響，一方面他因父親而成長，另方面，給他強力影響的父親又是他證明自己獨特生命必須打倒的對象。布魯姆借用了佛洛依德心理學的弒父情結，來說明後世詩人和前行代詩人之間這種既愛又競爭的情感。[5]

　　實際上，沈從文早在三十年代就一直主張在文化上打破偶像崇拜[6]。他在〈一周間給五個人的信摘錄──甲〉說：

> 　　不要為回憶把自己弄成衰弱東西，一切回憶都是有毒的。不要盡看那些舊書，我們已沒有義務再去擔負那些過去時代過去人物所留下的趣味同觀念了。在我們未老之前，看了過多由於那些老年人為一個長長的民族歷史所困苦融合了向墳墓攢去的道教與佛教的隱遁避世感情，而寫成的種種書籍，比回憶還更容易使你「未老先衰」。[7]

　　這用意在說明中國歷史傳統使得他們「哲學貧困與營養不足」。因此獨立思想的作家必須能夠追究這個民族的種種毛病：虛浮、懦

---

[5] 布氏理論的簡要說明，可參見Jeremy Hawthorn, *A Concise Glossary of Contemporary Literary Theory*, London: Edward Arnold, 1992. pp.153～4.

[6] 金介甫解釋這是沈從文所認為的作者不能依靠一個人的「天才」或「靈感」的說法，而要艱苦努力，不斷實踐和反覆修改；主張作家要「勇於寫作」而「怯於發表」，兩種區別接近傳統的「頓悟」和「熟讀深思下苦功」的說法較為易於理解。從而認為沈從文非常反對浪漫派，不過並不是說他在反對舊的文化傳統方面有所放鬆，這可在他作品中很快顯示出來。因此，金介甫以為沈從文的所謂「實踐」是指文學形式上要不斷作出新的實踐，而不是照抄過去的老套方法。參看符家欽譯，《鳳凰之子・沈從文傳》，北京：中國友誼出版公司，2000年，頁294。

[7] 《沈從文全集》第17卷，頁181。

弱、懶惰、不願思考[8]。沈從文提出的論點是號召作者在修辭上要雕琢詞句，講究結構，做到盡善盡美，而且不忽略保留一點傳統形式。雖然，沈從文一再強調要去掉舊的，換上新的。但從他對生命形式的主張，卻可窺探他在舊有傳統中，抽取文化的精髓，作為審美理想的期待視野而準備。以下試從生命形式去了解沈從文的創作理論基礎。

接受美學主張，「美學意義蘊含於這一事實中，讀者首次接受一部文學作品，必然包含著與他以前所讀作品相對比而進行的審美價值檢驗。」[9]不僅各個時代的觀察者對一部作品的理解、體驗與評價會有很大差異，即使是同一時代的接受者，由於生活經驗與審美趣味和素質的不同。一件文藝作品的整體形態、價值、意義和效果絕不是靜止的、超越時空並永遠不變的，而會隨著時間、地域和接受意識的變化而不斷變異。姚斯指出，不僅作品的潛能投射於不同接受者的意識時會引起不同的反應，導致不同的理解與判斷，而且在不同的社會和歷史條件下，由於價值觀和審美觀的差異與嬗變，人們用以評價文藝作品的標準也會發生變化[10]。在姚斯看來，文學藝術的歷史研究應當把重心由關注作家藝術家的「天才的創造力」和作品轉移到接受活動和接受者身上來，因為，後者才是創造了文學藝術歷史的主體。

其實，沈從文經常以一個接受者或讀者的直覺感悟方式去審視文化遺產和文學藝術的審美趣味。而對於感受傳統文化的「美」和「愛」，沈從文卻有深刻的生命體會，並在創作中寄予這種生命主體的永恆光輝。

8　〈元旦日致《文藝》讀者〉，《沈從文全集》第17卷，頁204。

9　H.R.姚斯、R.C.霍拉勃著；周寧、金元浦譯，《接受美學與接受理論》，瀋陽：遼寧人民出版社，1987年，頁339。

10　郭宏安、張國鋒、王逢振著，《二十世紀西方文論研究》，北京：中國社會科學出版社，1997，頁306。

「儻若上帝派定，他需要愛人，也需要被人愛，從愛中生兒育
女，方能完成生物的任務。人要抽象觀念穩定生命，恐得在
三十歲以後，已由人事方面證實一部分生命意義後。或因精力
耗損，或為現象困縛，有所不足，無法彌補，方用得著抽象觀
念，貼近它，依附它，信仰它，可望得到安定，覺得活下去合
理。這恰恰又證明自然之巧的另一面。」「愛一切抽象造形的
美，用這種愛去有所製作，可產生昇華作用。」[11]
「一個人過於愛有生一切時，必因為在一切有生中發現了
『美』，亦即發現了『神』。」「凡知道用各種感覺去捕捉住此
美麗神奇光影的，此光影在生命中即永生不滅。屈原、曹植、
李煜、曹雪芹，便是將這種光影用文字組成篇章，保留得完整
的幾個人，這些人寫成的作品，雖各不相同，所得啟示必古今
如一，即被美所照耀，所征服，所教育是也。」[12]

　　沈從文一方面無疑受傳統文化的影響尤在於贊頌純樸、原始人性
美的特性。嚴家炎將京派作家所以如此謳歌淳樸、原始、美好的人性
的一個重要根源，歸結到他們對近代中國特別是都市半殖民地化過程
中人性異化現象的憎惡與不滿[13]。另一方面作家根據自己「個人勞動
力比較強，且始終抱住十九世紀世界文學家努力成就的印象，以為作
家和社會發生關係及影響社會，主要應當是靠個人生產勞動，既不靠
他人幫助，也不應受拘束。」[14]所以即使社會變動劇烈，沈從文依然固

---

[11] 〈給一個中學教員〉，《沈從文全集》第17卷，頁324。

[12] 〈美與愛〉，《沈從文全集》第17卷，頁359。

[13] 《中國現代小說流派史》，北京：人民文學出版社，1989年，頁230。

[14] 1956年3月，沈從文按上級布置，寫了一篇〈沈從文自傳〉，收入《沈從文全集》
第27卷，頁137。編者於文末註解現保存下三份不完整草稿，均有多處修改痕跡，
可知各稿都不是上交正式文本。基於此，筆者以為是篇自傳的某些內容，其實是

執的認為作家應當有他最大的用筆自由，這樣才能產生好的作品。基於這種現象情緒的感慨，他於是積極培養「對文學的信仰，需要的是一點宗教情緒」的希望，甚至認同「人性的種種糾紛，與人生向上的憧憬，原可依賴文學來詮釋啟發的。」[15]

屈原、曹植、李煜和曹雪芹等人對人生採取一種深邃的思索，是非愛憎取予之際，必然會與普通人不大相同。這不同不僅表現在作品中，還會表現到個人行為態度上。所以，沈從文認定寫作是「一種永生願望」：

> 為的是他的寫作，實在還被另外一種比食和性本能更強烈的永生願望所壓迫，所苦惱。……是用一種更堅固材料和一種更完美形式保留下來。……他的不斷寫作，且儼然非寫不可，就為的是從工作的完成中就已得到生命重造的快樂。[16]
>
> 試從中國歷史上幾個著名不朽文學作家遺留下的作品加以檢查，就可明白《離騷》或《史記》，杜工部詩或曹雪芹小說，這些作品的產生，情形大都相去不遠。我們若透過這些作品的表面形式，從更深處加以注意，便自然會理解作者那點為人生而痛苦的情形。這痛苦可說是惟有寫作，方能消除。寫作成後，願望已足，這人不久也就精盡力疲，肉體方面生命之火已告熄滅，人便死了，人雖死去，然而作品永生，卻無多大問題。[17]

沈從文在1952年寫給家人的一封信中，透露自己如何深受《史

1934年發表的〈從文自傳〉的補充。

[15] 〈給志在寫作者〉，《沈從文全集》第17卷，頁412。

[16] 〈小說作者和讀者〉，《沈從文全集》第12卷，頁71。

[17] 同上註，頁72。

記》的影響。他最初以為受其文筆方面的影響，從所敘人物方面得到
啟發，直到對生命有深層領悟時，才覺得還是作者司馬遷個人種種的
遭遇，觸動他的內心深處。他認為《史記》列傳中寫人，著墨不多，
二千年來依舊如一幅幅肖像畫，個性鮮明，神情逼真。重要之處是經
常三言兩語即交代清楚，毫不粘滯，達到準確生動的效果，所以有
大手筆的稱謂。《史記》這種長處，從來都被以為近於奇蹟，不可學
習和理解。為了證明這點，沈從文遂作出諸書諸表屬事功，事功為可
學；諸傳諸記則近於有情，有情則難知的分析結果。並且進一步認為
中國史官有一項屬於事功條件，即作史原則，下筆要有分寸，必胸有
成竹，方能有所取捨。另外必須有忠於封建制度的中心思想為準則。
同時，《史記》作者掌握多數材料，六國時代以來雜傳記又特別重視
性格表現，兩漢人行文習慣又不甚受文體文法拘束。其中特別重要的
一點，還在於作者對於人，對於事，對於問題，對於社會，所抱的態
度。對於歷史所具有的態度，這都是既有傳統史家的抱負，又有時代
作家的見解。

　　沈從文對這種態度形成的原因，歸納為作者一生從各方面所受的
教育有關。他與以肯定司馬遷生命的份量和成熟，是和痛苦憂患扯上
關係，這不僅僅是積學而來。年表諸書說的事功，可以依靠掌握材料
完成，列傳卻需要作者生命中一些特別的東西。這特別的東西，沈從
文以為是由痛苦方能成熟積聚的「情」，這個「情」是深入體會，深
致的愛，以及透過事功以上的理解和認識。透過三五百字寫一個人，
反映的卻是作者和傳中人物兩種人格的契合與統一[18]。

　　畢竟，根據沈從文在現實所產生的寂寞、孤獨情緒，他只不過
以之作為體味人生、理解人生的一種生命形式，承續著個人對生命

---

[18] 見〈致張兆和、沈龍朱、沈虎雛〉，《沈從文全集》第19卷，頁318。

痛苦、壓迫的啟示，方能貼近那個永生的願望，以達到誠如徐復觀形容莊子的藝術精神時所說的「精神的自由解放」。[19]錢鍾書（1910～1998）在〈詩可以怨〉一文中旁徵博引，以證明從孔子始，中國古代文論就有一條原則：「苦痛比歡樂更能產生詩歌，好詩主要是不愉快、苦惱或『窮愁』的表現和發洩」。在西方也有類似的名言：「真正的詩歌只出於深切苦惱所燃熱著的人心。」[20]而綜觀1940年前後沈從文的文論，會發現他在「以『美』來醫治現實的創傷」[21]。

　　沈從文的「美」「愛」感悟的審美理想，高度體現在小說《邊城》裡，他除了期待讀者一同感同身受地域性的民間文化形態問題，著重這「一種燃燒的感情，對於人類智慧與美麗的永遠傾心，康健誠實的讚頌，以及對於愚蠢自私極端憎惡的感情。」[22]的自在自為狀態，是「美就是善的一種形式，文化的向上就是追求善或美的一種象徵。」[23]的精神自由方式。汪曾祺（1920～1997）曾說：「《邊城》是一個懷舊的作品，一種帶著痛惜情緒的懷舊。《邊城》是一個溫暖的

---

19 「莊子只是順著在動亂時代人生所受的像桎梏、倒懸一樣的痛苦中，要求得到自由解放；而這種自由解放，不可能求之於現世。也不能如宗教家的廉價地構想，求之於天上，未來；而只能是求之於自己的心。心的作用、狀態，莊子即稱之為精神；即是在自己的精神中求得自由解放；而此種得到自由解放的精神，在莊子本人來說，是『聞道』、是『體道』，是『與天為徒』，是『入於寥天一』；而用現代的語言表達出來，正是最高地藝術精神的體現……。」參看《中國藝術精神》，台灣：台灣學生書局，民國55年，頁61。

20 《錢鍾書散文》，浙江：浙江文藝出版社，1997年，頁313、325。

21 王繼志的文章中指出這個美學命題主要是採取尼采、叔本華幾乎完全一致的態度為說明。參見〈沈從文美學觀念中的『超人』意識〉，《南京大學學報》2002年第2期。

22 〈《從文小說習作選》代序〉，《沈從文散文》第三集，北京：中國廣播電視出版社，1994年，頁396。

23 〈《看虹摘星錄》後記〉，《沈從文全集》第16卷，頁343。

作品，但是後面隱藏著作者的很深的悲劇感。」[24]學者王光東以為「這種悲劇感恰恰映照出了純樸、善良人性的莊嚴，生命流失，人性不易，在自然狀態下的美好生命雖然有著各種各樣的不幸，但處於自在狀態的『人』的本性卻流露著永恆的光輝。」[25]

> 曾經有人詢問我，「你為什麼要寫作？」我告他說：「因為我活到這世界裡有所愛。美麗，清潔，智慧，以及對全人類幸福的幻影，皆永遠覺得是一種德性，也因此永遠使我對它崇拜和傾心。這點情緒同宗教情緒完全一樣。這點情緒促我來寫作，不斷的寫作，沒有厭倦，只因為我將在各個作品各種形式裡，表現我對於這個道德的努力。人事能夠燃起我感情的太多了，我的寫作就是頌揚一切與我同在的人類與智慧。若每個作品還皆許可作者安置一點貪欲，我想到的是用我作品去擁抱世界，佔有這一世紀所有青年的心。……生活或許使我平凡與墮落，我的感情還可以向高處跑去，生活或許使我孤單獨立，我的作品將同許多人發生愛情同友誼……」[26]

姚斯認為作者在寫作過程中總是有意無意地考慮讀者接受水平，使自己的創作適應理想中的讀者的期待視野[27]，時刻校正自己的創

---

[24] 〈又讀《邊城》〉，收入《晚翠文談新編》，北京：三聯書店，2002年，頁217。

[25] 〈《邊城》：民間的現代性與莊嚴〉，《中國文學研究》2003年第3期。

[26] 〈蕭乾小說集題記〉，《沈從文全集》第16卷，頁324。

[27] 「一部文學作品，即便它以嶄新面目出現，也不可能在信息真空中以絕對新的姿態展示自身。但它卻可以通過預告、公開的或隱蔽的信號、熟悉的特點、或隱蔽的暗示，預先為讀者提示一種特殊的接受。它喚醒以往閱讀的記憶，將讀者帶入一種特定的情感態度中，隨之開始喚起『中間與終結』的期待，於是這種期待便在閱讀過程中根據這類本文的流派和風格的特殊規則被完整地保持下去，或被改變、重新定向，或諷刺性獲得實現。」參看姚斯等著，周寧、金元浦譯，《接受美學與接受理論》，頁29。

作。如果作家的技巧創新和美學觀念大大超過讀者的『期待視野』，那麼，這個文本就不能為當時的讀者所接受，除非讀者提高了水平。在世代相傳的接受鏈中，讀者的期待視野是不斷加深、鞏固、發展和豐富的，也可以不斷變化、修正、改變以至於再創造的。接受者的期待視野在以下三方面得到體現：一、接受者從過去曾閱讀過的、自己所熟悉的作品中獲得的藝術經驗，即對各種文學形式、風格、技巧的認識；二、接受者所處的歷史社會環境以及由此而決定的價值觀、審美觀和思想、道德、行為規範；三、接受者自身的政治經濟地位，受教育水平、生活經歷、藝術欣賞水平和素質[28]。

沈從文似乎以一種「美」、「愛」的理念，對自己在創作時除了適應理想讀者的期待視野，也將文本實踐體現在讀者的接受理解水平之上。沈從文為讀者設置的期待視野，可以體現為三方面。首先，沈從文透過對古人生命形態的永恆性，感慨生命的不可重覆，他說：

> 孔夫子云，「登高望遠，使人心悲」。屈原則謂「登大墳抒吾憂心」。或增悲，或散愁，賢哲情形本不盡相同。惟登高所見必甚廣大，目睹原隰莽莽，禾黍油油，亂墳荒冢與村落籬樹點綴其間，將憬然深悟生滅之理，生命個體至微小短促，歷史則綿延不盡。[29]

他們的精神永垂不朽，在於「美麗神奇光影」照耀著生命，爾後形諸篇章，使沈從文因此崇拜和傾心而進行寫作。其次，沈從文的湘

---

28 朱立元認為「人的心理結構是作為一個完整的精神文化整體投入創作或鑒賞活動的，對文學作品的類型、標準、熟識的主題、形式等的經驗，固然是閱讀的『前結構』的組成部分，但不是全部，甚至也不是主要的部分。……所以，其他非文學的藝術素養的薰陶、培養對於建立敏銳的藝術眼光和審美感覺決不是無足輕重的。」參看《接受美學》，上海：上海人民出版社，1989年，頁135。

29 〈迎接秋天──北平通信〉，《沈從文全集》第14卷，頁390。

西苗族背景的歷史社會環境，構成他理想中的書寫世界：

> 這些人和事被歷史習慣所範圍，所形成的一切若寫它出來，當
> 不是一種徒勞！因為在湘西我大約見過兩百左右年青同鄉，談
> 起國家大事、文壇掌故、海上繁華時，他們竟像比我還知道的
> 很多。至於談起桑梓情形，卻茫然發呆。……所以當我拿筆寫
> 到這個地方種種時，本人的心情實在很激動，很痛苦。覺得故
> 鄉山川風物如此美好，一般人民如此勤儉耐勞，並富於熱忱與
> 愛美心，地下所蘊藏又如此豐富，實寄無限希望於未來。因此
> 這本書的最好讀者，也許應當是生於斯，長於斯，將來與這個
> 地方榮枯遠不可分的同鄉。[30]

　　生活的美麗和沉重，在他的作品中經常相互交織，與人以信心同
勇氣、眼淚和同情。而沈從文既生長在這樣一個美麗而純樸的鄉土
中，又以它作為創作的靈光之源，其對於理想的「美」的追求，自然
就落實在人性與自然的對話上，建立在美麗的自然景致和溫厚的人情
的交融上。換言之，人與自然的和諧共存、人情之美與自然之美的相
互生發，就是他的美學、文學乃至於人生哲學最基本的命題。

　　同時，「民族興衰、事在人為」[31]的歷史責任感從頭尾支配著沈從
文寫作的價值觀和道德規範。再次，沈從文擁有很高的美學藝術鑒賞
水平，他對藝術素質的培養可追溯到他少年時期做過統領官的書記期
間開始。他在《從文自傳》中提到：

> ……大櫥裡約有百來軸自宋及明清的舊畫，與幾十件銅器及古
> 瓷，還有十來箱書籍，一大批碑帖，不久且來了一部《四部叢

---

30 〈《湘西》題記〉，《沈從文全集》第11卷，頁328。
31 同上註，頁331。

書》……舊畫與古董登記時，我又得知道這一幅畫的人名時代
同他當時的地位，或器物名稱同它的用處。全由於應用，我同
時就學會了許多知識。又由於習染，我成天翻來翻去，把那些
舊書大部分也慢慢的看懂了。[32]

這藝術修養的基礎使他對這「看的是它，教的是它，用筆寫的是
它，友好過從談的還是它。」（按：「它」指是短篇小說和敘事抒情散
文）的要求，必然會「覺得這部門工作，還待改進和提高，必須突破
紀錄，向更多、更深、更廣闊方面發展。」[33]

他若是一個短篇小說作者，肯從中國傳統藝術作品取得一點知
識，必將增加他個人生命的深度，增加他作品的深度。一句
話，這點教育不會使他墮落的！如果他會從傳統接受教育，得
到啟迪或暗示，有助於他的作品完整、深刻與美麗，並增加作
品傳遞效果和永久性，都是極自然的。[34]

沈從文堅信他的作品有擁抱世界的能力，以他作為鄉下人的身分
創作的作品，企圖佔有一個世紀青年讀者的心這一點欲望，付諸實
踐，那麼他自然對讀者有所期待。誠如他在《湘行散記》序中不諱言
篇章給人印象只是一份寫點山水花草瑣碎人事的普通遊記，事實上卻
比他許多短篇小說接觸到更多複雜問題。

這個小冊子表面上雖只像是涉筆成趣不加剪裁的一般性遊記，
其實每個篇章都於諧趣中有深一層感慨和寓意，一個細心的讀
者，當很容易理會到。內中寫的儘管只是沅水流域各個水碼頭

---

[32] 〈學歷史的地方〉，《沈從文全集》第13卷，頁355。

[33] 〈《沈從文小說選集》題記〉，《沈從文全集》第16卷，頁376。

[34] 〈短篇小說〉，《沈從文全集》第16卷，頁503。

及一隻小船上纖夫水手等等瑣細平凡人事得失哀樂，其實對於
他們的過去和當前，都懷著不易形諸筆墨的沉痛和隱憂，預感
到他們明天的命運──即這麼一種平凡卑微生活，也不容易維
持下去，終將受一種來自外部另一方面的巨大勢能所摧毀。生
命似異實同，結束於無可奈何情形中。[35]

這無可奈何的情形，有的是對人生的考量，對人生活於自然與人
事之中的命運舛遇，或者貼切的說，應該是對宇宙天地間的思索。

汪曾祺在〈一個鄉下人對現代文明的抗議〉文章中曾提及沈從文
是一個複雜的作家。他認為沈氏不是那種「讓組織代替他去思想」的
作家。（海明威語）從內容到形式，從思想到表現方法，乃至造句修
辭，都有他自己的一套方法[36]。

整體而言，沈從文的文學是一種「抒情」的文學，他的作品總是
洋溢著動人的情致，抒情意味相當濃厚。這跟他對小說筆法的經營相
關，因為情節和人物並非他創作的重點，他最關注的乃是敘述主體的
情感的抒發和渲染，尤其擅用情景交融之手法，以自然風土與人情事
理交相映襯，營造出一個完滿的抒情的世界。這個抒情世界包裹着的
湘西「世外桃源」般的「故鄉」，不只是沈從文個人的故鄉，它也是
幻化為萬千讀者心響往之的文學「故鄉」。沈從文除了點明湘西地形
崎嶇蔽塞、民風凶險；湘西出辰州符、出現「趕屍」奇觀，人民蠻悍
而又十分愚蠢的文化落後的蠻荒之地。但同時也敘說著湘西為文學裡
桃花源的標誌。兩千年前屈原孤憤悲歌的路線，東漢馬援南征的遺
址、沅水中游的伏波宮來由、厢子岩的崖葬木棺之謎、鳳凰縣山間的

---

[35] 〈《湘西散記》序〉，《沈從文全集》第16卷，頁390。

[36] 見〈與友人談沈從文〉，收入《晚翠文談新編》，北京：三聯書店，2002年，頁
164。

古堡等，都成為沈從文這位「說故事者」，依偎於神話與歷史之間，藉助他個人富於傳奇性的經歷，穿梭在湘西煥發的幽邃視景所構築的理想天地。

第二節　學習寫作──文學事業是一種信仰

一　最初的學習寫作

　　中國現代文學作家中的魯迅和周作人，對於創作或寫文章，觀念異曲同工。魯迅一生很少談論自己的創作，偶有所言，便顯得彌足珍貴。在《吶喊・自序》裡，魯迅交代寫作的動因：第一、是「還未能忘懷於當日自己的寂寞的悲哀」，「所以有時候仍不免吶喊幾聲，聊以慰藉那在寂寞裡奔馳的猛士」。第二、「不願意將自以為苦的寂寞，再來傳染給也如我那年輕時候似的正做著好夢的青年」。[37]因此，「魯迅寫小說（很大程度上的雜文）是為『別人』寫作的，必須為『別人設想』」[38]。

　　而周作人卻持相反意見，他曾坦言不相信文章是有用的：「我寫文章，一半為的是自己高興，一半也想給讀者一點好處，不問是在文章或思想上。」[39]他並且認為文章寫不好是件苦事和感到文章無用的話

---

[37] 楊義編，《魯迅作品精華・小說集》第一卷，香港：三聯書店，2003 年，頁 8。

[38] 錢理群認為魯迅的小說（雜文）並沒有「將心裡的話照樣說盡」，是他有意識地將自己「太黑暗」的真實思想有所壓抑、藏匿的產物，或者說是魯迅試圖從自己靈魂深處的「絕望」中掙扎出來的一種努力，即所謂「絕望」的「反抗」。確切的說，是真實存在的魯迅的兩個側面。參看〈解讀魯迅小說的一把鑰匙〉，載《走進當代的魯迅》，北京：北京大學出版社，1999 年，頁 141。

[39] 〈再談文〉，收入在周作人著，止庵校訂，《苦中雜記》，石家莊：河北教育出版

即是另一種無聊，因此主張若要把文章寫好，第一條件是必須「不積極」。他進一步說「不管衛道衛文的事，只看看天，想想人的命運，再來亂談，或者可以好一點。」[40]

和魯迅、周作人相比，沈從文卻是經常談論自己的創作，他曾經說自己從事文學創作，「一半近於偶然，一半是正當生命成熟時」。正當沈從文「只想把自己生命所走過痕跡寫到紙上。」[41]並且培養對寫作懷有的一種「情緒的體操」之後，他覺得應當把寫作當成一種「信仰」，他說：「你自己不缺少這種信仰，才可望將作品浸透讀者的情感，使讀者得到另外一種信仰。」[42]

沈從文常說自己的作品都是「習作」，他文學素質的根基源於讀書習慣的多元化吸收。他在《沈從文小說選集》題記裡對這一階段曾作了回顧：

> 繼續推之向前的力量，與其說是物質上的成功希望，還不如說是相去遙遠、另一時代另外一些人的成就的鼓勵。由《楚辭》、《史記》、曹植詩到「掛枝兒」小曲，什麼我都歡喜看看。從小又讀過《聊齋誌異》和《今古奇觀》，外國作家中契訶夫和莫泊桑短篇正介紹進來，加之由魯迅先生起始以鄉村回憶做題材的小說正受廣大讀者歡迎，我的學習用筆，因之獲得不少勇氣和信心。但是從事這個工作長期實踐，可並不簡單。克服困難不僅需要韌性和勇氣，不好辦的還是應付現實生活。

社，2002年，頁207。

[40] 〈關於寫文章〉、〈關於寫文章二〉，收入在周作人著，止庵校訂，《苦茶隨筆》，石家莊：河北教育出版社，2002年，頁172。

[41] 〈致唯剛先生〉，《沈從文散文》第四集，北京：中國廣播電視出版社，1994年，頁417。

[42] 〈學習寫作〉，《沈從文全集》第17卷，頁332。

　　我儘管熟習司馬遷、杜甫、曹雪芹的生平，並且還明白十九世
紀蘇俄幾個大作家的身世遭遇，以及後來他們作品對於本國和
世界作出的偉大長久貢獻，用一種「見賢思齊」心情來勉勵自
己，應付面臨現實的挫折困難……。[43]

　　正如魯迅一樣，沈從文也把他的故事說給別人聽「若說影響，
能夠使少數又少數讀者，對於『人生』或生命看得 一點，懂得多一
點，體會得深刻一點，就很好了。」[44]不同的是，沈從文寫小說當作
「習作」，「就重在從一切人的行為表現上學理解人的種種長處和弱
點。」[45]他在給一個作家的信中提到「我雖寫了些小故事，只能說是習
作，因為這個習作態度，所以容許自己用一枝筆去『探險』，從各種
方式上處理故事，組織情節，安排文字。」[46]

　　既然是「習作」，就容許自己的感情，在文章中馳騁。劉勰《文
心雕龍・情采》：「昔詩人什篇，為情而造文；辭人賦頌，為文而造
情。何以明其然？蓋《風》、《雅》之興，志思蓄憤，而吟詠情性，
以諷其上：此為情而造文也。」[47]雖然沈從文對自己的早期作品不甚滿
意，他曾說：「我總是糟蹋自己卑視自己，一切道德標準在我面前皆
失去了拘束，一切尊敬皆完全無用，一切愛憎皆與人相反，所以從無
一時滿意過我的世界同我的文章。」但是，沈從文理解到要從悲劇痛
苦生活中尋找解決的方法，必須在從事寫作時明白自己的處境而「為
情而造文」。因此，他了解「一、因為我是個從事文學創作在人類生

---

[43] 《沈從文全集》第16卷，頁374。

[44] 〈給一個作家〉，《沈從文全集》第17卷，頁345。

[45] 〈致灼人先生二函〉，《沈從文全集》第17卷，頁439。

[46] 同註42，頁344。

[47] （梁）劉勰著，范文瀾註，《文心雕龍註》卷七〈情采〉，北京：人民文學出版社，
　　2001年，頁537。

活上探險的人，一切皆從客觀留心，一切不幸的人皆能分析它不幸原因；二、因為我天性就對於一切活的人皆能發生尊敬與同情，從不知道有什麼敵人。」[48]從而可望成為「人性的治療者」[49]，他說：

> 願意回返到《說故事的故事》那生活上去。我總是夢到坐一只小船，在船上打點小牌，罵罵野話，過著兵士的日子。我歡喜同《會明》那種人抬一籮米到溪裡去淘，看見一個大奶臀婦人過橋時就唱歌。我羨慕《夫婦》們在好天氣下上山做呆事情。我極其高興把一枝筆畫出那鄉村典型人物的臉同心，如像《道師與道場》那種據說猥褻缺少端倪的故事。我的朋友上司就是《參軍》一流人物。我的故事就是《龍朱》同《菜園》，在那上面我解釋到我生活的愛憎。我的世界完全不是文學的世界；我太與那些愚暗、粗野、新犁過的土地同冰冷的槍接近、熟習，我所懂的太與都會離遠了。……把我的世界，介紹給都會中人，使一些日裡吃肉晚上睡覺的人生出驚訝，從那驚訝裡，我正如得到許多不相稱的侮辱。用附屬於紳士意義下養成的趣味，接受了我的作品的這件事，我是時時刻刻放在心上，不能忘記的。[50]

沈從文在1947年寫的〈致鎮潮〉一信中，回首自己在部隊的經驗，他以人事的累積是從事寫作的條件之一，而另外一個條件就是必須在用筆上養成習慣，這樣才可望轉而從事寫作。[51]這可證實他堅持

---

48 〈給某教授〉，《沈從文全集》第17卷，頁193。

49 同上註，頁195。

50 《《生命的沫》題記》，《沈從文全集》第16卷，頁306。

51 這封信是未寫完的廢郵存底，在文化革命中被抄去。見《沈從文全集》第18卷，頁456。

以「人事」為創作必須遵守的重要的原則。

二　學習寫作與「水」的關係

> 黑格爾（1770～1831）說：「藝術作品既然是由心靈產生出來
> 的，它就需要一種主體的創造活動，它就是這種創造活動的產
> 品……這種創造活動就是藝術家的想像。」[52]

沈從文藉「水」構築他文學的世界。他在〈我的寫作與水的關
係〉一段曾被刪去的文字中說：

> 但在我的工作上，照一般稱呼說來既算得是「文學事業」，這
> 事業要來追究一下，解釋一下，或對於比我年輕一點的朋友，
> 多少有點用處。我可以說的，是我這個工作的基礎，並不建築
> 在「一本合用的書」或「一堆合用的書」上，因為它實在卻只
> 是建築在「水」上。[53]

在沈從文的《自傳》中，他曾這樣寫道：「我感情流動而不凝
固，一派清波給予我的影響實在不小。我幼小時較美麗的生活，大部
分都與水不能分離。我的學校可以說是在水邊的。我認識美，學會思
索，水對我有極大的關係。」[54]「水」的性格，「水」的特色，無疑與沈
從文的生活不可分離，據他說：

---

52 黑格爾著，朱孟實譯《美學》第一卷，台灣：里仁書局，民國70年，頁380。
53 這段文字新收入在《沈從文全集》第17卷，頁210。
54 《從文自傳》之〈我讀一本小書同時又讀一本大書〉，《沈從文全集》第13卷，頁
252。

到十五歲以後，我的生活同一條辰河無從離開，我在那條河流邊住下的日子約五年。這一大堆日子中我差不多無日不與河水發生關係。走長路皆得住宿到橋邊與渡頭，值得回憶的哀樂人事常是濕的。至少我還有十分之一的時間，是在那條河水正流與支流各樣船隻上消磨的。從湯湯流水上，我明白了多少人事，學會了多少知識，見過了多少世界！我的想像是在這條河水上擴大的。我把過去生活加以溫習，或對未來生活有何安排時，必依賴這一條河水。這條河水有多少次差一點兒把我攫去，又幸虧它的流動，幫助我作著那種橫海揚帆的遠夢，方使我能夠依然好好的在人世中過著日子！[55]

《湘行散記》和《湘西》兩本散文集瀰漫著「水」的意象。在沈從文筆下，湘西世界除了靜穆，明顯地帶有對女性的柔和，但也形成與這靜柔對立的湘西原始生命的雄悍。因此，「水」的特性造就沈從文的人格，推動著他人格的發展，從而構成了他的人格及其散文藝術的主流──陽剛與陰柔[56]。「水」除了形成原始生命的剛柔特性，也構造了兩本散文集裡美的自然與樸實的藝術特色。確切的說，「《散記》和《湘西》最主要的藝術特色就是：一、自然；二、含蓄；三、詩情」[57]。

從心理活動的實質來說，思維過程就是對觀念中各種符號元素的

---

[55] 〈我的寫作與水的關係〉，《沈從文全集》第17卷，頁209。

[56] 「在沈從文的身上帶有水的剛柔的二重性。他一方面對原始質樸的人性進行崇尚和追求；另一方面，他又用一枝滿懷希望的筆呼喚湘西兒女的生命自主，將民族中那特有的雄悍和情懷轉移到生存競爭中去。這二重性明顯地體現了儒道兩家陽剛與陰柔互補的人格態勢。」參看李官權，〈沈從文散文的美學性格簡論〉，載《婁底師專學報》1994年第1期。

[57] 參看王繼志著，《沈從文論》，南京：江蘇教育出版社，1992年，頁319。

處理，以及它們之間相互作用這樣一種連續流程。而創造思維則要求把這些符號元素，以異乎尋常和意想不到的方式加以重新構築，在無限多可能方案的選擇中，達到創造目標在觀念中的超前現實。經驗之鏈的中斷，使這樣一種過程只有藉助於想像才能完成[58]。而沈從文湘西流域經驗的中斷，也才把他的想像世界的過程發揮得淋漓盡致。

> 再過五年，我手中的一枝筆，居然已能夠盡我自由運用了，我雖離開了那條河流，我所寫的故事，卻多數是水邊的故事。故事中我所最滿意的文章，常用船上水上作為背影，我故事中人物的性格，全為我在水邊船上所見到的人物性格。我文字中一點憂鬱氣氛，便因為被過去十五年前南方的陰雨天氣影響而來，我文字風格，假若還有些值得注意處，那只因為我記得水上人的言語太多了。[59]

三　創作方法

沈從文的創作方法並沒有什麼深奧的理論基礎，目的只在眼中看到的一切為準，他說：

> 所謂藝術，那只合讓那類文豪，準文豪；名士，準名士等人去談。關於藝術以及類乎藝術這類話語，我是一點也不懂得的。我只用一種很笨的、異常不藝術的文字，捉螢火蟲那樣去捕捉

---

[58] 魯樞元、錢谷融主編，《文學心理學》，台灣：新學識文教出版中心，1990年，頁151。

[59] 〈我的寫作與水的關係〉，《沈從文全集》第17卷，頁209。

那些在我眼前閃過的逝去的一切，這是我的創作方法。[60]

而經驗、通感與技巧可說是構成他創作方法的形式，以下分別述之：

（一）經驗

沈從文坦言社會變化既異常劇烈，自己的生活工作方式卻極其窄狹少變化，加之思想又保守凝固，自然使得這個工作越來越落後於社會現實要求，似乎當真變成了一個自辦補習學校中永遠不畢業的留級生。在寫作的高峰期，沈從文憑藉著自己的生活經驗，才能在文學事業另闢一條康莊大道。他以為文學作者卻需要常識和想像，在學習用筆期間要有魄力和毅力，故事安置得得體，觀察十分透徹，寫時親切而近人情，一切困難自不會妨礙作品的成功。他曾以經驗說為創作方式，談到如何加以運用：

> 經驗世界原有兩種方式，一是身臨其境，一是思想散步。……譬如這時要你寫北平，恐怕多半寫不對。但你不妨就「特點」下筆。你不妨寫你身臨其境所見所聞的南洋一切。你身邊只有《紅樓夢》一部，就記熟它的文字，用那點文字寫南洋。你好好的去理解南洋的社會組織、喪慶儀式、人民觀念與信仰，上層與下層的一切，懂得多而且透徹，就這種特殊風光作背景，再注入適當想像，自然可以寫得出很動人故事的。你若相信用破筆敗色在南洋可以畫成許多好畫，就不妨同樣試來用自己能夠使用的文字，以南洋為中心寫東西。[61]

---

60 〈《第二個狒狒》引〉，《沈從文全集》第16卷，頁291。
61 〈給一個讀者〉，《沈從文全集》第17卷，頁228。

　　《從文自傳》裡有一個章節為〈我讀一本小書同時又讀一本大書〉。「小書」指的是在學校讀的經書《孟子》、《論語》；大書即社會萬象。因當時學校教學內容枯燥單一，方法呆板嚴厲，而外面山川秀麗，民間生活多姿多彩，引得沈從文從小逃學。他爬樹、採筍子、採草藥、捉蟋蟀、游水、抓螃蟹，對大自然的一草一木都有深厚的熱愛；他看木偶戲、趕場，參加苗鄉節日，深入了解民間風情。這就是他所取得的身臨其境的經驗方式。

（二）通感

　　通感的形成有賴於人的聯覺，實質上也是一種綜合性的比喻，往往把與不同感官、感覺相聯接串通起來，相互轉換、移置或聯合。錢鍾書指出：「在日常經驗裡，視覺、聽覺、觸覺、嗅覺往往可以彼此打通或交通，眼、耳、舌、鼻、身各個官能的領域可以不分界限。顏色似乎會有溫度，聲音似乎會有形象，冷暖似乎會有重量，氣味似乎會有體質。」[62]這是文學作品通感方式運用的根據。

　　沈從文對於學習寫作的方式，甚重視通感的運用，他說：

> 他明白的不只是人的愛憎，物件也有那特殊性格，還應得知道，最細微地方也是最平凡地方，骯髒的愚蠢的兵，狡猾壞透了的小偷，一匹馬疲倦了的姿態，一個蜂子受傷後的悲劇，一片鳥羽，一個破墨水瓶，使平常人的眼不注意到的一個創作者卻不單是有興味去看，他還有用鼻子去分別氣味，用手撫觸感覺堅弱，用耳辨別音響高低的種種事情可作。他不會厭倦這些東西，他永遠不至於厭倦！創作不是描寫「眼」見的狀態，是當前「一切官能的感覺的回憶」。因這生活的各面的認識，也

---

62 〈通感〉，收入《錢鍾書隨筆》，銀川：寧夏人民出版社，1998年，頁219。

才能有動人的作品產生。[63]

　　文藝評論家劉曉波說:「審美活動中的通感,正是以聯覺為生理基礎的。但是,審美通感不僅僅是一種生理感覺。在審美活動中,通感主要是在豐富的情感的觸發下想像力的自由運動,是由內感覺走向外感覺,由某種特定的心境引起對外在事物的通感。」[64]換言之,審美活動中,促成聯覺的人腦的神經分析中樞的運動往往伴隨著特定的內心體驗,不同的感覺的相似、溝通要以一種共同的情感體驗為心理基礎。沈從文運用的通感正是「影響的焦慮」前提下,如何訓練一切感官連同想像的內心體驗去生產作品,且以「心靈的眼睛」感覺中體悟世界的整體存在及永恆性[65]。他最終得出的結論就是:

　　我要他們先忘掉書本,忘掉所謂目前紅極一時的作家,忘掉個人出名,忘掉文章傳世,忘掉天才同靈感,忘掉文學史提出的名著,以及一切名著一切書本所留下的觀念或概念。末了我還再三說及希望他們忘掉「做國文」「繳卷」!能夠把這些妨礙他們對於「創作」工作認識的東西一律忘掉,再來學習應當學習的一切,用各種官能向自然中捕捉各種聲音,顏色,同氣味,向社會中注意各種人事。
　　脫去一切陳腐的拘束,學會把一枝筆運用自然,在執筆時且如何訓練一個人的耳朵、鼻子、眼睛,在現實裡以至於在回憶同想像裡馳騁,把各樣官能同時併用,來產生一個「作品」。[66]

---

[63] 〈連萃創作一集序〉,《沈從文全集》第16卷,頁316。
[64] 《悲劇‧審美‧自由》,台灣:風雲時代出版公司,民國78年,頁186。
[65] 楊義,《京派海派綜論》,北京:中國社會科學出版社,2003年,頁22。
[66] 〈《幽僻的陳莊》題記〉,《沈從文全集》第16卷,頁331。

　　沈從文小說的風景畫混和了顏色、聲音和氣味，如短篇小說〈三三〉中的一段描寫：

> 從碾坊往上看，看到堡子裡比屋連墻，嘉樹成蔭，正是十分與
> 旺的樣子。往下看，夾溪有無數水車，如堆積蒸糕；因此種田
> 人借用水力，用大竹扎了無數水車，用椿木做成橫軸同撐住，
> 圓圓的如一面鑼，大小不等豎立在水邊。這一群水車，就同一
> 群游水好閒人樣，成日成夜不知疲倦的咿咿呀呀唱著意義含糊
> 的歌。

　　另外一篇小說〈泥塗〉，也有類似的聲、色、香、味的官能感覺：

> 在同一地方，另外一些小屋子裡，一定也還有那種能夠在小灶
> 裡塞上一點濕柴，升起晚餐煙火的人家，濕柴嗶嗶的在灶肚
> 中燃著，滿屋便著嗆人的煙子。屋中人，借著灶口的火光，
> 或另一小小的油燈光明，向那個黑色鍋裡，倒下一碗魚內臟或
> 一把辣子，於是辛辣的氣味同煙霧混合，屋中人皆打著噴嚏，
> 把臉掉向另一方去。

（三）技巧

　　沈從文在〈給志在寫作者〉一文中告誡從事寫作的青年要「忘了『作家』，關心『作品』」，研究、理解和學習所謂偉大作品是個什麼樣子，這就是注意有關寫作技巧的問題。他首先認為，第一、寫作的態度不能狹窄；第二、態度若出現問題，題材的選擇，不是追隨風氣人云亦云，就是排洩個人恩怨，不管寫什麼都是浮光掠影，不深刻，

不親切[67]。其次，他以人類高尚的理想、健康的理想，必須先融解在
文字裡，這理想方可成為「藝術」。無視文字的德性與效率，想望作
品可以作槓桿，作火炬，作炸藥，皆為徒然妄想。他在藝術同技巧原
本不可分開的前提下，提出莫輕視技巧，莫忽視技巧，莫濫用技巧的
原則[68]。

> 就「技巧」二字加以詮釋，真正意義應當是「選擇」，是「謹
> 慎處置」，是「求妥貼」，是「求恰當」。一個作者下筆時，關
> 於運用文字鋪排故事方面，能夠細心選擇，能夠謹慎處置，能
> 夠妥貼，能夠隱當，不是壞事情。假定有一個人，在同一主題
> 下連續寫故事兩篇，一則馬馬虎虎，信手寫下，雜湊而成；一
> 則對於一句話，一個字，全部發展，整個組織，皆求其恰到好
> 處，看去儼然不多不少。這兩個作品本身的優劣，以及留給讀
> 者的印象，明明白白，擺在眼前。一個懂得技巧在藝術完成
> 上的責任的人，對於技巧的態度，似乎是應當看得客氣一點
> 的。[69]

　　沈從文自知他的興趣不在用各種方式為有權有勢者捧場湊趣，以
搶讀者為目的，或用另外一種方法搶小讀者，他只希望好好寫作三十
年，到二十世紀末還有讀者欣賞。讀者如不能從他的作品取得做人氣
概，至少還可望從中取得一點做文章技巧[70]。他認為：

> 《詩經》上的詩，有些篇章讀來覺得極美麗，《楚辭》上的文

---

[67] 《沈從文全集》第17卷，頁414。
[68] 〈論技巧〉，《沈從文全集》第16卷，頁473。
[69] 同上註，頁471。
[70] 〈給一個軍人〉，《沈從文全集》第17卷，頁327。

章，有些讀來覺得極有熱情，它是靠技巧存在的。駢體文寫得
十分典雅，八股文寫得十分老到，毫無可疑，也在技巧。前者
永久性，因為注重安排文字，達到另外一個目的。就是親切、
妥貼、近情、合理的目的。後者無永久性，因為除了玩弄文字
本身以外毫無好處，近於精力白費，空洞無物。同樣是技巧，
技巧的價值，是在看它如何使用而決定的。[71]

其實，從沈從文對文章技巧的談論，大致了解他是從兩方面而言
的。一是鋪排故事，他在〈一個邊疆故事的討論〉裡詳細的述說如何
編排故事的發展，教人與其寫十個平平常常故事，還不如用十倍精力
來擴大重造這個故事。並說：

照我個人意見，一個作者大致能「狠心」一點，不怕頭腦血管
破裂不怕神經失常，在一故事上想來想去，在一堆故事上更養
成這個想來想去習慣，結果會慢慢的使頭腦形成一種感覺，一
種理解，發現一切優秀作品的必然性和共通性，從自己從他人
作品中，從今人或古人作品中，從本國人或異族人作品中，都
若可有會於心，即作品中可以見「道」。因為這些作品完整處
將恰恰如一種思想系統。一個人生哲學家可能要用十萬二十萬
字反覆譬解方能說透的，一個作家卻可用三五千字或三五萬字
把它裝在一個故事過程中，且更容易取得普遍效果。[72]

二是文字處置，他在〈給一個讀者〉的信中說：

一個作者讀書呢，卻應從別人作品上了解那作品整個的分配方

---

[71] 〈論技巧〉，《沈從文全集》第16卷，頁470。
[72] 《沈從文全集》第17卷，頁465。

法，注意它如何處置文字如何處理故事，也可以說看得應深一層。……善於運用文字，正是他成為作家條件之一。幾年來有個趨向，不少人以為文字藝術是種不必注意的小技巧。這有道理。不過這些人似乎並不細細想想，不懂文字，什麼是文學。《詩經》與山歌不同，不在思想，還在文字！一個作家思想好，絕不至於因文字也好反而使他思想變壞。……寫小說，想把作品涉及各方面生活，一個人在事實上不可能，在作品上卻儼然逼真，這成功也靠文字。文字同顏料一樣，本身是死的，會用它就會活。作畫需要顏色，且需要會調弄顏色。一個作家不注意文字，不懂得文字的魔力，有好思想也表達不出這種好思想。作品專重文字自然會變成四六文章。我並不要你專注重文字。我意思是一個作家應了解文字的性質，這方面知識越淵博，越容易寫作品。[73]

無庸諱言，沈從文透過他的文字，來替他所見到的這個民族較高的智慧，完美的品德，以及其特殊社會組織，試作一種善意的紀錄。他說：

我除了用文字捕捉感覺與事象以外，儼然與外界絕緣，不相粘附。我以為應當如此，必須如此。一切作品都需要個性，都必浸透作者人格和感情，想達到這個目的，寫作時要獨斷，要徹底地獨斷！[74]

蘇雪林（1897～1999）曾說：「沈氏作品藝術好處第一是能創造

---

[73] 《沈從文全集》第17卷，頁226。

[74] 〈《從文小說習作選》代序〉，《沈從文散文》第三集，北京：中國廣播電視出版社，1994年，頁391。

一種特殊的風格。在魯迅、茅盾、葉紹鈞等系統之外另成一派。丁玲在文壇上的地位雖然高過他，但丁玲文體卻顯然受過他的影響。他的文字雖然很有疵病，而永遠不肯落他人窠臼，永遠新鮮活潑，永遠表現自己。他獲到這套工具之後，無論什麼平凡的題材也能寫出不平凡的文字來。」[75]。沈從文在描寫故鄉風習及人物遭遇時。鄉土的「感覺」「氣氛」看似純任天然，卻兀自有其述寫的方法。

第三節　「藝術空白」與「氣韻」

一　「藝術空白」與「氣韻」結合下的啟迪

　　德國接受美學家伊瑟爾（Wolfgang Iser,1926～）的文學理論指出雖然作品文本的每一個詞，每一個句子在各時代並無變化，但人們「發現」（discover）的意義卻不斷變化著，這說明文學作品不但只有經過閱讀才能獲得生命力，其意義也只有在此過程中才會產生：「讀者必須靠自己去發現本文潛在的密碼，這也就是發掘意義，發現的過程本身就是一種語言活動，它構成意義，使讀者得以與本文交流。」[76]由於文學作品中存在許多不確定的因素與空白，讀者在閱讀時如不用想像將這些不確定因素確定化，將這些空白填滿，他就無法進行欣賞。在閱讀活動中，文本以其語義作用於讀者，但語義並非作品的意

---

[75] 〈沈從文論〉，收入王珞編，《沈從文評說八十年》，北京：中國華僑出版社，2004年，頁190。

[76] 沃爾夫岡・伊瑟爾著，金元浦、周寧譯，《閱讀活動——審美反應理論》，北京：中國社會科學出版社，1991，頁74。英文版見 Wolfgang Iser, *The Act of Reading* (Baltimore: The Johns Hopkins UP, 1978)。

義，而僅僅是產生意義的一種「潛能」，只有當它作用於接受者的主觀意識並引起反應時才能產生意義。由於接受意識是流變的，在不同時間、地點和個體條件下呈現出差異，因此不同讀者即使閱讀同一文本，對其理解和感受以及把握的意義也千差萬別。

伊瑟爾認為，「文學作品的文本所使用的語言包含了許多『不確定性』與『空白』。『不確定性』和『空白』構成了文學文本的基本結構，這就是文本的『召喚結構』[77]。文學作品的文本由於『不確定性』和『空白』的存在，而吸引讀者參與到文本所敘述的事件中去，並為他們提供理解和闡釋的自由。在閱讀活動中，讀者必須賦於作品文本中的不確定性以確定的涵義，填補文本中的空白，才能對文本所敘述的事件和環境、人物形象等，獲得清晰、完整的印象。」[78]誠然，以上所說的「空白」是完全聚焦在讀者身上而言。而羅蘭・巴特的文章《作者之死》對關於作者身分中這意味自由和約束兩重力量的討論，把文本信息的接受性收歸讀者手上。巴特以西方文化過高地估計了作者這一角色的價值，這一思想傳統不僅獨自負責作品的創造，而且完全掌握著作品的意義。為了挑戰傳統，巴特賦予文本的讀者前所未有的重要性，並堅持認為文本的意義乃是讀者解釋的結果，而非作者意圖的產物。而且，文本並沒有提供恆定的信息，大量重要的符號可以從多種角度進行解讀，永遠不可能有最終的解釋。

巴特的閱讀概念為讀者提供了最大的解釋「愉悅」，這也可以驗證周作人從解釋「難懂文本」的行為中獲得了解釋的快感。

---

[77] 同上註，頁11。

[78] 「作品本文中的未定性與意義空白是聯結創作意識與接受意識的橋樑，是前者向後者轉換的必不可少的條件。它們的作用在於能促使讀者在閱讀過程中賦予本文的未定性以確定的含意，填補本文中的意義空白。體現在作品中的創作意識只有通過讀者才能以不同的方式得到現實化或具體化，並作為效果以不同的面貌重新出現。」參看金元浦著，《接受反應文論》，濟南：山東教育出版社，1998年10月，頁43。

　　在沈從文的文學作品中，存有一定的「空白」，這屬於他「有心」為之之作，即作者出於藝術上的需要，對某一人物、某一情節或細節，作有意的虛寫或省略，如此形成的「空白」，可以稱之為「藝術空白」[79]。如小說〈說故事人的故事〉，內容說「我」即將回湘西之前，被一個弁目拉去賭錢喝酒。在半醉半醒之間，經弁目慫恿下隨他到牢獄探訪與他有曖昧感情關係的夭妹。「我」在弁目和夭妹談話中，知悉他們之間有個賭咒，只要弁目為夭妹完成一件事，夭妹就會以自己獻給弁目為賭注。但直到二人同在獄中被發現姦情到最終處決，作者並沒有清楚交代，這就留有空白讓讀者猜測。

　　沈從文的「藝術空白」意識，則來自於對國畫的啟迪。他說：

> 再從宋元以來中國人所作小幅繪畫上注意。我們也可就那些美麗作品設計中，見出短篇小說所不可少的慧心和匠心。那些繪畫無論是以人事為題材，以花草鳥獸雲樹水石為題材，「似真」「逼真」都不是藝術品最高的成就，重要處全在「設計」。什麼地方著墨，什麼地方敷粉施彩，什麼地方竟留下一大片空白，不加過問。有些作品尤其重要處，便是那些空白處不著筆墨處，因比例上具有無言之美，產生無言之教。[80]

　　「藝術空白」的運用，使沈從文重視身為讀者從作品的「設計」中取得個人的閱讀趣味，而這種趣味正是強調「體味」、「玩味」等審美直覺體驗的方式。誠如沈從文對《紅樓夢》所「設計」的空間

---

[79] 另外有一種「空白」，稱之為「自然空白」，即作者「無意」而成，儘管作者對某一人物、某一情節、某一細節，主觀上希圖進行精密的描寫，不容出現什麼遺漏，但若讀者細加檢查，可在行文中，發現一定的情節或細節的描寫「空白」。詹鵬萬，〈沈從文小說中的藝術空白〉，《中國現代、當代文學研究》，1987年11月。

[80] 〈短篇小說〉，《沈從文全集》第16卷，頁505。

呈現的審美直覺是：「《紅樓夢》的長處，在處理過去一時代兒女纖細感情，恰如極好宋人畫本，一面是異常逼真，一面是神韻天成。」[81]他以「異常逼真」主張作家在描述生活時，必須全身心地感受所描述的對象，以「神韻天成」表現在作品具體的景物描寫和人物形象的塑造。當中從傳統繪畫「氣韻」的文藝觀念成為個人小說創作遵守的原則，這關乎到「氣韻」的體會和學習的問題。

　　氣韻的概念始於魏晉南北朝清談和對人物及山水的品評，它主要是指對象所蘊含的義義深遠，超越世俗的美。氣韻是藝術作品中呈現出來的氣勢風韻，它產生於形神統一的基礎上，又是主客觀相互交融的結果。氣韻概念的發展與完善，與中國古代抒情藝術的發達是分不開的。

　　魏晉南北朝的謝赫，是較早在文藝領域中使用氣韻這一概念的畫論家。他把氣韻作為繪畫的六法之一，提倡「氣韻生動」[82]。

　　劉勰的《文心雕龍‧聲律》有「韻氣一定，則餘聲易遣」之說，同時又提出風骨、 秀，這周氣韻之說相通。

　　唐代張懷瓘評顧愷之的畫，認為「其神氣飄然在煙霄之上，不可以圖畫間求」，即謂其有氣韻。皎然的詩論謂佳詩名句「可以意冥，難以意狀，非作者不能知」，同樣是談氣韻。

　　張彥遠論畫認為「氣韻難狀，幾不容於縑素；筆跡磊落，遂恣意於牆壁」，「此神異也」。司空圖論詩也認為應「味在酸鹹之外」，要

---

[81] 〈小說作者和讀者〉，《沈從文全集》第12卷，頁68。

[82] 南齊謝赫總結前人繪畫的實踐經驗，創六法，將「氣韻生動」列六法之首，視為繪畫藝術的最高境界。其所留下的古畫品錄一卷，序中有這一段話：「雖畫有六法，罕能該盡。而自古及今，各善一節。六法者何？一曰氣韻生動是也。二曰骨法用筆是也。三曰應物象形是也。四曰隨類傳彩是也。五曰經營位置是也。六曰傳移模寫是也。」引自徐復觀著，《中國藝術精神》，台灣：台灣學生書局，民國55年，頁144。

求詩有「近而不浮，遠而不盡」的「韻外之致」。

宋梅堯臣認為詩有氣韻應「狀難寫之景如在目前，含不盡之意見於言外」。他的理論是對司空圖的發展。

郭若虛《圖畫見聞志》說：「凡畫，氣韻本乎游心。」游心即豐富的想像。畫容納了想像的結晶，方能「畫盡意在，像應神全」。黃庭堅評杜子美詩，也得出了與郭若虛相近的結論。

風韻，也可謂風神，姜白石的書論提出了達到風神的要求：「一須人品高，二須師法古，三須筆紙佳，四須險勁，五須高明，六須潤澤，七須向背得宜，八須時出新意。」

嚴羽以氣韻而論氣象，認為佳詩「氣象混沌難以句摘」，「如空中之音，相中之色，水中之月，鏡中之象，言有盡而意無窮」。

明代作家胡應麟認為詩如樹木，「色澤神韻，猶花蕊也」，「花蕊燦然，而後木之生意完」。王驥德認為作品的妙在於「不知所以然而然，此所謂『風神』，所謂『標韻』」。畫家唐志契等也持近似的觀點。

清代王夫之指出：作詩「虛實在神韻，不以興比無以為別，如此空中構景，佳句獨得，詎不賢於硬架而無情者乎！」他把比興與神韻聯繫起來而論。畫家笪重光認為佳作應能得意忘象，否則，如「畫工有其形而氣韻不生，士夫得其意而位置不穩」。張庚、唐岱持與之相近的觀點。

翁方綱說：「神韻者，非風致情韻之謂也」；「神韻乃詩中自具之本然」；「神韻者，是乃所以君形者也」在他看來，神韻有超脫一路，亦有徵實一路。總之，一切佳作都歸於神韻。

近人徐復觀（1904～1982）認為：

「作品中的氣韻，是作品中所表現出的對象的精神。而對象的

精神，須要作者的精神去尋覓，這便超越了作者筆墨的技巧問題，而將其決定點移置於作者精神之上，這便引發出氣韻可學不可學的問題來了。」又說：「氣韻的根本義，乃是傳神之神，即是把對象的精神表現了出來。而對於對象精神的把握，必須賴作者的精神的照射，以得到主客相融；則必須承認作品中的氣韻生動，乃是來自作者自身的氣韻生動；於是氣韻是一個作品的成效，更是一個作品得以創作出來的作者精神狀態。」[83]

沈從文嘗試以「氣韻」貫串《紅樓夢》整體的精神，誠以徐復觀的說法「對象的氣韻，又實出自經過一番修養工夫，脫盡塵濁的作者的心源；這實使作者與對象，在以神相遇中，而『共成一天』（按：郭象莊子《齊物論》注對天籟的注釋）」[84]。作品才能產生永久的價值：

> 世界上偉大作品能在人的社會中長久存在，且在各種崇拜，讚美，研究，愛好，以及其他動人方式中存在，其實也便是一種悲劇。正如《紅樓夢》題詞所載：「滿紙荒唐言，一把辛酸淚，都言作者痴，誰解其中味？」從作品了解作者，實在不是一件容易事。所以一個誠實的作者若需要讀者，需要的或許倒是那種少數解味的讀者。作者感情觀念的永生，便靠的是在那在各個時代中少數讀者的存在，實證那個永生的可能的夢。[85]

《紅樓夢》在沈從文的閱讀過程中，的確存在「不確定性」和「空白」，他既然以「氣韻」為連貫該著作的整體精神作根據，這說

83　參看〈釋氣韻生動〉，收入《中國藝術精神》，頁210、211。

84　同上註，頁214。

85　〈小說作者和讀者〉，《沈從文全集》第12卷，頁73。

明「氣韻」是產生意義的「潛能」，透過它作用於沈從文的主觀意識而引起反應，空白處得到了填補，則《紅樓夢》在沈從文的欣賞下喚發了生命力。

二　「簡單」的原則

對於偏愛「簡單」的文學價值問題，它反映了支撐整個生活方式的信念，這種信念的反應，沈從文和周作人所持之以恆的是相同的方式。不同的是，周作人寧願在日本而不是在中國尋找它的例證。英國學者卜立德（David Edward Pollard, 1937～）認為周作人幾乎是毫不迴避地讚賞他們自己身上簡單和直截了當的古典觀念，將之當作自我確證的美德[86]。周作人曾將陶潛詩歌的好處概括為「意誠而辭達」[87]，他認為只要具備上述兩個條件，作者的職責就算是盡到了[88]。甚至，更宣稱任何文學作品只要「真實簡便」便好[89]，並重申了「寫文章沒有別的訣竅，只有一字曰簡單」這一觀點[90]。另外，梁實秋（1903～1987）主張散文應具有單純的美。他強調「散文的美妙多端，然而最高的理想也不過是『簡單』二字而已。」[91]並以「割愛」為散文的藝術中之最根本的原則。

---

[86] 卜立德著，陳廣宏譯，《一個中國人的文學觀──周作人的文藝思想》，上海：復旦大學出版社，2001年，頁114。

[87] 〈陶集小記〉，收入周作人著，止庵校訂，《苦口甘口》，石家莊：河北教育出版社，2002年，頁133。

[88] 〈夢想之一〉，《苦口甘口》，頁13。

[89] 〈美文〉，收入楊揚編，《周作人批評文集》，廣東：珠海出版社，1998年，頁98。

[90] 〈本色〉收入周作人著，止庵校訂，《風雨談》，石家莊：河北教育出版社，2002年，頁29。

[91] 轉引自劉炎生著，《才子梁實秋》，南昌：百花洲文藝出版社，1995年，頁128。

　　沈從文利用「藝術空白」的理念，堅信「簡單」的書寫意義，在他的創作實踐中奉為慣常的原則，他說：「作者應當明白『經濟』兩個字在作品上的意義，不能過度揮霍文字，不宜過度鋪排故事。」[92]汪曾祺曾說：「他的小說的行文簡潔而精確處，得力於《史記》者，實不少。」[93]對於文學創作從模仿中求熟練與進步，幾乎不能拋開歷史必須擔負它本身所在那個時代環境的種種義務，沈從文以為文學工作卻應當在模仿中加以創造，能創造時他就不會在作任何模仿了[94]。

　　因此，沈從文從《史記》敘事體裁模仿到簡潔精確的文字效果。或許他甚至從《史記》、《紅樓夢》學習一種「精巧完整的組織」：

> 文學有個古今一貫的要求或道德，就是把一組文字，變成有魔術性與傳染性的東西，表現作者對於人生由「鬥爭」求「完美」一種理想。毫無限制採取人類各種生活，製作成所要製作的形式。說文學是「誠實的自白」，相反也可以說文學是「精巧的說謊」。想把文學當成一種武器，用它來修改錯誤的制度，消滅荒謬的觀念，克服人類的自私懶惰，讚美清潔與健康，勇敢與正直，擁護真理，解釋愛與憎的糾紛，它本身最不可缺少的，便是一種「精巧完整的組織」。一個文學作家首先得承認這種基本要求，其次便得學習懂得如何掌握它。[95]

　　「精巧完整的組織」就是「簡單」的要求。胡適在〈論短篇小說〉中曾說：「用最經濟的文學手段，描寫事實中最精彩的一段，或一方

92　〈答辭八〉，《沈從文全集》第17卷，頁405。

93　〈傳統文化對中國當代文學創作的影響〉，收入《晚翠文談新編》，北京：三聯書店，2002年，頁17。

94　〈『誠實的自白』與『精巧的說謊』〉，《沈從文全集》第17卷，頁389。

95　同上註，頁390。

面,而能使人充分滿意的文章。」[96]「經濟的手段」即是「簡潔」,「精彩的一段」即是「精練」,這是對作家的寫作要求和限制。誠如沈從文所說「一個作品的成功,文字弄得乾淨俐落是第一步,不是最後一步。你明白了如何吝惜文字,還應當如何找尋那些增加效率的文字。」[97]可說是相當接近胡適的理念。

三 含蓄的意境

在沈從文的藝術理念範疇中,頗為重視作家對於作品現象的空白設計,這使讀者能積極參與作品構成的意義。在藝術實踐底下,沈從文認為「是應當極力避去文字表面的熱情」,還說「神聖偉大的悲哀不一定有一攤血一把眼淚,一個作家寫人類痛苦是用微笑表現的。」[98]這裡透露沈從文感情流動的表現,不在直言無諱的傾訴,而在於含蓄的審美感受。沈從文表示:

> 記得迭更司(按指英國小說家狄更斯)的《冰雪因緣》《滑稽外史》《賊史》這三部書,反覆約佔去了我兩個月的時間。我喜歡這種書,因為它告給我的正是我所要明白的。它不如別的書說道理,它只記下一些現象。即或它說的還是一種很陳腐的道理,但它卻有本領把道理包含在現象中。我就是個不想明白道理卻永遠為現象所傾心的人。[99]

---

96 王鍾陵主編,《二十世紀中國文學史文論精華——小說卷》,石家莊:河北教育出版社,2000年,頁62。
97 〈答辭十——天才與耐性〉,《沈從文全集》第17卷,頁407。
98 〈給一個寫詩的〉,《沈從文全集》第17卷,頁185。
99 《從文自傳·女難》,收入《沈從文全集》第13卷,頁323。

「把道理包含在現象中」，就是劉勰所說的：「獨照之匠，窺意象而運斤。」[100]它是心的創造，更是對現實生活的生動直觀的藝術地反應。

沈從文運用「含蓄」所形成的空白，在散文創作寄托一種靜穆的意境美，「可言不可言之間」、「可解不可解之會」[101]隨處可見，諸如《湘行散記》裡的篇章：

> 河面一片紅光，古怪聲音也就從紅光一面掠水而來。日裡隱藏在大岩石下的一些小漁船，原來在半夜前早已靜悄悄地下了攔江網。到了半夜，把一個從船頭伸出水面的鐵籃，盛上燃著熊熊烈火的油柴，一面敲著船舷各處走去。身在水中見了火光而來與受了柝聲驚走四竄的魚類，便在這種情形中觸了網，成為漁人的俘虜。[102]（〈鴨窠圍的夜〉）

整段沒有一個艷麗脂粉的詞，透過平淡的描寫，感受到沈從文寄托的那種江夜的靜美，並且深諳王國維（1877～1927）所說的「寫境」[103]的妙用。

> 小船上盡長灘後，到了一個小小水村邊，有母雞生蛋的聲音，

---

100 （梁）劉勰著，范文瀾註，《文心雕龍註》卷七〈神思〉，北京：人民文學出版社，2001年，頁537。

101 葉燮（1627～1703）：「詩之至處，妙在含蓄無垠，思致微渺，其寄托在可言不可言之間；其旨歸在可解不可解之會。言在此而意在彼，泯端倪而離形象，絕議論而窮思維，引人於冥漠恍惚之境，所以為至也。」（清）葉燮著，霍松林校正，《原詩》，北京：人民文學出版社，1998年。

102 《沈從文全集》第11卷，頁247。

103 王國維說：「有造境，有寫境，此理想與寫實二派之所由分。然二者頗難分別。因大詩人所造所之境，必合乎自然，所寫之境，亦必鄰於理想故也。」見《人間詞話》，北京：人民文學出版社，1999年，頁191。

有人隔河喊人的聲音，兩山不高而翠色迎人。許多等待修理的
小船，皆斜臥在岸上，有人正在一隻船邊敲敲打打，我知道他
們正在用麻頭與桐油石灰嵌進船縫裡去。一個木筏上面還擱了
一隻小船，在平潭中溜著，……[104]（〈一九三四年一月八日〉）

透過平凡的小事，從深處領悟人生，在近乎空靈的清麗文字背
後營造出一種靜穆的境界。山、水、聲、色，構成「一幅畫，一首
詩」[105]的意境。

王國維《人間詞話》：「詞以境界為最上。有境界則自成高格，
自有名句。」[106]沈從文對情景意境的描繪，確實能達到如王國維所說
的文學創作中的審美最高標準，締造除詩、詞以外，散文的藝術境
界。這裡且從《湘西》的部分篇章看他對意境的描繪。

遇晴朗天氣，白日西落，天上薄雲由銀紅轉成灰紫。停泊崖下
的小漁船，燒濕柴煮飯，炊煙受濕，平貼水面，如平攤一塊白
幕。綠頭水鳧三隻五隻，排陣掠水飛去，消失在微茫煙波裡。
一切光景靜美而略帶憂鬱。隨意割切一般勾勒紙上，就可成一
絕好宋人畫本。滿眼是詩，一種純粹的詩。生命另一種形式的
表現，在這裡可以和感官接觸。[107]（〈瀘溪‧浦市‧箱子岩〉）
山後較遠處群峰羅列，如屏如障，煙雲變幻，顏色積翠堆藍。
早晚相對，令人相像其中必有帝子天神，駕螭乘蚖，馳騁其
間。繞城長河，每年三四月春水發後，洪江油船顏色鮮明，在
搖櫓歌呼中，聯翩下駛。長方形木筏，數十精壯漢子，各據筏

---

104 《沈從文全集》第11卷，頁251。
105 〈一九三四年一月十八〉，《沈從文全集》第11卷，頁251。
106 同註101。
107 《沈從文全集》第11卷，頁375。

上一角，舉橈激水，乘流而下。其中最令人感動處，是小船
半渡，游目四矚，儼然四圍是山，山外重山，一切如畫。水深
流速，弄船女子，腰腿勁健，膽大心平，危立船頭，視若無
事。[108]（〈沅陵的人〉）

這種詩畫勾勒的意境，具有沈從文匠心獨運藝術本體的民族特
色。沈從文曾說：

我的作品稍稍異於同時代作家處，在一開始寫作時，取材的側
重在寫我的家鄉，我生於斯長於斯的一條延長千里水路的沅水
流域。
對沅水和它的五個支流、十多個縣分的城鎮及幾百大小碼頭給
我留下人事哀樂、景物印象，想試試作綜合處理，看是不是能
產生點散文詩的效果。[109]

雖說意境是詩歌散文的美學範疇，但也必須要注意形象的描繪。
形象是構成詩歌散文的基本要求。意境不僅概括鮮明生動的形象，亦
能傳神寫意，引起讀者的想像聯想，讓人尋味，誘發出作品文本的更
多潛能（potential effect）。形象絕非純客觀的物象反應投射，任何詩
人作家要攝取客觀的物象時，都總是「有感而發」、「神與物游」，不
可能無端取物。因此，為了使作品中的藝術形象新穎、獨特，富於藝
術感染力，形象的基本特點：個別性、具體性和生動性，在構成完整
人物性格和形象個性化時起了重要意義。

沈從文對沅水流域的城鎮和碼頭中人事、景物的熟悉，以便他在
極細緻的描寫刻劃中達到藝術想像的高峰，並趨使藝術形象高度圓融

---

108 《沈從文全集》第 11 卷，頁 353。
109 〈《沈從文散文選》題記〉，《沈從文全集》第 16 卷，頁 385。

一致。

四 「藝術空白」與音樂美術

伊瑟爾的理論指出，不確定性與空白並不是文本中不存在的、可以由讀者根據個人需要任意填補的東西，而是文本的內在結構中通過某些描寫方式省略掉的東西。它們雖然要由讀者運用自己的經驗和想像去填補，但填補的方式必須為文本自身的規定性所制約。在接受過程中，文本意向的規定性約束著讀者能動的想像力，使其至於脫離文本的意向，不確定性和空白則激發著這種想像，使其得到充分發揮。因此，從這種意義上說，填補不確定性與空白的過程是一種「再創造」過程。伊瑟爾確信「本文的作者將對讀者的想像施加豐富多樣的影響——他對配置布局有著全套的敘述技巧——但真正有才能的作者將絕不企圖在他的讀者眼前展示全部畫面。如果他這樣做了，他將很快失去他的讀者，因為只有通過激活讀者的想像，作者才有可能希望使讀者捲入，並從而實現他本文的種種意向。」[110]

沈從文很早已領略到音樂美術對文學創作騰出「空白」的意義，所以在創作中寄予這種作品潛在的意向，使讀者能從中「再創造」不同的意味。誠如對自己作品分析的批評家中，沈從文以為李健吾（1906～1982）「能從《邊城》和其他《三三》等等短篇中，看出詩的抒情與年輕生活心受傷後的痛楚，交織在文字與形式裡，如何見出畫面並音樂的效果。唯有這個批評家從作品深處與文字表面，發掘出那麼一點真實。」[111]這不僅給身為讀者的李健吾提供一個想像的空

---

110 李鈞主編；朱立元譯，〈閱讀過程：一個現象的論述〉，《二十世紀西方美學經典文本》（第三卷：結構與解放），上海：復旦大學出版社，2001年，頁687。

111 〈關於西南漆器及其他〉，《沈從文全集》第27卷，頁25。

間，同時也讓沈從文為自己找到安身立命的方式。他在1933年寫作
《月下小景》時在題記中談到為人所疏忽的問題，指的應是佛曲，他
說：

> 我想多知道一些，曾從《真誥》、《法苑珠林》、《雲笈七籤》
> 諸書中，把凡近於小說故事的記載，掇輯抄出，分類排比，研
> 究它們記載故事的各種方法，且將它同時代或另一時代相類故
> 事加以比較，因此明白了幾個為一般人平時所疏忽的問題。[112]

他在晚年的一篇回顧性文論〈關於西南漆器及其他〉交代說從宋
人畫本中學習空白藝術，並且提到從佛經裡面的樂曲得到啟示：

> ……而自書本上，我從佛道諸經中，得到一種新的啟示，即故
> 事中的排比設計與樂曲相會通處。尤其是關於重疊、連續、交
> 錯、湍流奔赴與一泓靜止，而一切教導都融化於事件「敘述」
> 和「發展」兩者中。這個發現又讓我從宋人畫小景中，也得到
> 相似默契與印證。或滿幅不見空處，或一角見相而大部虛白；
> 小說似這個也是那個。作者生命情感、願望、信念，注入作品
> 中，企圖得到應當得到的效果，美術音樂轉遞的過程，實需要
> 有較深理解。[113]

這不僅從佛曲中得到啟發，利於創作，從思想上說，沈從文自己
的思想與其他種種不相干比擬，造他的說法是還停置在子部的農家許
行和墨家榮子兩者的綜合上。他以為道理雖舊，但可以推陳出新，重
要的是它近於固有的中國農民型與社會型，交織成一個現代化中的新

---

[112] 《沈從文全集》第9卷，頁215。
[113] 同註112。

的復合物，在試探發展中得到一點紀錄。他以這點意識來用筆，一面保留鄉村風景畫的多樣色調，一面還能注意音樂中的復合過程，來處理問題，並且創作多篇短篇小說，如民國十七年寫的《柏子》，民國十八、九年寫的《腐爛》、《丈夫》、《燈》和《會明》。

　　舉《柏子》中的一段為例，看他如何將水手和妓女間的關係加上音樂的節奏感安排在字裡行間：

> 酒與煙與女人，一個浪漫派文人非此不能誇耀於世人的三樣事，這些嘍囉們卻很平常的享受著。雖然酒是醨冽的酒，煙是平常的煙，女人更是……然而各個人的心是同樣的跳，頭腦是同樣的發迷，口——我們全明白這些平常時節只是吃酸菜南瓜臭牛肉以及說點下流話的口，可是到這時也粘粘糊糊，也能找出所蓄於心各樣對女人的諂諛言語，獻給面前的婦人，也能粗粗魯魯的把它放在婦人的臉上去，腳上去，以及別的位置上去。他們把自己沉浸在這歡樂空氣中，忘了世界，也忘了自己的過去與未來。女人則幫助這些可憐人，把一切窮苦一切期望從這些人心上挪去。放進的是類乎煙酒的興奮與醉麻。在每一個婦人身上，一群水手同樣作著那頂切實的頂勇敢的好夢，預備將這一月儲蓄的金錢與精力，全傾之於婦人身上，他們卻不曾預備要人憐憫，也不知道可憐自己。

　　再看小說《燈》，作者說他自己平常寫的短篇小說，是環繞在農村因經濟影響直到社會組織的體裁，但如今想要寫一個短篇的短篇，也像無從下筆。對老兵複雜豐富的經歷，加深他的感慨。行文有著音樂的復合過程：

> ……望到這人的顏色，聽到這人的聲音，我感覺過去另外一時

所寫作的人生的平凡。我實在懂得太少了。單是那眼睛，帶一
點兒憂愁，同時或不缺少對於未來作一種極信託的樂觀，看人
時總像有什麼言語要從那無睫毛的微褐的眼眶內流出，我是缺
少氣力來作為一種說明的。

望著他一句話不說，或者是我們正談到那些戰事，那些把好人
家房子一把火燒掉，牽了農人母牛奏凱回營的戰事，這老兵忽
想起了什麼，不再說話。我猜想他是要說一些話的，但言語在
這老兵頭腦中好像不大夠用，一到這些事情上，他便啞口了。
他只望到我！或者他也能夠明白我對於他的同意，所以後來總
是溫柔的也很嫵媚的一笑，把頭點點就轉移了一個方向，唱了
一個四句頭的山歌。他那裡料得到我在這些情形下所生的動
搖！我望著這老兵一個動作，就覺得看見了中國多數愚蠢的朋
友，他們是那麼愚蠢，同時又是那麼正直，那最東方的古民族
和平靈魂，為時代所帶走，安置到這毫不相稱的戰亂世界裡
來，那種憂鬱，那種拘束，把生活妥協到新的天地中，所做的
夢，卻永遠是另一個天地的光與色，我簡直要哭了。

沈從文在1957年改行後寫的一篇〈談「寫游記」〉文論中，仍念
念不忘這種創作中充滿樂曲節奏的見解：

他不僅僅應當如一個優秀山水畫家，還必須兼有一個高明人物
畫家的長處，而且還要博學多通，對於藝術各部門都略有會
心，譬如音樂和戲劇，讓主題人事在一定背景中發生存在時，
動靜之中似乎有些空白處，還可用一種恰如其分的樂聲填補空
間。[114]

---

[114]《沈從文全集》第16卷，頁518。

　　這種空白藝術觀念似乎接近伊瑟爾對本文空白的定義，對一個文學本文，我們的想像也只能描繪那些不在本文裡的事物；本文已寫出的部分給予我們知識，但恰恰是未寫出的部分提供給我們描繪種種事物的機會；實際上，如若沒有種種不確定的因素，即本文的空白，我們就應該不能使用我們的想像[115]。

---

[115] 同註110。

第四章　沈從文的小說理論與實踐

第一節　短篇小說的特色

　　在沈從文創作的小說中，短篇小說所佔的比例相當多，以 1985 年出版的《沈從文文集》[1]中雖然統計有一百五十四篇短篇小說，但其中有些篇章因政治原因被查禁抽取，因此沈從文在 1949 年前的作品，都需要刪改、過濾，甚至淘汰[2]。而為了紀念沈從文百年華誕，於 2002 年出版的《沈從文全集》[3]是至今收錄最齊全、完備的沈從文作品，當中除了文學創作外，也包括他晚年從事的物質文化史研究的所有資料和書信。《全集》不但彌補了《文集》中被刪改、淘汰的篇章[4]，可喜的是，還收入沈從文生前未曾發表的作品。據筆者統計，《全集》共有一百八十三篇短篇小說，創作高峰期是 1925 年到 1937 年

---

[1]　沈從文著，邵華強、凌宇合編，《沈從文文集》1～12卷，香港：三聯書店；廣州：花城出版社聯合編輯出版，1985 年。

[2]　關於《沈從文文集》出版時，部分作品包括小說、文論等有代表性的篇章被查禁的理由，王潤華以為那些因政治避諱而刪改的謬誤之處，沈從文根本無從反對，被整部或整篇抽掉的作品，也只好默認。〈出版說明〉中所謂的「親自審閱」等於要作者默認編輯與刪改。參看《沈從文小說新論》，上海：學林出版社，1998 年，頁 11。

[3]　沈從文著，張兆和主編，《沈從文全集》1～32卷，太原：北岳文藝出版社出版，2002 年。

[4]　王繼志曾在其專著做過資料整理，他當時認為未編入《文集》的作品集裡，至少有九種，即〈第二個狒狒〉、〈市集〉、〈呆官日記〉、〈不死日記〉、〈長夏〉、〈劊子手〉、〈舊夢〉、〈看虹摘星錄〉和〈記丁玲〉。參看《沈從文論》，南京：江蘇教育出版社，1992 年，頁 82。

間，此時正是沈從文離開家鄉到北京尋求理想的青春年華時代。他在回憶性文章中曾提及從1928年轉到學校後，在社會變化和博覽群書下學習用筆，寫作精力旺盛。前後約二十年，工作範圍包括教學、閱讀和寫作的活動主要是文學創作中的短篇小說和敘事抒情散文[5]。

　　沈從文在1951年發表的〈我的學習〉裡聲明「短篇小說是文學中最不容易見好，而卻最引起讀者注意的一種工作的感受。」[6]並且自認自己短篇作品有優點和缺點：

> 二十年來大部作品多產生於這個時間內。一部分作品，雖比較具進步性，另一部分作品，卻充分反映出一個游離知識份子的弱點，文字華麗而思想混亂，有風格而少生命。大部分是無助於人民革命，對年輕人前進意志，更容易形成麻痺和毒害效果。特別是用佛經故事改造的一些故事，見出是我的雜學的混合物。佛教的虛無主義，幻異情感，和文選諸子學等等的雜揉混合，再發展即成為後來的《七色魘》等極端病態的、邪辟的、不健康的格式。而促成這個發展的，還顯然有佛洛依德、喬依司（喬伊斯）等等作品支離破碎的反應。[7]

　　這段話明顯的地方是沈從文有意識交代了文體逐漸變化的因緣。由於雜學，使沈從文的小說語言「一部分充滿泥土氣息，一部分又文白雜揉，故事在寫實中依舊浸透一種抒情幻想成分，內容見出雜而不純，實由於試驗習題所形成。」[8]從1934年所寫的小說《邊城》以後，

5　〈《沈從文小說選集》題記〉，《沈從文全集》第16卷，頁375。

6　「我弄的原是短篇小說，也即是在文學中最不容易見好，五四以來卻又最引起讀者注意的一種工作。這工作特點，即任何抽象理論都無助於實踐。」《沈從文全集》第12卷，頁366。

7　同上註，頁367。

8　〈《沈從文小說選集》題記〉，《沈從文全集》第16卷，頁375。

在沈從文的創作生涯中已經離湘西牧歌情致的嚮往越走越遠，而世俗的生活理想也逐步實現，轉而游走於城市鄉紳之間的糾纏和哲理抽象思考。學者王曉明認為：

> 文體變化是一個信號，它表明沈從文的整個審美感受都在發生變化。沈從文的心境稱得上是相當單純的，他全身心都沉浸在對某種人生遠景的感覺之中。可現在，那個反進化的歷史觀挾帶著一大卷證據闖進他的頭腦，這種單純的心境勢必難以維持，因為和觀念相比，情緒總是更為軟弱的，……但是，沈從文卻不幸遇上了另一種情緒，也許是他那人生無常的憂鬱過於空泛，也可能他太相信那個歷史觀了，他運用這套觀念理解自己那渾沌感受的結果，竟是造成了一種誤解，把他原先對整個人生虛幻無常的隱約的預感，不知不覺就換成了對他鍾愛的那個湘西社會即將滅亡的清醒的悲憤，用他自己的話來說，就是所謂「秋天的感覺」。應該說這也是一種能夠引發創作欲的激情，但是，它在很大程度上畢竟是靠那反進化的歷史觀融化出來的，並不能從沈從文情感記憶的最深處汲取養分，因此，它必然缺乏那震撼作家全部靈魂的力量，倘若由它來消化那份人生無常的隱憂，實際上就是把一種深層的感情淺化了。在沈從文寫完《邊城》的時候，這「秋天的感覺」似乎還沒有瀰漫開來。[9]

確實，沈從文從二十年代中期開始創作小說，原本他對充滿憧憬的北平寄予希望並想有所作為，卻在多番遭受冷遇和折騰下，因此，

---

9 〈『鄉下人』的文體與『土紳士』的理想〉，收入在《潛流與漩渦》，北京：中國社會科學出版社，1991年，頁113。

這時他的筆法是相當雜亂的。文字散漫、拖杳，抒寫自我似和郁達夫早期文字頗為相像[10]。從某種程度上說，已經留下近於「郁達夫早年散文稍嫌自憐過甚，情感太烈，而鍛鍊不足。」、「也往往帶來過於散漫和缺少節制的弱點。」的類似印象[11]。

在越發思念起家鄉人事的點滴時，湘西的沅水流域的思鄉情緒就越深刻的包圍著沈從文。從初期小說的雜亂面貌到擁有「文體作家」的美譽[12]，可以說，沈從文最有藝術成就的作品要數這時期所創作的以湘西沅水流域為背景的短篇小說和散文集。對於創作短篇小說，他容許自己用一枝筆去「探險」，失敗時也不想護短，並且說：

> 很希望慢慢的用筆捉得住文字，再用文字捉得住所要寫的問題，能寫些比較完美而永久性的東西。就寫作願望說，我還真像有點俗氣，因為只想寫點小故事，少的三五千字，至多也不過七八千字。寫成後也並不需要並世異代批評家認為傑作，或千萬讀者莫名其妙讚美與愛好，只要一二規矩書店肯印行，並

10　金介甫認為「沈從文在文學上始終採取嚴肅態度，通過心理剖析把作品人物寫得栩栩如生，常常通過作品中人物的判逆性語言表達『自己』標新立異的變態心理。……就是說，郁達夫作品人物的諸般雜症，除了賭錢、嫖妓、酗酒之外，在沈的作品裡幾乎照單全收。」參看《鳳之子・沈從文傳》，北京：中國友誼出版公司，2000年，頁142。

11　「他常常向著朋友親人訴苦或者拉家常那樣，心裡要說的，都毫無掩飾，不拘形式地傾訴出來，使你感動。讀他的散文，就如同走進他的生活。……以至在《給一個文學青年的公開狀》等文中，更直接地採用感情呼號的方式，以驚人的直率的語言，抨擊現實腐惡，宣洩內心鬱悶。這些散文充滿生的顫動，靈的喊叫，並不注重形式，而以坦露的。自然的表達為上乘。」參看溫儒敏著，〈略論郁達夫的散文〉載《文學課堂──溫儒敏文學史論集》，長春：吉林人民出版社，2002年，頁156。

12　「沈從文被人稱為『文體作家』，首先是因他創造性地運用和發展了一種特殊的小說體式，可叫做文化小說、詩小說或抒情小說。這是指小說的顯著文化歷史指向、濃厚的文化意蘊以具有獨特人情風俗的鄉土內容。」參看錢理群、溫儒敏、吳福輝著，《中國現代文學三十年》，北京：北京大學出版社，1998年，頁283。

世百年內還常有幾十個會心讀者，能從我作品中彷彿得到一些
什麼，快樂也好，痛苦也好，總之是已得到它，且為從別的作
品所無從得到的，就已夠了。……人各有所長，有所短，能忠
於其事，忠於自己，才會有真正的成就。[13]

其實，沈從文之所以鍾情於短篇小說，道理在順著自己的方向和
個性走是大致清楚的。

一　短篇小說的理念

「理論」並不意味著抽象，而是意味著反思，某種轉向其自身
的東西。一種轉向其自身的話語，正是憑藉這一事實而成為理
論。[14]（羅蘭·巴特）

在沈從文的文論當中，曾清晰的談到關於短篇小說的理論概念，
儘管散落在一些談創作和批評性文字裡。但他對作家處理材料的「匠
心獨造」的大膽與自由，絕不是隨意散漫的，他曾說：「一個精美硯
石和一個優秀短篇小說，製作的心理狀態（即如何去運用那點創造
的心），情形應當約略不同。不同的如材料，一是石頭，頑固而堅硬
的石頭，一是人生，複雜萬狀充滿可塑性的人生，可是不拘石頭還
是人生，若缺少那點創造者的『匠心獨造』，是不會成為特出藝術品
的。」[15]

其實，他在晚年的公開場合上的講話，多少談到他對創作短篇小

13　〈給一個作家〉，《沈從文全集》第17卷，頁345。
14　羅蘭·巴特著，屠友祥譯，《文之悅》，上海：上海人民出版社，2002年，頁85。
15　〈短篇小說〉，《沈從文全集》第16卷，頁504。

說的看法，或許可窺探他這種轉向自身的理論反思。如他在《湘江文藝》座談會上的講話：

> 我有個看法，同樣是這麼一個東西，特別是短篇小說，都規定在三千字到五千字，你任何跳圈子都跳不到人事的糾紛上的問題。你要使他寫得生動活潑呢，文字還是一個要緊的。其實，能夠驅遣文字，這還是不能放鬆的。但是一個事情呢，也是不容易產生雷同的問題，寫一個雷同問題，不一定產生雷同的影響，還是要文字。文字在寫法上適當要加上不同地區的背景呢，效果就出來了。
>
> 短篇這個東西就像跳舞，它各種都要跳啊，它各種跳法，相反的也可以成立。一句話沒有也是可以成為小說，單純是對話也是能成為小說，就是看手法的處理問題。……處理問題，它也不一定都是現實生活寫生。我們看《聊齋誌異》上說鬼說孤。我們到現在還受感動，甚麼原因呢？它處理得好像是一切不離開人情吧，它總是很接近人情的，它效果就出來了。繪畫也是這個問題，過分誇張同過分簡略都不能達到目的。所以能達到目的的，好像詩歌這些，總是恰到好處。[16]

　　沈從文對小說的寫作條件是先把文字當成工具，先能夠控制這個工具，自由運用這個工具，讓它發揮效力。他的意欲是透過文字的實驗在文學革命的推動下，從一個比較廣泛的自由的要求下出發，針對舊社會，使文學作品起正面作用。[17]「他的文字不僅是表現思想的工

---

[16] 〈自己來支配自己的命運〉，王亞蓉編，《從文口述──晚年的沈從文》，香港：商務印書館有限公司，2002年，頁55。

[17] 〈我有機會看到許多朋友沒有機會看到的東西〉，王亞蓉編，《從文口述──晚年的沈從文》，香港，商務印書館有限公司，2002年，頁73。

具，似乎也是一種目的。」[18]〔聞一多（1899～1946）〈莊子〉〕

　　胡適以西方小說觀念為參照系，對短篇小說確立了初步的概念：

> 短篇小說是用最經濟的文學手腕，描寫事實中最精彩的一段或
> 一方面，而能使人充分滿意的文章。（短篇小說）[19]

　　胡適用這一標準來梳理「中國短篇小說史」，不能不把古代筆記
體的小說傳統全然否定[20]。這種新的短篇小說審美趣味的形式卻是起
到了很大的影響。而沈從文的界說則從人生的經驗，生命的形式去
理解，充分體現個性自由的藝術趣味。正如蘇珊・朗格所言，作為
有意味的生命形式，「每一門藝術都能引出或導致一種特殊的經驗領
域。」[21]由於胡適和沈從文在這一具體的藝術樣式進行活動，只是二人
側重的生命具體形式的表現方面有所不同。

　　沈從文對小說理論的概念，可以看作是他生命形式的體現：

> 個人只把小說看成是「用文字很恰當記錄下來的人事」，這定
> 義說它簡單也並不十分簡單。因為既然是人事，就容許包含了
> 兩個部分：一是社會現象，即是說人與人相互之間種種關係；
> 二是夢的現象，即是說人的心或意識的單獨種種活動。單是第
> 一部分不大夠，它太容易成為日常報紙記事。單是第二部分也
> 不夠，它容易成為詩歌。必需把「現實」和「夢」兩種成分相

18　《聞一多學術文化隨筆》，北京：中國青年出版社，2001年，頁47。

19　胡適編，《中國新文學大系》之〈建設理論集〉，上海：上海文藝出版社，2003
　　年，頁272。

20　陳思和認為胡適強調了短篇小說的兩個標準，一是結構上的「用全副精神氣力貫注
　　到一段最精彩的實事上去」，即所謂人生的「橫截面」；二是強調「瑣碎細節」和
　　人情世故，即所謂「寫實性」這兩點均來自西方短篇小說的傳統。參看〈關於中國
　　現代短篇小說〉收入《談虎談兔》，桂林：廣西師範大學出版社，2001年，頁26。

21　《藝術問題》，北京：中國社會科學出版社，1983年，頁76。

混合，用語言文字來好好裝飾、剪裁，處理得極為恰當，方可望成為一個小說。[22]

「恰當」是沈從文小說一個頗為重要的理念。他認為即或是短篇（小說），文字經濟並不是作品成功的唯一條件。「恰當」的意義，在使用文字上，容許數量上的浪費和不必對辭藻過分吝嗇。作品成功的條件是「文字要恰當，描寫要恰當，分配更要恰當」[23]。「肯扭曲文字試驗它的韌性，重捶文字試驗它的硬性」[24]，兼且以遊戲的心態來對待。他進而提出對文字技巧運用以產生藝術效果的要求：

你明白了如何吝惜文字，還應當如何找尋那些增加效率的文字。……同樣是作品，有的給人看過後，完事；有的卻給人看過後留下一個印象，想忘掉它也辦不到好的印象。正如很好的音樂，有一種流動而不凝固的美，如同建築，現出體積上的美，如同繪畫，光色和葉，恰到好處。[25]

「恰到好處」觀念的提出，使沈從文坦承作家寫作時只是對人事進行嚴密的思索，對文字保持精微的敏感，而這都在於以追求「恰當」為目標。[26]凌宇認為「就藝術形式提出的要求而言，沈從文與聞一多提出的音樂美，繪畫美，建築美的主張是一致的。然而，正因為作家的創造受制於材料本身所具有的『物性』，作家的技巧運用必須有一個尺度。在沈從文的藝術觀裡，『恰當』便成為一切技巧運用的

[22] 〈小說作者和讀者〉，《沈從文全集》第12卷，頁65。
[23] 〈短篇小說〉，《沈從文全集》第16卷，頁493。
[24] 〈一般或特殊〉，《沈從文全集》第17卷，頁261。
[25] 〈答辭十——天才與耐性〉，《沈從文全集》第17卷，頁408。
[26] 〈小說作者和讀者〉，《沈從文全集》第12卷，頁68。

準繩與歸屬。」[27]

　　至於內容，沈從文主張文學作品表現的人性內容，不一定確有其事，而在於合乎情理：「故事內容呢，無所謂『真』，無所謂『偽』（更無深刻與平凡區別）。所要的只是那個恰當。」[28]這種「恰當」，表現在情節安排上，不僅不依據一般小說理論有關結構的任何要求，達到「有始有終」，而在於根據題材的實際情況需要加以處置。為了證明「恰當」運用在中國古代優秀作品的好處，他舉例說：

　　　　從中國舊小說看來，我們就知道《世說新語》的好處，在能用素樸文字保存魏晉間人物行為言語的風格或風度，相當成功，不像唐人小說。至於唐人小說的好處，又是處理故事時，或用男女愛憎恩怨為題材（如《霍小玉傳》、《李娃傳》），或用人與鬼神靈怪戀愛作為題材（如《虬髯客傳》[29]、《柳毅傳》），無不貼近人情。可是即以貼近人情言，唐人短篇小說與明代長篇小說《金瓶梅》又大不相同。《金瓶梅》的好處，卻在刻劃市井人物性情，從語言運用上見出卓越技巧。然而同是從語言控制表現技巧，《金瓶梅》與清代小說《紅樓夢》面目又大異。《紅樓夢》的長處，在處理過去一時代兒女纖細感情，恰如極好宋人畫本，一面是異常逼真，一面是神韻天成。……只要恰當，寫的是千年前活人生活，固然可給讀者一種深刻印象，即寫的是千年前活人夢境或駕空幻想，也同樣能夠真切感人。

---

27 《從邊城走向世界》，北京：三聯書店，1985年，頁176。

28 〈短篇小說〉，《沈從文全集》第16卷，頁493。

29 《虬髯客傳》是俠義題材，主要人物李靖，兵學涵養最高，樹立戰功最多，是所謂「布衣之士」，其器宇軒昂，堪稱為「大丈夫」；紅拂女，原為楊素府中的歌妓，後來慧眼識英雄，喬裝夜奔李靖，從中足見紅拂女非凡的見識；虬髯客是主角人物，為人豪俊卓異，嫉惡如仇，一諾千金。沈從文在此把編目記錯了。

　　《三國演義》在歷史上是不真的，毫無關係，《西遊記》在人
事上也不會是真的，同樣毫無關係，它的成功還是「恰當」，
能恰當給人印象便真。[30]

　　文學的接受可涵概兩方面，一方面包括本文與讀者相互關係的歷
時性而言，一方面是從同一時期的文學參照構架的共時性而言，兩個
方面相輔相成，構成了接受美主張的文學歷史性。對於歷史上同一作
家、同一作品的理解、判斷、評價，不同時代的讀者往往存有較大的
差異。造成這種差異的原因，一是讀者期待視野的變化，二是由於作
品本身（作家本身）在效果史的背景上呈現豐富的「語義潛能」。

　　古典作品（傳統文化）在其產生初期，造就了觀察事物，形成新
經驗的嶄新方法，但是歷史距離上的新經驗，隨著歷史推移，讀者、
批評家、觀察家對它的看法逐漸積累下來，進入讀者的視野，成為傳
統。這時不同的視野之間發生「視野交融」，這就是調節歷史與現實
的效果史原則。

　　沈從文對古典作品之間的融合，文學接受的歷史性就是在這一歷
時性與共時性的交叉點上顯示出來。

　　沈從文在談到自己的小說創作時曾說：

　　照一般說法，短篇小說必須條件，所謂「事件的中心」，「人
　　物的中心」，「提高」或「拉緊」，我全沒有顧到。也像是有意
　　這樣作，我只平平的寫去，到要完了就止。事情完全是平常的
　　事情，故既不誇張也不剪裁的把它寫下來了。……我還沒有寫
　　過一篇一般人所謂小說的小說，是因為我願意在章法外接受失

---

[30] 〈小說作者和讀者〉，《沈從文全集》第12卷，頁67。

敗，不想在章法內得到成功。[31]

　　無庸諱言，沈從文的創作態度是他以為透過看很多書，從無數小說中知道說一個故事時，如何處置故事的得失，從無數話語中弄明白了說一句話時語氣的輕重。且明白一篇小說起始、結果，中間的鋪敘，也明白組織各種故事的方法和文字的分量，如何寫就可以成為小說。以讀經為例，他曾從《法苑珠林》中輯錄出一些故事，重新寫成《月下小景》。而一些描寫風景的概括性和鮮明性，或可從酈道元的《水經注》取材。他「文白夾雜」的獨特文體，巧妙的把中古時期的規整的書面語言和近代帶有鄉土氣息的口語糅合一起，似是受《世說新語》以及《法苑珠林》翻譯佛經的文體所影響。

　　誠然，他對短篇小說的本質和精確的看法是關乎技巧的，同時寄望短篇小說作者能從一般藝術鑒賞中，涵養那顆創造的心靈，透過篇章表現人性、表現生命的形式，並進而引導讀者從作品中接觸另外一種人生，對「人生」或「生命」能作更深一層的理解[32]。例如小說〈旅店〉描寫的是沈從文所熟悉的苗族婦女的故事。內容敘述「寡婦『黑貓』自丈夫去世後，獨自經營位於辰州山腳下的旅店。為了打理生意，才二十七歲的婦人『黑貓』，初時從來不考慮和打算自己的感情歸宿問題，直至一次欲望萌動的情欲，終於因一個大鼻子住客的出現而傾瀉，並且有了親密關係，後來大鼻子住客意外身亡，『黑貓』也誕下了一個『小黑貓』。而店裡的伙計，就成為『小黑貓』名義上的父親。而『黑貓』也開展另外一種『生命』的意義。」

---

[31] 〈石子船・後記〉，《沈從文全集》第5卷，頁318。

[32] 同註28。

二　短篇小說的條件

> 氣以實志，志以定言，吐納英華，莫非情性。(《文心雕龍‧
> 體性篇》)[33]

　　汪曾祺（1920～1997）認為成熟的作者都有比較穩定的語言風格，但又往往能「文備眾體」，寫不同的題材用不同的語言[34]。因而小說作者的語言是他的人格的一部分。「語言」，毋寧說是「語言文字」，是體現小說作者對生活的基本態度。

　　沈從文有沈從文的語言文字，他堅信「文字是作家的武器，一個人理會文字的用處，比旁人淵博，善於運用文字，正是他成為作家的條件之一。」[35]從他選擇揭開湘西世界的民族面紗始，讀者就能在他充滿詩化小說的語言文字中獲取意想不到的意蘊。而他這種「能盡文字德性的作者，必懂文字，理會文字，因之不過分吝嗇文字，也不過分揮霍文字。『用得其當』，實為作者所共守的金言。」[36]的文字形象的意義被實現了。

　　文字意義作為語言實體的形象發揮作用，所以沈從文堅持作家「寫小說，想把作品涉及各方生活，一個人在事實上不可能，在作品上卻儼然逼真，這成功也靠文字。文字同顏料一樣，本身是死的，會用它就會活。作畫需要顏色，且需要會調弄顏色。一個作家不注意文

33　（梁）劉勰著，范文瀾註，《文心雕龍註》卷六〈體性〉，北京：人民文學出版社，
　　2001年，頁506。

34　〈關於小說語言〉，收入在王鍾陵主編，《二十世紀中國文學史文論精華‧小說
　　卷》，石家莊：河北教育出版社，2000年12月，頁460。

35　〈給一個讀者〉，《沈從文全集》第17卷，頁226。

36　〈論穆時英〉，《沈從文全集》第16卷，頁233。

字，不懂得文字的魔力，有好思想也表達不出這種好思想。」[37]

　　這無疑為法國存在主義思想家讓——保羅·薩特〔Jean-Paul Sartre（1905～1980）〕的一段論述作家對語言文字的態度提供註腳。薩特認為：

> 　　對於詩人來說，語言是外部世界的一種結構。說話的人位於語言內部，他受到詞語的包圍；詞語是他的感官的延長，是他的觸角，他的眼鏡；他從內部操縱詞語，他像感知自己的身體一樣感知他們……他不是首先通過事物的名稱來認識物，而是首先與物有一種沉默的接觸，然後轉向對他來說本是另一種物的詞語，觸摸它們，試探它們，他在它們身上發現一種潔淨的、小小的亮光，以及與大地、天空、水域和所有造物的特殊親和力，他不屑把詞語當作指示世界某一面貌的符號來使用，而是在詞裡頭看到世界某一面 的形象。[38]

　　這表示透過詞語（文字）的適當運用表現意義，沒有意義，詞語（文字）就會變成聲音或筆劃，四處飄散。

　　至於一個短篇小說作家的創作心理條件，沈從文認為作者必須學習汲取傳統藝術品的創造心思，藉著無數優秀藝術品的形式，在充滿活潑生機的生命體悟下，靠著自尊和自信實踐理想事業。他巧妙的舉出從兩種藝術品的製作心理狀態，透過它和短篇小說之間的相通，得到啟迪或暗示。他認為：

> 　　一由繪畫塗抹發展而成的文字，一由石器刮削發展而成的雕

---

[37]　同註34。

[38]　參看《什麼是文學》，載《薩特文學論文集》，合肥：安徽文藝出版社，1998年，頁75。

刻，不問它是文人藝術或應用藝術，藝術品之真正價值，差不多全在於那個作品的風格和性格的獨創上。從材料方面言，天然限制永遠存在，從形式方面言，又有個社會習慣限制。然而一個優秀作家，卻能夠於限制中運用「巧思」，見出「風格」和「性格」。……作者在小小作品中，也一例注入崇高的理想，濃厚的感情，安排得恰到好處時，即一塊頑石，一把線，一片淡墨，一些竹頭木屑的拼合，也見出生命洋溢。這點創造的心，就正是民族品德優美偉大的另一面。在過去，曾經產生過無數精美的繪畫，形制完整的銅器或玉器，美麗溫雅的瓷器，以及形色質料無不超卓的漆器。在當前或未來，若能用它到短篇小說寫作上，用得其法，自然會有些珠玉作品，留到這個人間。[39]

這樣一個學習途徑，所闡述的是中國人對藝術品製作的心理習慣，主要在於用一切不同的材料，不同的方法，來處理人的夢，而且又在同一材料上，用各樣不同方法，來處理這個人此時彼時的夢。而藝術品本身的形成，是著重於對材料的支配，藝術製作的傳統道理，即一方面承認材料的本性，一方面就材料性質注入他個人的想像和感情。雖然加入了人工成分，但原則上卻又始終能保留物性天然的素樸[40]。

這不僅有助作品的完美，同時也有助於讀者從作品中取得一點生命力量和發現一點智慧之光：

短篇小說的寫作，從過去傳統有所學習，從文字學文字，個人

---

[39] 〈短篇小說〉，《沈從文全集》第16卷，頁504。

[40] 同上註，頁503。

以為應當把詩放在第一位，小說放在末一位。一切藝術都容許
作者注入一種詩的抒情，短篇小說也不例外。由於對詩的認
識，將使一個小說作者對於文字性能具特殊敏感，因之產生選
擇語言文字的耐心。對於人性的智愚賢否、義利取捨形之不
同，也必同樣具有特殊敏感，因之能從一般平凡哀樂得失景象
上，觸著所謂「人生」。尤其是詩人那點人生感慨，如果成為
一個作者寫作的動力時，作品的深刻性就必然因之而增加。[41]

　　無庸諱言，沈從文富有湘西傳奇色彩的生活、語言、地方人物特
色所創造出突破性的新小說，確實為中國現代文學帶來新氣象和新收
穫，並且進一步造就作品中的表現問題、結構和文字的「新意」。[42]

　　誠然，沈從文對小說的文字要求既能「素樸準確」，也能「華麗
壯美」，因此，他從古今中外的文學作品中，細心學習文字技巧和藝
術風格：

我由於自己要寫作，因此對於中外作品，也特別注意到文字風
格和藝術風格，不僅仔細分析契訶夫或其他作家作品的特徵，
也同時注意到中國唐宋小說表現方法、組織故事的特徵。到我
自己能獨立動手寫一個短篇時，最大的注意力，即是求明白作
品給讀者的綜合效果，文字風格、作品組織結構，和思想表現
三者綜合形成的效果。[43]

---

[41] 〈我的寫作與水的關係〉，《沈從文全集》第17卷，頁209。

[42] 王潤華以為沈從文在三十年代至四十年代中期，從區域文化的角度來窺探和再現鄉
村中國的生活方式及鄉下人的靈魂，並從他自己所追求與試驗的小說觀點來考察當
時比他早成名的小說家之小說，其實是為自己努力創作的小說爭取承認，建設其小
說傳統而寫。參看《沈從文小說新論》，上海：學林出版社，1998年，頁42。

[43] 〈我怎麼就寫起小說來〉，《沈從文全集》第12卷，頁419。

　　歸根究柢，他以一個作品之所以成功，安排恰當是個重要條件，而恰當又與文字性能的能否運用相輔相成，且在表現人性為準則：

> 我以為一個作品的恰當與否，必須以「人性」作為準則。是用在時間和空間兩方面都「共通處多差別處少」的共通人性作為準則。一個作家能了解它較多，且能好好運用文字來表現它，便可望得到成功，一個作家對於這一點缺少理解，文字又平常而少生命，必然失敗。所以說到恰當問題求其所以恰當時，我們好像就必然要歸納成為兩個條件：一是作者對於語言文字的性能，必須具敏銳的感受力，且有高強手腕來表現它。二是作者對於人的情感反應的同差性，必須有深切的理解力，且對人的特殊與類型能明白刻劃。[44]

　　以沈從文在1947年發表的小說〈傳奇不奇〉中為例。故事情節以巧秀的媽在十六年前因不守婦道，腹中懷了拐帶她逃走的吹嗩吶的中砦人的骨肉，但廿一歲的中砦人卻因強搶雜貨、煙土槍械和刼持人質，最後被擊斃於洞裡。巧秀媽被睃貪她田地的族祖和族人在喪盡天良，爾虞我詐，恨她頑固下的拒婚和以她未婚生子為由，竭盡誣蔑她侮辱宗族的尊嚴，結果巧秀媽在族人強迫之下在頸脖上懸了個磨石，半推半拉的押去沉潭。作者在故事結束時，說了一段值得省思的話，巧秀媽生命的本質卻用另外一種意義更深刻的活在十七歲巧秀的人生裡。此小說的文字性能除了是作者一貫敘述恰當的條件之外，其落實的更是人性原則底下，情感反應同差性的理解共鳴。

---

44 《沈從文全集》第12卷，頁68。

第二節　「緊貼人物」的寫作

　　沈從文在一篇題為〈我怎麼就寫起小說來〉中曾交代自己創作小說的動因，因為生長在湘西的沅水流域，一切情緒性的印象如故鄉的人事和景物都能迅速打動他。而打從接觸五四文學運動中新書刊的白話小說[45]，新的時代景觀和社會理想使沈從文知道如何透過手中一支筆敘說熟悉的湘西經歷。

　　　　我起始進一步明確認識到個人和社會的密切關係，以及文學革命對於社會變革的顯著影響。動搖舊社會，建立新制度，做個「抒情詩人」似不如做個寫實小說作家工作紮實而具體。因為後者所表現的，不僅情感或觀念，將是一系列生動活潑的事件，是一些能夠使多數人在另外一時一地，更容易領會共鳴的事件。我原本看過許多新舊小說，隨同五四初期文學運動而產生的白話小說，文字多不文不白，藝術水平既不怎麼高。故事又多矯揉造作，並不能如唐代傳奇明清章回吸引人。特別是寫到下層社會人事，和我經驗見聞對照，不免如隔靴搔癢。
　　　　從我生活接觸中所遇到的人和事情，保留到我印象中，以及身邊種種可笑可怕腐敗透頂的情形，切割任何一部分下來，都比

---

[45] 沈從文寫於1956年3月的〈沈從文自傳〉，內容提到「我有機會從一個排字工人趙奎五處看到《新青年》、《向導》、《創造》、《小說月報》、《覺悟》、《努力》等等。從這些報刊我初步接觸了文學革命思想和目的。這是第二個人對我的影響。這結果使我終於離開了湘西，到了北京。我記住文學革命兩個目標：一是健全純潔新的語言文字；二是把它用來動搖舊社會觀念基礎。我想從事文學創作，先學習掌握工具，再來好好使用工具到應該用的方面去。」《沈從文全集》第27卷，頁145。

當時報刊上所載的新文學作品生動深刻得多。[46]

在這段文字中，筆者以為沈從文表達有三層意思：其一、作家有感於當時社會大眾媒介對新文學的粗製濫造，質素低劣，想憑自己微薄的力量喚起新文學的重新調整，並決心在文壇豎立一股寫實的文學風氣；其二、沈從文對所熟悉的下層社會人事有一種強烈表達的欲望，他迫切透過在湘西故鄉所見所聞，以湘西生活作為背景，講述湘西社會錯綜複雜的社會關係，撲朔迷離的民俗方式；其三、如果說沈從文為了要以一系列活潑生動的故事去達到多數人在另外一時一地能夠產生共鳴是有所企圖的話，那麼他的方法就是以創造了揉游記散文和小說於一體的敘述體式[47]，即以人物和環境的描寫方式，刻劃了一系列性格鮮明的人物形象，並融抒情敘事使記遊寫景的遊記散文揮灑得淋漓盡致，去達到活潑生動的目的。

一 「緊貼人物」的創作要素

五四作家大都認為人物、環境、情節是小說的三項基本要素，而人物刻劃與環境描寫備受青睞，郁達夫曾說：「在近代小說裡，一半都是在人物性格上刻劃，一半是在背景上表現的。」[48]

沈從文說：「一個好作品上的人物，常使人發生親近感覺。正因為他的愛憎，他的聲音笑貌，都是一個活人。這活人由作者創造，作

---

[46] 《沈從文全集》第12卷，頁402。

[47] 「用屠格涅夫寫《獵人日記》方法，揉遊記散文和小說故事而為一，使人事凸浮於西南特有明朗天時地理背景中，一切還帶點『原料』意味，值得特別注意。十三年前我寫《湘行散記》時，即具有這種企圖。」〈新廢郵存底續編‧一首詩的討論〉，《沈從文全集》第17卷，頁461。

[48] 《小說論》第六章，收入在《達夫文藝論文集》，香港：港青出版社，1978年。

者可以大膽自由來創造，創造他的人格與性情，第一條件，是安排得『對』。」[49]因而，在沈從文創作的短篇小說中，每個人物形象的描繪，都具有不同的性格特色，人物置身在故事情節的能動性，因性別、身分、地位而產生差別，所以沈從文很注重刻劃人物的心理描述：「求同知道人的類型，求差知道人的特性。我們能了解什麼事有他的『類型』，凡屬這事皆相去不遠，又知道什麼事有他的『特性』，凡屬個人皆無法強同。這些瑣瑣知識越豐富，寫文章也就容易下筆了。」[50]這也和魯迅主張「要極省儉的畫出一個人的特點，最好是畫他的眼睛。我以為這話是極對的，倘若畫了全副的頭髮，即使細得逼真，也毫無意思。」[51]的塑造人物的典型性方法相一致。

　　小說《邊城》對翠翠的著墨，是典型人物的最佳寫照，性格氣質的特徵，使人留下深刻印象：

> 翠翠在風日裡長養著，把皮膚變得黑黑的，觸目為青山綠水，一對眸子清明如晶。自然既長養她且教育她，為人天真活潑，處處儼然如一隻小獸物。人又那麼乖，如山頭黃麂一樣，從不想到殘忍事情，從不發愁，從不動氣。平時在渡船上遇陌生人對她有所注意時，便把光光的眼睛瞅著那陌生人，作成隨時皆可舉步逃入深山的神氣，但明白了人無機心後，就又從從容容的在水邊玩耍了。[52]

　　翠翠天真透逸，羞怯中見嫻雅的氣質，是她如魚戲水地融合於大

---

49 〈給一個讀者〉，《沈從文全集》第17卷，頁225。
50 同上註，頁227。
51 魯迅〈我怎麼做起小說來〉收入《二十世紀中國文學史文論精華：小說卷》，石家莊：河北教育出版社，2000年，頁175。
52 《沈從文全集》第8卷，頁64。

自然之中的詩一般的神韻。不過，可惜的是，令人覺得作家只寫了一個與世隔離的青年人，而未能寫出翠翠的苦惱與憂鬱[53]。

　　沈從文在西南聯大中文系[54]教「各體文寫作」時，教出了一個作家汪曾祺。汪曾祺後來的一段回憶可以貼切的為《邊城》中翠翠的人物塑造提供理論根據：

> 沈從文教創作，反反覆覆，經常講的一句話是：要貼到人物來寫。很多學生都不大理解這是什麼意思，而據我的理解，沈從文這句話有三層意思，第一，小說是寫人物的。人物是主要的，先行的，其餘部分都是次要的，派生的。作者要愛所寫的人物。作者對所寫的人物要具有充滿人道主義的溫情，要有帶抒情意味的同情心。第二，作者要和人物站在一起，對人物採取一個平等的態度。除了諷刺小說，作者對於人物不宜居高臨下。要用自己的心貼近人物的心，以人物哀樂為自己哀樂。這樣才能在寫作的大部分的過程中，把自己和人物融為一體，語語出自己的肺腑，也是人物的肺腑。這樣才不會作出浮泛的、不真實的、概念的和抄襲借用來的描述。這樣，一個作品的形成，才會是人物行動邏輯自然的結果。這個作品是「流」出來的，而不是「做」出來的。人物的身上沒有作者為了外在的目

---

[53] 金介甫認為「翠翠對男女之間的接觸，對於死，都只能小心翼翼。邊境地區的人對插進這種牧歌式生活中來的人間誤解與悲劇糾紛並不生疏。生活在這種氛圍的人不會有幸福，也不會做到像道家那『清淨無為』」。參看《鳳凰之子‧沈從文傳》，北京：中國友誼出版公司，2000年，頁253。

[54] 沈從文是於1938年到昆明，1939年6月進入西南聯大，期間發表除〈昆明冬景〉屬散文外，其餘都是批評性質的文章，計有發表於1938年7月的〈談保守〉，批評當時文壇風氣；於1938年10月的〈談朗誦詩〉，批評當時流行的朗誦詩；於1939年1月的〈一般或特殊〉，批評當時文壇風氣；於1939年5月的〈真俗人和假道學〉批評當時文壇風氣。

的強加於他身上的東西。第三，人物以外的其他的東西都是附
屬於人物的。景物、環境，都得服從於人物，景物、環境都得
具有人物的色彩，不能脫節，不能游離。一切景物、環境，聲
音、顏色、氣味，都必須是人物所能感受到的。寫景，就是寫
人，是寫人物對於周圍世界的感覺。這樣，才會使一篇作品處
處浸透了人物，散發著人物的氣息，在不是寫人物的部分有人
物。[55]

　　沈從文在塑造小說中的人物形象時，同時也附帶條件，就是把人
物性格弱點的「不同」，加上情節的安排，穿插在字裡行間給讀者留
下印象：「一切小毛病都無害於那作品的成就。聰明不凡的作家，還
會在作品上有意無意留下一些缺點，把作品表現得更生動一點。這同
『人』一樣，我們覺得他好，用不著『十全十美』，好處在他和別的
人有點不『不同』。他必然有人類共通的弱點，但弱點以外還有一種
不可企及的高尚風度或真誠坦白動人處。」[56]

　　短篇小說〈夫婦〉最能證實沈從文所說人物形象的條件。小說敘
述從城市到鄉村暫住的幹部璜，被吸引到山坡看熱鬧，事件中的一對
新婚夫婦，路過某處鄉村，由於天氣太好，情不自禁下做出鄉下人不
堪入眼、違背道德禮節的事情，結果被捕獲，村里人大喊大嚷說出各
種各樣的虐待方法，鄉村練長狡猾的更威脅說要送去團總處查辦。璜
從頭到尾目睹一切，挺身為二人說情，同時自己皮褲帶邊一個黨部的
特別證被人辨識，致使練長懾於權威，夫婦二人才得到釋放。璜送別
夫婦時，將用於取笑而插在女子頭上的一束野花留作紀念，心裡似乎

---

[55] 〈兩棲雜述〉，《晚翠文談新編》，北京：三聯書店，2002年，頁278。
[56] 〈新廢郵存底29則之十四〉，《沈從文散文》第四集，北京：中國廣播電視出版社，
　　1994年，頁378。

有一種曖昧的欲望輕輕搖動[57]。

　　沈從文主張刻劃小說人物性格的「不同」，和老舍（1899～1966）認為小說首先是寫人看法相同：「所謂刻劃，並非指花紅柳綠地作冗長的描寫，而是說，要三言兩語勾劃出人物的性格，樹立起鮮明的人物形象來」、「寫作時一定要多想人物，常想人物。選定一個特點去描寫人物，如說話結巴，這是膚淺的表現方法，主要的是應賦予人物性格特徵」、「刻劃人物要注意從多方面來寫人物性格」[58]。這不僅發展了「五四」作家心目中的一種分類方法，即是以性格為結構中心，而且指的是人物心理為結構中心的創作模式[59]。

　　金介甫在《沈從文傳》中說：「沈從文寫農村人物的弱點是：一面寫農村社團和習俗，更著重寫農村內部生活的特色，把他們的外部特色變成幾種典型：剽悍、坦率、好勇鬥狠的『弟兄』（如《邊城》中的天寶）和漂亮、精明、富於想像的苗族唱歌人（如《邊城》中的儺送）；喜歡幻想的少女和老好人等等。換句話說，沈從文筆下的農村人物很像他寫的神話角色裡的對立面一樣。」[60]金氏這番話是以為沈從文農村小說中典型性人物容易造成人物的重疊。不過從情感表現而言，則人物情感形式的表達卻各有不同，典型人物的性格弱點更能顯示人物的特殊性。誠然，藝術品將情感轉化成可見或可聽的形式，將之呈現出來供人觀賞的。蘇珊‧朗格說：「藝術家表現的絕不是他自

---

[57] 《沈從文全集》第9卷，頁67。

[58] 〈人物、語言及其他〉，收入在王鍾陵主編，《二十世紀中國文學史文論精華‧小說卷》，石家莊：河北教育出版社，2000年，頁351。

[59] 陳平原認為「中國古典小說基本上是以情節為結構中心的模式創作，而五四作家則欣賞以性格為結構中心的揚西抑中的模式，就如郁達夫後來描述的『只敘述外面的事件起伏』與『注重於描寫內心的紛爭苦悶』的分別。」參看《中國小說敘事模式的轉變》，北京：北京大學出版社，2003年，頁103。

[60] 金介甫著，符家欽譯，《鳳之子‧沈從文傳》，頁247。

己的真實情感，而是他認識到的人類情感。一旦藝術家掌握了操縱符號的本領，他所掌握的知識就大大超出了他全部個人經驗的總和。」[61] 與其說沈從文筆下農村人物性格弱點的掌握是他積累的可觀又可貴的人類情感的表現，毋寧說他將農村人物的典型性格表現，增添小說「經驗性情節」的親切感。

當代作家王安憶（1954～　）說：「這使我們的小說呈現出一種特別鮮活的狀態，因這些親身經歷的故事總是極其生動，有著貼膚的親近感，可遇而不可求的奇特感，強烈的生活氣息。這就是『經驗性情節』的優勢，它們有著最直接的人生感受，它們甚至是我們想像力所不能企及。」[62]

沈從文在《沈從文小說選集・題記》中，除了說出總結性的創作收穫，內容就曾提及有關「性格特徵」和「經驗性情節」的創作因素：

> 在1928到1947年前後約二十年間，我寫了一大堆東西。其中除小部分在表現問題、結構組織和文字風格上，稍微有些新意，也只是近於學習中應有的收穫，說不上什麼真正成就。至於文字中一部分充滿泥土氣息，一部分又文白雜揉，故事在寫實中依舊浸透一種抒情幻想成分，內容見出雜而不純，實由於試驗習題所形成。筆下涉及社會面雖比較廣濶，最親切熟習的，或許還是我的家鄉和一條延長千里的沅水，及各個支流縣分鄉村人事。這地方的人民愛惡哀樂、生活感情的式樣，都各有鮮明特徵。我的生命在這個環境中長成，因之和這一切分不

---

61 《藝術問題》，北京：中國社會科學出版社，1983年，頁25。
62 《心靈世界——王安憶小說講稿》，上海：復旦大學出版社，1997年，頁295。

開。」[63]

　　沈從文較為成熟的散文，以《從文自傳》為起點，以至三、四十年代創作的小說，基本上可說是「性格特徵」與「經驗性情節」的完美結合。他在《從文自傳》書中，回顧了青少年時期在沅水流域所經歷的家庭、學校、社會的教育和行伍生活，描述一個平凡而又奇特的人格的形成過程，把少年時代的浪蕩、機警、聰穎、天真，把青春期的悲歡得失和見聞感受，總之，把作為一個人的豐富性如實寫出，並帶上理性解剖的特色。沈從文在自傳中告訴人們：他更多地是從豐富無比的社會和自然中學那永遠學不盡的人生，他的自傳是一個從生活磨練中捧打出來的作家的自白，也是許多人生經驗的總結。

　　為沈從文贏得聲譽的散文《湘行散記》和《湘西》。前者是沈從文1934年冬重洈闊別十一年之久的故鄉時，所見所聞的實錄，共十三篇，各篇以作者的遊蹤為總的貫穿線，但又各自獨立成篇。後者除了「引子」之外，收入散文八篇，是沈從文1938年取道湘西去雲南時，在沅陵住了四個月，因有感於時間和社會的變動而寫的。沈從文研究專家凌宇認為這兩部作品，在內容上互為表裡，在結構上互為經緯，是以湘西歷史、現實與未來的發展為中心，融匯著作者對湘西社會生活與社會問題的觀察與思考，構製宏大的散文長篇，它們代表了沈從文散文創作的最高成就。

　　沈從文的湘西遊記描繪多姿多彩的山光水色，敘述曲折動人的鄉野軼聞，勾勒痴情水手妓女的愛情故事，顯示出他作為小說家的藝術才華。他著重渲染湘西獨特的自然環境、風俗習慣，突出湘西山水的清新秀麗，民風的純樸耐勞，生活的靜謐莊嚴。在這種情調、氣氛、形色組成的特殊背景中，沈從文娓娓敘說人事變動、生死別離、愛憎

---

[63] 《沈從文全集》第16卷，頁372。

得失，寫出了幾種性格鮮明、富於情趣的人物；一個戴水獺皮帽子的
朋友、一個多情水手與一個多情婦人、五個軍官與一個煤礦工人、一
個愛惜鼻子的朋友等等，其個性單純真實，不加雕琢，天然渾成，是
鮮明個性特徵的表現。

　　20世紀30年代的沅水流域，至少生活著十萬名水手和妓女，他
們有著頑強的生命力，活得灑脫。水手今天可以和妓女愛得死去活
來，明天又可以赤裸著全身向激流中跳去，投進死亡的懷抱，死得
壯烈，一切平常又平常（《湘行散記‧一九三四年一月十八日》）。而
妓女也都是那樣有情有意，「遇不相熟的主顧，做生意時得先交錢，
再關門撒野，人既相熟後，錢便在可有可無之間了」，和水手「感情
好的，互相咬著嘴唇咬著頸脖發了誓，約好了『分手後各人不許胡
鬧』」（《湘西‧白河流域幾個碼頭》）。同是社會底層「被侮辱與被
損害的人」，水手和妓女之間的戀情在沈從文的筆下竟然是那麼溫馨
甜蜜：

　　　　那水手雖然這時節或許正在急水灘頭趴伏到石頭上拉船，或正
　　　脫了褲子涉水過溪，一定卻記憶著吊腳樓婦人的一切，心中感
　　　覺十分溫暖。每一個日子的過去，便使他與那婦人接近一點
　　　點。十天完了，過年了，那吊腳樓上，照例門楣上全貼了紅喜
　　　線，被捉的雄雞啊呵呵呵的叫著，雄雞宰殺後，把牠向門角落
　　　去，只聽到翅膀撲地的聲音。鍋中了一籠糯米飯倒下，兩人
　　　就開始在一個石臼裡搗將起來。一切事皆兩個人共力合作，一
　　　切工作中皆摻合有笑謔與善意的詛罵。於是當真過年了。又是
　　　叮嚀與眼淚，在一個長長的日子裡有所期待，留在船上另一
　　　個放聲的辱罵催促著，方下了船，又是胡桃與栗子，干鯉魚
　　　與……（《一個多情水手與一個多情婦人》）

沈從文的遊記寫景、敘事、寫人、抒懷諸種筆墨融為一體，運用
自如。這種文體確實與俄國作家屠格涅夫的《獵人日記》十分相似。
沈從文散文語言的色調自然樸素，節奏從容不迫，用詞造句不事雕琢
而圓熟精練，又靈活運用方言俗語，增強作品的生活氣息和地方色
彩。他的描繪往往使人產生身臨其境的感覺，如《鴨窠圍的夜》：

> ⋯⋯我到船頭去眺望了一陣。河面靜靜的，木筏上火光小了，
> 船上的燈光已很少了，遠近一切只能借著水面微光看出個大略
> 情形。另外一處的吊腳樓上，又有了婦人唱小曲的聲音，燈光
> 搖曳不定，且有猜拳聲音。我估計那些燈光同聲音所在處，不
> 是木筏上縴頭在取樂，就是水手們小商人在喝酒。婦人手指上
> 說不定還戴了水手特別為她從常德府捎帶來的鍍金戒指，一面
> 唱曲一面把那隻手理著鬢角，多動人的一幅圖畫！我認識他們
> 的樂，這一切我也有份。看他們在那裡把每個日子打發下去，
> 也是眼淚也是笑，離我雖那麼遠，同時又與我那麼相近。這正
> 同讀一篇描寫西伯利亞的農人生活動人作品一樣，使人掩卷
> 引起無言的哀戚。我如今只用想像去領味這些人生活的表面姿
> 態，卻用過去的一份經驗，接觸著了這種人的靈魂。

這種情調，這種氛圍，這種語氣，源於感同身受，出身同胞心
懷，渾然天成，和諧動人，坦誠真摯的個性，沒有半點勉強、做作、
誇張的意味，完全是以真實、自然、親切直接感染讀者。

二 人物心理的刻劃

凌宇在一篇很有啟發性的文章中說：「沈從文小說寫實的特色，
不僅表現在他的小說中人物事件具有生活真實的基礎，還表現在對人

物性格的刻劃嚴格地忠實生活的邏輯。在描寫作者喜愛的人物時，既寫他們身上的優點，也寫他們的弱點，愛而知其惡，憎而知其善。」[64]

沈從文小說的「緊貼人物」要素十分重視人物心理刻劃，吸引的地方是展示了各種人物複雜的感情世界。透過人物細膩的動作反應，以了解他當時的內心感受，並顯示他善於描繪人物形象的特性。沈從文在二三十年代創作的小說，這種人物心理刻劃的描寫可說形神皆備，這裡試以他的中、短篇小說為探討對象，說明人物心理對人物形象的重要性。

沈從文在1930年創作的《蕭蕭》，其中一幕有對蕭蕭被花狗佔了便宜，一想起事情經過，心理難免憤慨難受，就以小丈夫被毛毛蟲螫傷，同自己當天被人侵犯似的傷害等量齊觀：

> 她還記得花狗賭咒那一天裡的事情，如同記著其他事情一樣。到秋天，屋前屋後毛毛蟲更多了，丈夫像故意折磨她一樣，常常提起幾個月前被毛毛蟲所螫的話，使蕭蕭難過。她因此極恨毛毛蟲，見了那小蟲就想用腳去踹。[65]

同年所寫的《丈夫》也有類似的心理刻劃：

> 來了客，……一上船就大聲的嚷要親嘴要睡覺，那宏大而含糊的聲音，那勢派，皆使這做丈夫的想起了村長同鄉紳那些大人物的威風，於是這丈夫不必指點，也就知道怯生生的往後艙鑽去，躲到那後梢艙上去低低的喘氣。一面把含在口上那枝捲烟摘下來，毫無目的的眺望河中暮景。夜把河上改變了，岸上河上已經全是燈，這丈夫到這時節一定要想起家裡的鷄同豬，彷

---

[64] 〈沈從文小說的傾向性和藝術特色〉，《中國現代文學叢刊》1980年第3輯。

[65] 《沈從文全集》第8卷，頁263。

佛那些小小東西才是自己的朋友,彷彿那些才是親人,如今與
妻接近,與家庭卻離得很遠,淡淡的寂寞襲上了身,他願意轉
去了。[66]

丈夫對農村生活的思念與身心的寂寞,在城裡人的對照下,心裡
的不安顯示自己實際身分的疏離狀態[67]。

在《會明》裡,有如此描繪會明上前線的心理狀態:

到前線了,他的職務還是伙夫。他預備在職分上仍然參預這熱
鬧事情。他老早就編好了草鞋三雙。還有草繩子,鐵飯碗,成
束的草煙,都預備得完完全全。他另外還添製了一個火鐮,是
用了大的價錢向一個賣柴人勻來的。他算定這熱鬧快來了。望
到那些運輸輜重的車輛,很沉重的從身邊過去時,車軌深深的
埋在泥沙裡,他就吶喊,笑那拉車的馬無用。他在開向前防的
路上,肩上的重量不下一百二十斤,但他還唱歌,一歇息,就
大喉嚨說話。[68]

會明對前線戰爭的漠不關心,只為自己有新的職務而忙著預備行
裝。原本已是水深火熱的場面,經會明興奮的行為反應,構成人物處
於蒙昧的心理狀態。

1934年的《邊城》小說裡的翠翠,作者用了很多篇幅描繪女性
心理奧秘的純熟程度:

---

[66] 《沈從文全集》第9卷,頁49。

[67] 凌宇以這直接與鄉下人的心理內容更多地通過下意識狀態表現出來有關。小說中丈
夫對自己實際身份處於「不知」狀態,「不知」抑制著他對自己真實身分的認識,
下意識的衝突又使他不安於現實景況,最終導致於人物活動的現有型範。參看《從
邊城走向世界》,頁311。

[68] 《沈從文全集》第9卷,頁87。

　　……她有時彷彿孤獨了一點，愛坐在岩石上去，向天空一片
雲一顆星凝目。祖父若問：「翠翠，你在想什麼？」她便帶著
點兒害羞情緒，輕輕的說：「看水鴨子打架！」照當地習慣
意思，就是「翠翠不想什麼」，但在心裡卻同時又自問：「翠
翠，你真在想什麼？」同時自己也就在心裡答著：「我想的很
遠，很多。可是我不知想些什麼」。她的確在想又的確連自己
也不知是想些什麼。[69]

　　作者對人物心理的揣摩十分透徹、貼切，如翠翠初涉愛情的矜
持、害羞而又怦然心動的細微心理：初遇二老時曾因誤解罵他，然而
當她回去聽說此人就是儺送時，到了家，「另外一件事，屬於自己不
關祖父的，卻使翠翠沈默了一個夜晚」。寫出情竇初開的含蓄。後來
到家提親的是老大天保，「翠翠弄明白了，人來做媒的是大老！不曾
把頭抬起，心忡忡的跳著，臉燒得厲害，仍然剝她的豌豆，且隨手把
空豆莢拋到水中去，望著它們在流水中從從容容的流去，自己也儼然
從容了許多」，惟妙惟肖地刻劃了她的驚愕和極度失望、掩飾的心理
過程。

　　翠翠情竇初開，墜入了愛河。農村少女的天真、嬌憨、迷惘又單
純的心躍然紙上：

　　二老一見翠翠就說：「翠翠，你来了，爺爺也來了嗎？」
　　翠翠臉還發著燒不便作聲，心想：「黃狗跑到什麼地方去了
呢？」二老又說：「怎不到我家樓上去看呢？我已要人替你弄
了個好位子。」翠翠心想：「碾坊陪嫁，希奇事情咧。」
　　二老不能逼迫翠翠回去，到後便各自走開了。翠翠到河下時，

<hr />

69 《沈從文全集》第8卷，頁90。

小小心腔中充滿了一種說不分明的東西。是煩吧，不是！是快
樂吧，不，有什麼事情使這個女孩快樂呢？是生氣了吧，──
是的，她當真彷彿覺得自己是在生一個人的氣，又像是在生自
己的氣。[70]

翠翠此時的心緒十分複雜。岸邊人對她和二老關係的議論，本應
該增加她的信心才對，但翠翠年幼羞怯，加上她無法擺脫對自己地位
的自卑，反而對前景變得迷茫起來，甚至遷怒於二老。

……翠翠不能用文字，不能用石頭，不能用顏色，把那點心頭
上的愛憎移到別一件東西上去，卻只讓她的心，在一切頂荒唐
事情上馳騁。她從這份隱秘裡，便又常常得到又驚又喜的興
奮。一點兒不可知的未來，搖憾她的情感極屬害，她無法完全
把那種痴處不讓祖父知道。[71]

翠翠對二老的感情在發展。最初，二老作為保護人出現，翠翠
從他那裡得到安全感，漸漸地，感情越來越濃烈，性的成分也增加
了[72]。

1937年的小說《貴生》也有如此心理刻劃：

貴生不做聲，咬著下唇，把手指骨捏了又捏，看定那紅臉長鼻
子，心想打那傢伙一拳。不過手伸出去時，卻端了土碗，噓噓
嘟嘟喝了大半碗酒。[73]

---

70 同上註，頁109。

71 同上註，頁136。

72 劉洪濤認為在這段文字中，翠翠任那一份痴情在心中馳騁，卻無從採取有效的實
際行動。弗洛伊德式的性象微含蓄地暗示於此。〈《邊城》：牧歌與中國形象〉，南
寧：廣西教育出版社，2003年，頁67。

73 《沈從文全集》第8卷，頁384。

　　這是《貴生》中的主人翁在自己心愛的姑娘被人娶去成親的晚上，聽到伙計粗野地談論新娘時的情態。憤怒交織著亂麻的煩悶，人物捏拳、喝酒的行動刻劃。

　　沈從文筆下人物心理具有流動性，揭示了兩個心理事實：其一、人的心理不斷變化着；其二、人的意識並非分離、孤立的部分組成。這種心理活動下的「意識流」，顯現微妙的心理流程。

第三節　「自然環境」的感受

　　汪曾祺在自敘性的一篇文章中連帶談及沈從文所說人物和環境的關係：「……什麼時候作者的筆貼不住人物，就會虛寫。寫景，是製造人物生活的環境。寫景處即是寫人，景和人不能游離。常見有的小說寫景極美，但只是作者眼中之景，與人物無關。這樣有時甚至會使人物疏遠。」[74]

　　沈從文之所以是一位具有鮮明和獨特藝術風格的作家，乃在於他在寫環境時著重突出人物的重要性，同時善於融合人與萬物的協調性，合乎郁達夫所說的：「欣賞自然，欣賞山水，就是人與萬物調和，人與宇宙合一的一種諧合作用。」「所以，欣賞山水以及自然景物的心情，就是欣賞藝術與人生的心情。」[75]從充滿「湘西氣息」的生活形態中，沈從文所選擇的對象世界，是如何「改造著作者的文字」，這對象世界也選擇並提高了他的創作美學境界。趙園就他筆下的湘西人物說了一番中肯的話，她說：「他的筆一當寫到湘西人物就頓生精彩，一掃那種令人膩煩的造語的囉嗦彆扭與行文的故作曲折，

---

[74] 〈自報家門〉，收入《晚翠文談新編》，北京：三聯書店，2002 年，頁 259。

[75] 〈山水及自然景物的欣賞〉，收入《中國現代散文精品‧郁達夫卷》，陝西：人民出版社，1992 年，頁 231。

以至令人相信『湘西』本身就有一種魔力，令作者的文字挺拔勁爽有力。」[76]「湘西」是製造人物生活的環境，於充滿「湘西氣息」環境處寫人，景和人不能游離。

沈從文如此重視環境描寫，得力於青少年時期的經歷有著密切關係：

（一）沈從文出生於湖南省鳳凰縣，屬今天的湘西土家族苗族自治州，沈本人也有苗族血統。該地區長期以來深受封建統治者的壓迫和殺戮，同時又因地方偏僻，交通不便，受外來文化影響較少，民風比較淳樸。

（二）沈從文出身於一個家道日漸中落的軍人世家，父母對讀書不怎麼重視，對他的管教也不嚴，所以他從小就逃學，經常泅水、爬山、釣魚、趕集，熟悉了故鄉的山山水水，方方面面。

（三）沈從文在十五歲那年就當了兵，隨軍輾轉湘鄂川黔邊境二十餘縣，對社會底層和民俗風情有了更多的接觸和感受。《湘行散記》和《湘西》散文集就是沈從文半敘人事，半寫景物的文藝結晶。他在《湘西‧題記》中深情地寫到：「所以當我拿筆寫到這個地方種種時，本人的心情實在很激動，很痛苦。覺得故鄉山川風物如此美好，一般人民如此勤儉耐勞，並富於熱忱與藝術愛美心，地下所蘊聚又如此豐富，實寄無限希望於未來。因此這本書的讀者，也許應當是生於斯，長於斯，將來與這個地方榮枯永遠不可分的同鄉。」[77]

誠然，較之小說，散文中的人物更接近速寫，通常並不展開情節和衝突。人物形象的完成，一半靠淡淡串聯的情節線和疏疏勾勒的音容笑貌，一半靠環境背景的渲染烘托和作者對人物心理的揣摩。例如

---

[76] 〈沈從文構築的『湘西世界』〉，收入王珞編《沈從文評說八十年》，北京：中國華僑出版社，2004年2月，頁372。

[77] 《沈從文全集》第11卷，頁327。

《湘西散記》集子中的〈箱子岩〉中描寫龍舟賽後人們歸家的情景：

> 日頭落盡雲影無光時，兩岸漸漸消失在溫柔暮色裡。兩岸看船
> 人呼喝聲越來越少，河面被一片紫霧籠罩，除了從鑼鼓聲中尚
> 能辨別那些龍船方向，此外已別無所見。然而岩壁缺口處卻人
> 聲嘈雜，且聞有小孩子哭聲，有婦女們尖銳叫喚聲……過了許
> 久那種鑼鼓聲尚在河面飄揚著……[78]

《老伴》不僅故事感人，意境亦相當優美，傳達了一種將人的思
緒引向畫面之外的含蓄意味：

> 紫絳山頭為落日鍍上一層金色，乳色薄霧在河面流動，船攏岸
> 時搖船人照促檜長歌，那歌聲揉合了莊嚴與瑰麗，在當時景象
> 中，真是一曲不可形容的音樂。[79]

同時，沈從文喜歡運用意象如細雨、薄霧、寒風、冰河、黃昏、
黑夜、風燈、哀鳴的小羊等，這些容易構成遊記散文中特有的美麗而
憂鬱的敘事情調，也可借助意象形成審美距離。誠如美學家朱光潛
（1897～1986）說：

> 作者如果把自己的最切身的情感描寫出來，他的作品就不至於
> 空疏不近情理。但是，另一方面，他在描寫時卻不能同時在這
> 情感中過活，他一定要把它加以客觀化，使它成為一種意象，
> 他自己對於情感一定要變成一個站在客位的觀賞者，換一句話
> 說，他一定要在自己和這情感之中闢出一個「距離」。[80]

---

78 《沈從文全集》第 11 卷，頁 277。
79 《沈從文全集》第 11 卷，頁 291。
80 《文藝心理學》第二章，香港：開明書店，頁 23。

　　「距離」是審美過程不可忽略的條件，沈從文透過「距離」的審美感受，展現自然形象的個性。而沈從文筆下的湘西所特有的自然形象系列按照立體排列可分為三個層次：以雲霧氣候形象為主體的空中層次；以草木蟲魚等生物形象和人化自然形象為立體的中間層次；以山水等地理形象為主體的地面層次[81]。

　　如果說，沈從文通過湘西自然美境的建構，表現了對於自然美的追求，毋寧說是在審美距離的發酵下，展現他所神往而現實中往往其實並不存在的「優美、健康、自然而又不悖乎人性的人生形式。」[82]有論者甚至認為沈從文的心態是外傾的，即他的想像沒有封閉於「自心」，而是與心外的參照系相聯繫，這反映了道家「定乎內外之分」[83]的思維方式[84]。

　　莊子「坐忘」、「心齋」的心性修養，是在空明、寧靜、清澈的心境之中體悟與「道」的融通，是忘掉功名利祿，患得患失，忘掉的是世俗的我和雜念叢生的我。《莊子》裡說：

　　　　顏回曰：「回益矣。」

　　　　仲尼曰：「何謂也？」

81　「沈從文所建構的湘西自然世界，是由這些自然形象按照立體結構組成的『可望』、『可游』、『可居』的具有整體感與立體感的自然美境。」參看韓立群著《沈從文論》，天津：天津人民出版社，1994年，頁141。

82　〈《從文小說習作選》代序〉，收入《沈從文散文》第三集，北京：中國廣播電視出版社，1994年，頁395。

83　「故夫知效一官，行比一鄉，德合一君，而徵一國者，其自視也亦若此矣。而宋榮子猶然笑之。且舉世而譽之而不加勸，舉世而非之而不加沮，定乎內外之分，辯乎榮辱之境，斯已矣。」〈逍遙遊〉；郭象原注，林聰舜導讀《莊子》上冊，台北：金楓出版社，出版年月從缺。

84　參看陳國恩著，《浪漫主義與二十世紀中國文學》，合肥：安徽教育出版社，2000年，頁201。

　　曰：「回忘仁義矣。」

　　曰：「可矣，猶未也。」

　　他日，復見，曰：「回益也。」

　　曰：「何謂也？」

　　曰：「回忘禮樂矣。」

　　曰：「可矣，猶未也。」

　　他日，復見，曰：「回益矣。」

　　曰：「何謂也？」

　　曰：「回坐忘矣。」

　　仲尼蹴然曰：「何謂坐忘？」

　　顏回曰：「墮肢體，黜聰明，離形去知，同於大通，此謂坐
　　忘。」

　　仲尼曰：「同則無好也，化則無常也。而果其賢乎！丘也請從
　　而後也。」（《莊子·大宗師》）[85]

　　「坐忘」就是忘掉禮義、禮樂、聰明與肢體這些外在的東西，清除了虛妄的自我觀念。「同於大通」須得靠人的精神，靠的是「用志不分，乃凝於神」[86]的精神境界。沈從文運用「外師造化，中得心源」[87]藝術意境的創作理念，充分體現在這種純任自然的道家藝術精神的特點。而人與自然的融合方式，顯然得之於莊子「心齋」「坐忘」心性修養的成效。沈從文曾在小說集子的《題記》中，流露了他所要表達的思想：

85　郭象原注，林聰舜導讀《莊子》上冊，頁168。

86　語出《莊子·達生》。

87　語出唐代張璪的《繪境》。《繪境》不傳，僅此二句保留於張彥遠的《歷代名畫記》。中國藝術多以自然為題材，表現出物我一體，融洽自然的境界和情趣。張璪「外師造化，中得心源」即說明藝術創作以自然為對象，並與藝術家的精神結合。

「自然無為而無不為」，從這種自然景象上，像是重新得到解
釋。

由皈於自然而重返自然，即是邊民宗教信仰的本旨，因此我這
個故事給人的印象，也將不免近於一種風景畫集成。人雖在這
個背景中凸出，但終無從與自然分離，有些篇章中，且把縮小
到極不重要的一點上，聽其逐漸全部消失於自然中。[88]

當然，「天人合一」永遠只能是一種理想，田園風光背後卻浸
透了作者的隱憂甚至悲哀。沈從文在晚年的一篇〈《散文選譯》序〉
中，回憶多年前重遊湘西時所寫下的文字，心境的悲涼至今仍歷歷在
目，他曾不無感慨的說：

作品一例浸透了一種「鄉土性抒情詩」氣氛，而帶著一分淡淡
的孤獨悲哀，彷彿所接觸到的種種，常具有一種「悲憫」感。
這或許是屬於我本人來源古老民族氣質上的固有弱點，又或許
只是來自外部生命受盡挫傷的一種反應現象。我「寫」或「不
寫」，都反映這種身心受過嚴重挫折的痕跡，是無從用任何努
力加以補救的。[89]

如果說在隱憂悲哀底下，沈從文企圖透過鄉下人的眼光，努力建
立一種小說的新傳統。無可厚非的是他更以鄉村中國的文學視野，一
方面監察在城市商業文明的包圍、侵襲下，農村緩慢發生的一切，同
時又在原始野性的活力中，顯現都市人的沉落靈魂[90]。這種二律背反

---

[88] 〈《斷虹》引言〉，《沈從文全集》第16卷，頁333。

[89] 《沈從文散文》第三集，北京：中國廣播電視出版社，1994年，頁459。

[90] 吳福輝著〈鄉村中國的文化形態——論京派小說〉，收入《帶著枷鎖的笑》，杭
州：浙江文藝出版社，1991年，頁113。

被誤解為一種病態的表現：

> 沈從文原就不是那種能夠達觀的高人，好像也缺少洞悉不幸的
> 眼力，而重要的是，他畢竟是一個來自偏遠地方，正受著四面
> 的輕蔑，偏偏又那樣敏感多情的人，你甚至可以說他對湘西的
> 神往本身就有幾分病態。他越是虔誠地描繪牧歌圖，就越說明
> 他對這圖景的信心並不牢固。[91]

沈從文的鄉土情懷，竭力平息心中的激情，向遠景凝眸，對人生
悲劇採取了一種保持適當距離的姿勢，說明他是他朝著道家因順自然
的修養境看齊的。因而沈從文對自然環境特殊的感覺和熱愛，相當程
度調劑於個人的悲哀和人類的愛心之間。心與物、人與天的對立方
式對於他從事寫作起了很大情緒上的深思。《燭虛》一類的哲理性散
文，觸及的不限於個人緣情佈景的審美感受問題，它更多的是將抽象
思考的問題聯繫自然景物，是一種「致虛極，守靜篤」的道家人生信
念的堅持：

> 我需要清靜，到一個絕對孤獨環境裡去消化生命中具體與抽
> 象。最好去處是到個廟宇前小河旁邊大石頭上坐坐，這石頭是
> 被陽光和雨露漂白磨光了的。雨季來時上面長了些綠絨似的苔
> 類。雨季一過，苔已乾枯了，在一片未乾枯苔上正開著小小藍
> 花白花，有細腳蜘蛛在旁邊爬。河水從石罅間漱流，水中石
> 子蚌殼都分分明明。石頭旁長了一株大樹，枝幹蒼青，葉已脫
> 盡。我需要在這種地方，一個月或一天。我必須且外物完全隔

91　王曉明〈『鄉下人』的文體與『土紳士』的理想〉，收入在《潛流與漩渦》，北京：
中國社會科學出版社，1991年，頁105。

絕，方能同「自己」重新接近。[92]

如果將以上所凝聚的道家出世心境的內涵，藉以投射到沈從文作品專寫下的湘西，通過描述鄉村的自然美景，當地寧靜自足的生活，淳厚、正直、樸素、信仰簡單而帶點執著的民風，學者稱之為帶有「牧歌」情調的鄉土小說，這確實體現了沈從文的文化理想。作家所描繪的湘西滲透了強烈的鄉土摯愛之情，這個地方「水陸商務既不至於受戰爭停頓，也不至於為土匪所影響，一切莫不極有秩序，人民也莫不安分樂生」，是一個人與自然高度和諧統一的迷人世界。而《邊城》將鄉情風俗、人事命運、人物形象三者統一，鍛造成完美和諧的詩境，使人在純美恬靜中產生無法忘懷的悲劇感。

借用沈從文自己的話來理解《邊城》：「⋯⋯內中寫的儘管只是沅水流域各個水碼頭及一隻小船上縴夫水手等等瑣細平凡人事得失哀樂，其實對於他們的過去和當前，都懷著不可形諸筆墨的沉痛的隱憂，預感到他們明天的命運——即這麼一種平凡卑微的生活，也不容易維持下去，終將受到來自外部另一方面的巨大勢能所摧毀。生命似異實同，結束於無可奈何情形中。」

《邊城》中的人物，無論貧富，都是好人；所言所行，都是善舉，但這些生命及形態的美好，終究要消逝。在所有全是美好、合理之中，卻有著無法逃脫的悲劇，這是人本然生命的宿命。

---

92 《沈從文全集》第12卷，頁22。

第五章　沈從文的新詩理論與實踐

第一節　新詩的分期

　　1917年2月，胡適以白話在「新青年」雜誌上作詩八首。胡適是民國以來第一位積極提倡並發表新詩的人物，其文學改良〔文學改良芻議〕主張對新詩有一定歷史意義。「國語的文學，文學的國語」口號喊得響亮。

　　沈從文由於長期關注新詩的發展，因此清楚了解新詩階段的發展特色。他的〈我們怎樣去讀新詩〉專論，篇幅四千字左右，儼然是一篇1917年至1930年的新詩簡史。

　　沈從文在文中指出，這十幾年的新詩，應當分作三個時期研究：

　　一是嘗試時期（1917年到1921年或1922年）；

　　二是創作時期（1922年到1926年）；

　　三是成熟時期（1926年到1930年）。

　　他對以上時期新詩分配如此仔細，說明他在經歷這三個時期新詩的發展中，感覺詩歌形式明顯的趨於轉變。在嘗試詩期而言，以胡適為代表對新詩的語言進行了最初「白話」的嘗試，強調接納散文語言與事理的「作詩如作文」、「作文如說話」的詩歌創作方法論，許多詩歌言說方式基本有兩種傾向，一是胡適、沈尹默等人利用「白話」的自由和靈活衝破傳統詩體桎梏的傾向；一是劉半農等人以民間謠曲「小傳統」為資源的傾向。把1922年到1926年劃分為創作時期的看法，可能是沈從文注意到新詩從一開始就有爭論不休的形式問題，而

自由體和格律體的詩歌，都在探索階段。至於成熟時期的一段，沈從文只是把詩歌表現形式的高峰狀態作了概括，並不能代表新詩整體發展的總結，因此這樣的新詩分期是有偏頗的。

　　沈從文在1947年寫給某先生的〈談新詩五個階段〉信中，將新詩分期從時代的角度濃縮為五個發展階段：「近人歡喜說時代，若把新詩分作五個階段，且尊重一個『明白易懂』原則來讀它時，我們會覺得回看五四時代諸作，至今依然還有啟蒙性，值得注意。『新月』時代如徐志摩，朱湘，聞一多……諸集，一面具有多方面的試驗勇氣，一面且企圖把握到語言節奏的本性，也得到相當成功。第三期從民二十起始，戴望舒、臧克家、何其芳、卞之琳幾個人的成就，正表示這個試驗又有了新的發展，如何由明朗入晦澀，在作品中則個人性格凸出。到抗戰，高蘭、王亞平、彭燕郊、艾青對朗誦詩各有貢獻，到最近，如馮至，杜運燮，穆旦……幾個新印詩集，又若為古典現代有所綜合，提出一種較複雜的要求。」[1]這裡雖提及詩歌發展的時代意義與價值，但卻過於簡單，不能掌握新詩發展的特徵。

　　〈我們怎樣去讀新詩〉這篇文論的特點，不僅瀏覽了新詩自開創起文體變化的趨勢，同時闡明分期中的代表詩人的藝術成就，也兼顧對詩人個人風格的準確評價。為了揭示每一時期的發展變化，沈從文刻意將每一時期劃分為兩個階段。他認為第一時期的胡適之、沈玄盧、劉大白、劉半農、沈尹默這幾個人屬於第一段；康白情、俞平伯、朱自清、徐玉諾、王統照為第二段。第二時期的徐志摩、聞一多、朱湘、饒孟侃等詩人為第一段；于賡虞、李金髮、馮至、韋叢蕪等詩人為第二段。第三時期的胡也頻、戴望舒、姚蓬子為第一段；石民、邵洵美、劉宇為第二段。這樣根據每一個詩人開始從事詩歌創作

---

[1] 《沈從文全集》第17卷，頁456。

的時間先後，兼及詩作藝術表現方法、風格的發展變化來劃分新詩史頭十幾年的歷史分期及再給每一時期劃分階段，是大致掌握了新詩歷史發展的實際情況的。

一　文體的分期

　　沈從文在第一期的論述中，曾闡明詩歌創作還在舊詩的籠罩底下生存，他說：「因為在當時每一個詩人所作詩不免有些舊詩痕跡，每一個詩人的觀念與情緒，並不完全和舊詩人兩樣。」在在表明第一期的詩，「是當時文學革命的武器之一種。但這個武器的鑄造，是在舊模式中支配新材料。」[2] 沈從文於這一時期，列舉了詩集以資佐證，計有胡適的《嘗試集》、劉大白的《劉大白的詩》、劉半農的《揚鞭集》和周作人的《過去的生命》等。同時，沈從文還提出這時期詩歌的缺憾：「大家皆承認詩的生命不在費辭，形式又拘束了發展，所以幾個對於舊詩學養有素的人，如沈尹默、錢玄同、俞平伯等，在當時，皆不缺少勇氣毅然棄去所得唐宋詩人的華麗典則，卻努力試作『駕馭口語』的白話新詩。沈俞等人的失敗，以及近來在作品中具回頭擁抱破瓦的興致，皆並不能作為新詩駕馭口語企圖的失敗。」[3]

　　由於胡適、陳獨秀、錢玄同、劉半農等的發展、倡導、在白話詩理論的指導下，白話詩的創作嘗試也一步一步形成熱潮。1917年隨著白話詩倡導的開始，胡適便在《新青年》第2卷第6號上發表了八首白話詩，接著在《新青年》第3卷第4號上又發表了白話詞。胡適這些嘗試之作對於當時那些有志於詩歌改革者卻是一種激勵和鼓舞。

---

[2]　〈我們怎麼樣去讀新詩〉，《沈從文全集》第16卷，頁462。

[3]　〈《群鴉集》附記〉，《沈從文全集》第16卷，頁309。

1918年1月《新青年》4卷1期，完全改用白話文，並發表了胡適、沈尹默、劉半農的白話詩，這就打破了由個人嘗試白話詩的冷寂局面，為白話詩的創健開拓了一個新的境界。從此以後，《新青年》陸續刊登白話詩，至1919年5月15日發行的6卷5期，它已發表了60多首。白話詩的數量和質量都有了相應的提高。這些詩從總體上來看，雖然在思想內容的深淺上有明顯的差異，但大都在一定程度上體現了時代精神，透露出新的生活氣息；雖然在詩體上有相當一部分白話詩帶著從舊詩詞脫胎出來的痕跡，但可以看出它們是解放了的詩體。劉半農的白話詩顯示了嘗試階段白話自由體詩的社會現實意義和藝術生命；李大釗、陳獨秀帶頭寫的白話詩，對於推動新詩運動的發展大有推動力；魯迅和周作人寫的白話詩是真正的白話自由體詩。這些嘗試性的白話詩新詩的推動作用值得充分肯定。從這個意義上說，沈從文的見解是無可否認的。

　　在談到第二期的文體，沈從文有如下看法：「詩到第二期既與舊詩完全劃分一時代趣味，因此在第一期對於白話詩作饒舌置辯惡意指摘者皆啞了口，新詩在文學上提出了新的標準，舊的拘束不適用於新的作品，……新詩的標準的完成，也應數及此時詩會諸作的作品。」[4]他在這第二期的第一段又詳盡文體的特色「此期諸人在作品上似乎完全做到了第一期詩人在理論上所要求的新詩。然而韻律分行，文字奢侈，與平民文學要求卻完全遠離了。」[5]並且肯定這時期的詩顯示情緒的健康與技巧的完善。至於第二期的第二段，沈從文認為這段的幾個作者缺少他說的健康情緒和完善技巧。然而由於那種詩人的憂鬱氣氛和頹廢氣氛，表現在于賡虞和李金髮的詩中有不同的特點。同時，

4　同註2，頁458。

5　同註2，頁460。

說明兩者大量容納一些舊的文字，卻很從容的寫成完全不是舊詩的作品。列舉的詩集有朱湘的《草莽集》、聞一多的《死水》、徐志摩的《志摩的詩》、韋叢蕪的《群山》、馮至的《昨日之歌》、于賡虞的《晨曦之前》、李金髮的《微雨》和焦菊隱的《夜哭》。

　　至於第三期的文體情況，沈從文認為：「詩到第三期，因時代為中國革命一混亂時代，從前人道主義英雄主義似乎為詩人當然的人格，並不出奇，但到第三期，有專以從事喊叫為詩人的事出現了。寫愛情的如徐志摩，和人生的理智透明如聞一多，或以自然詩人身分、從事寫作，對世界歌唱溫暖的愛的如朱湘，都彷彿受了小小揶揄。因此不甚同意詩的新的束縛是喊叫的作者，作品又走了一新方向，從新的感覺上讚美官能的愛，或使用錯覺，在作品中交織幻想的抒情的美；或取回復姿勢，從文言文找尋新的措詞。」[6] 此期的詩集包括石民的《良夜與惡夢》、胡也頻的《也頻詩選》、邵洵美的《花一般罪惡》、劉宇的《沉澱》和蔣光慈的《戰聲》等等。

　　沈從文對新詩文體的分期，基本含括了新詩的第一個十年。這新詩的第一個十年，各種藝術流派爭奇鬥艷，各具色香。朱自清在總結1917年至1927年詩歌創作時，曾說過：「若要強立名目，這十年來的詩壇就不妨分為三派：自由詩派、格律詩派、象徵詩派。」他說的「自由詩派」，包括了胡適、郭沫若、周作人、冰心、康白情、宗白華、湖畔四詩人、白采等有影響的詩人寫的自由詩。「格律詩派」也包括了聞一多、徐志摩、陸志韋、朱湘、饒孟侃、劉夢葦、于賡虞等人。他們以1926年創辦的《晨報·詩鐫》為陣地，推行了新詩的格律化運動。「象徵詩派」是20年代中後期出現的詩歌流派，代表詩人是李金髮和後期創造社的「三詩人」王獨清、穆木天、馮乃超以及姚

6　同註2，頁458。

蓬子、石民、胡也頻等，戴望舒、梁宗岱也曾取法於象徵派。

二　風格的分期

　　沈從文對詩人的品鑑有一總體印象，他所依賴的主要是直觀感悟性的印象。因此，環顧詩人在他所設置的新詩分期的藝術成就時，他在接受作品所需求「視野變化「之間的距離，決定了詩人作品的藝術特性，例如「郭沫若使詩誇誕豪華，如瘋如狂，徐志摩使詩艷麗濃郁，如花如酒。」[7] 在第一時期對胡適的評價，他提出胡適在詩歌革命性的重要地位，「還有，因為這詩的革命由胡適之等提出，理論精詳而實際所有作品在技巧形式各方面，皆保留到詩詞原有姿態，因此引起反響，批評，論駁。詩的標準雖有所不同，實在還是漸變而能銳變。」[8] 又品評胡適和周作人在這第一時期的創作成就是使文字離去詞藻的虛誕，成為言語，影響到後來散文風格的形成。他認為前者「明白暢達」，後者「清淡樸訥」。這樣期待「視野變化」的審美距離，具體含概胡適與周作人作品的風格。

　　姚斯指出：「一部文學作品在其出現的歷史時刻，對它的第一讀者的期待視野是滿足、超越、失望或反駁，這種方法明顯地提供了一個決定其審美價值的尺度。期待視野與作品間的距離，熟識的先在審美經驗與新作品的接受所需求的『視野的變化』之間的距離，決定著文學作品的藝術特性。」[9]

　　胡適的白話詩從理論到實踐是堅持沈從文所謂的「明白暢達」。

---

[7]　〈《群鴉集》附記〉，《沈從文全集》第16卷，頁310。

[8]　同註2，頁457。

[9]　〈文學史作為向文學理論的挑戰〉，參看H.R.姚斯、R.C.霍拉勃著；周寧、金元浦譯，《接受美學與接受理論》，瀋陽：遼寧人民出版社，1987年，頁31。

他最早的一首白話詩〈蝴蝶〉，以寫一對蝴蝶象徵人間的愛情，全詩五言八句，貌似律詩，卻無對偶、平仄，雖押韻，但又不受律詩的韻律的限制，且不用典，文字整齊，行文自由，意象清新，堪稱作者「八不主義」的示範之作。在〈建設的文學革命論〉的長文中，胡適又從中國詩歌史上擇取例證加以論述。他認為我們之所以愛讀〈木蘭辭〉和〈孔雀東南飛〉，是因為這兩首詩全用白話詩寫的，之所以愛讀陶淵明的詩、李後主的詞以及杜甫的〈石壕吏〉和〈兵車行〉諸詩，也是因為他們的詩詞是白話寫的；之所以不愛讀韓愈的〈南山〉詩，是因為他用的是死字死語，縱觀自《詩經》三百篇以來的一些有價值有生命的詩詞，「都是白話的，或是近於白話的」。

周作人在20世紀20年代初曾有短暫的詩情熱忱，《過去的生命》就是明證。而〈小河〉是周氏實踐新詩的一種嘗試，即他所說的「白話詩的兩條路，一是不必押韻的新體詩，一是押韻的白話唐詩以至小調[10]。沈從文再三肯定周作人新詩的散文化及其語言的單純樸素，這種風格對後期文學發展的影響力：「周作人是一個使詩成為純散文最認真的人，譯日本俳句同希臘古詩，也全用散文去處置。使詩樸素單一僅存一種詩的精神，抽去一切略涉誇張的詞藻，排除一切繁冗的字句，使讀者以纖細的心，去接近玩味，這成就，實則也就是失敗。因這個結果，文字雖接近大眾化，形成平凡而且自然，但那種單純，卻使讀者的情感充實。一個讀者若缺少人生的體念，無想像，無生活，對於這樸素的詩，反而失去認識的方便了。」[11]沈從文所謂的「失敗」指的是對於普通讀者而言，「因為讀者還太年輕，一本詩，缺少誘人的詞藻作為詩的外衣，缺少悅耳的音韻，缺少一個甜蜜熱情的調子，

10　周作人〈古文學〉，見《自己的園地》。
11　〈論劉半農《揚鞭集》〉，《沈從文全集》第16卷，頁123。

讀者是不會喜歡的，不能喜歡的。」[12]沈從文的評價道出了周作人詩文的非大眾化，它不以文詞見長，而以思想深邃著稱，耐人尋味，這見解更俐落的以「清淡樸訥」概括了周作人新詩創作中的創新意識。

在談到第二期詩人的時候，沈從文指出：「能守著第一期文學革命運動關於新詩的主張，寫成完美無疵的新體詩，情緒技巧也漸與舊詩完全脫離，這是第二期幾個詩人做的事。」[13]他尚且發現另外有兩種詩，不受新詩的標準所拘束，而有所發展。這就是「其一是在上海方面之創造社詩派，郭沫若的誇張豪放可作一代表。其一是獨出詩集數種之李金髮。誇大豪放，缺少節制，單純的反覆喊叫，以熱力為年輕人所歡喜，是創造社郭沫若詩完全與徐志摩、聞一多、朱湘各詩人作品風格異途。從文言文狀事擬物名詞中，抽出種種優美處，以幻想的美麗作詩的最高努力，不缺象徵趣味，是李金髮詩的特點。」[14]

沈從文對於第三期詩人的藝術成就也是大致肯定的。他先歸納起兩個階段的詩人的創作趣味，然後分別論述對各自詩歌的審美感受：

> 第一段為胡也頻、戴望舒、姚蓬子。第二段為石民、邵洵美、劉宇。六人皆寫愛情，在官能的愛上有所讚美，……胡也頻的詩，並不是朱湘那種在韻文找完美的詩，散文的組織，使散文中容納詩人的想像，卻缺少詩必須的韻。戴望舒在用字用韻上努力，而有所成就，同樣帶了一種憂鬱情懷，……蓬子的沉悶，在壓世的觀念上有同于廢虞相近處，文字風格是不相同的。邵洵美以官能的頌歌那樣感情寫成他的詩作，讚美生，讚美愛，然而顯出唯美派人生的享樂，對於現世的誇張的貪戀，

12　同註11。

13　同註2，頁457。

14　同註2，頁458。

對於現世又仍然看到空虛。……石民的《良夜》與《惡夢》，
在李金髮的比擬想像上，也有相近處，然而調卻在馮至、韋叢
蕪兩人之間可以求得那悒憂處。劉宇是最近詩人……把自己因
體質與生活而成的弱點，加入在作品上，因此使詩的內容有病
的衰弱與情緒的紛亂，有種現代人的焦躁，不可遏制。[15]

　　又在評析蔣光慈的詩集得出的觀感，說他「或從蘇俄歌頌革命的
詩中，得到啟示，用直截手段，寫對於革命希望和要求，及對現世否
認的詩歌。」[16]「蔣光慈在他成績上，是並不值得如他朋友感到那種過
高估價的，書賈善湊熱鬧，作者復敏於自炫，或者即所謂『海上趣
味』的緣故，所以詩的新的方向，蔣光慈是不會走出的。」[17]這些賞析
性文字都相當中肯而具有主觀審美直覺的特色。

　　總括而言，沈從文在這篇文論中充分運用了「知音善賞」的文藝
鑑賞理論對象進行審美活動。劉勰在《文心雕龍·知音》篇中指出：
「夫唯深識鑑奧，必歡然內懌；譬春台之熙眾人，樂餌之止過客。蓋
聞蘭為國香，服媚彌芬；書亦國華，翫繹方美。知音君子，其垂意
焉。」[18]他認為在鑑賞活動中，通過「深識鑑奧」，深刻體會作品中所
包含的審美意旨，進入一種情感交流，構成心靈與心靈間的感應，就
能獲得審美愉悅。

---

[15] 同註2，頁460。

[16] 同註2，頁463。

[17] 同註2，頁462。

[18] （梁）劉勰著，范文瀾註《文心雕龍註》卷七〈知音〉，北京：人民文學出版社，
2001年，頁715。

第二節 《新文學研究》時期的理論

　　三十年代，新詩社團風起雲湧，或說前仆後繼，重要組合以郭沫若（天狗／鳳凰涅槃）為代表的浪漫主義詩派，以周作人、朱自清等人為主的現實主義詩人群，由冰心、宗白華帶動的小詩流派，第一個向西方象徵派借火的李金髮所代表的中國初期象徵派，以馮至為主的沈鐘社，及詩人最多，聲勢最大的新月派。

　　冰心的詩作單純，略有泰戈爾風。李金髮早年留法，對中國新詩現代化有功。新月派傾向格律詩，採西洋格律，形式整齊，音節鏗鏘，風格含蓄深刻。象徵詩在本質上則傾向靈魂感覺的抒寫，反格律而重自由，重飄忽幽渺的音韻節奏。

　　沈從文於1930年上半年在中國公學曾講授以新詩發展為內容的「新文學」課程，其後任暑期課程時又教新詩。7月中旬在致王際真信中寫道：「這次一定把講義好好編過寄來給你。」[19]9月，應聘到武漢大學任教，11月又在信中告訴王際真，為他寄了「一點論文講義，那個講義若是你用它教書倒很好，因為關於論中國新詩的，我做得比他們公平一點。」[20]

　　這本《新文學研究》講義，原由武漢大學印行，據《沈從文全集》編者記載，前半部是編選以供學子參考閱讀的新詩分類引例，後半部是沈從文六篇談新詩的論文。這六篇詩論文章，於講義印後兩年間，分別在報刊發表，1934年其中三篇收入沈從文的文論專集《沫沫集》出版[21]。

---

[19] 《沈從文全集》第18卷，頁83。

[20] 同上書，頁114。

[21] 這三篇分別是《論朱湘的詩》、《論焦菊隱的〈夜哭〉》和《論劉半農〈揚鞭集〉》。

　　沈從文在《新文學研究》前半部的分類引例中，將新詩作了整體發展的分期，他首先詳細羅列每個詩人出版的詩集，稱為《現代中國詩集目錄》。接下來，於〈新詩之發展〉中簡潔的把五四時期至三十年代的作品作了分期[22]。

　　談起三十年代新詩理論的發展，不能忽略沈從文的理論建樹。除了他寫下多篇評析當時名作家，如周作人、徐志摩、聞一多、朱湘、劉半農等人的鑒賞性的文論外，還因為他新詩的理論貢獻。

　　中國新詩從擺脫傳統詩詞格律的束縛，從形式上的解放到創新，從內容的風花雪月、無病呻吟到開始接觸現實人生，關心人性尊嚴。從移植、學習西方詩歌藝術到走向成熟，開始光輝燦爛的青春歲月，都是三十年代的詩。

　　1926年，徐志摩在《晨報・副鐫》上，推出〈詩刊〉，確定辦報的基本方針，他執著的追求思想自由、個性自由的風格，得到了充分發揮，「我來只認識我自己，只知對我自己負責任，我不願意說的話你逼我求我都不說的，我要說的話你逼我求我都不能不說的。我來就是個全權的記者」，還說辦報的「辦法可得完全由我，我愛登什麼就登什麼。」[23]這有助於新格律詩派的形成，也集合了一群極具實力的作者，當中包括了沈從文[24]。

22　參看《沈從文全集》第16卷，頁75。

23　徐志摩，〈我為什麼來辦和我想怎麼辦〉，轉引自趙遐秋《徐志摩傳》，北京：中國人民大學出版社，1999年，頁180。

24　「這支隊伍完全符合徐志摩個人的心願，計有梁啟超、趙元任、張奚若、金龍蓀、傅斯年、羅家倫、姚茫父、余槭園、劉海粟、錢稻孫、鄧以蟄、余上沅、趙太侔、聞一多、翁文灝、任叔永、肖友梅、李濟之、郭沫若、吳德生、張東蓀、郁達夫、楊振聲、陳衡哲、丁西林、陳西瀅、胡適之、張歆海、陶孟和、江紹原、沈性仁、凌叔華、沈從文、焦菊隱、于成澤、鍾天心、陳鑄、鮑廷蔚、宗白華等。除郭沫若之外，簡直可看做是新月派與現代評論原來班底的擴大化。」參看宋益齊著《新月才子》，濟南：山東畫報出版社，2000年，頁13。

　　1934年4月上海大東書局出版的《沫沫集》，沈從文寫的新詩評論，有《論郭沫若》、《論朱湘的詩》、《論焦菊隱的〈夜哭〉》、《論劉半農〈揚鞭集〉》、《論汪靜之的〈蕙的風〉》、《論徐志摩的詩》、《論聞一多的〈死水〉》等七篇[25]。1937年由上海文化生活出版社出版的《廢郵存底》中有不少書信論及新詩的創作問題[26]。此外，《我們怎麼樣去讀新詩》和《新詩的舊賬——並介紹〈詩刊〉》皆是三十年代沈從文在新詩理論批評方面的成績。

　　沈從文在創作初期，尤其是早期的詩歌創作，總的說來，是努力實踐著陳夢家（1911～1966）在《新月詩選・序言》中總結的「本質的醇正，技巧的周密和格律的謹嚴」[27]這一詩風，但他那一貫的「多方試驗」，不拘一格的創作思想，使他從湘西的山歌謠曲中汲取養分，例如以民歌體詩的形式發表作品《鄉間的夏》，用他自己的話說「沒有會做詩而又做出寫出與詩約略相似（一律用中國字，一樣的用了點韻）的東西來，無以名之，乃謂之為『土話』。」[28]這是沈從文用他的富於表現力的鳳凰方言來豐富、提倡白話文學的嘗試[29]。而這種創作除了將民歌與詩歌集中於地域性書寫的嘗試外，也凝聚了作家充滿地方自然和個性的文藝趣味。周作人在這一點也是堅持實踐的，他認為民歌與新詩的關係，或者有人懷疑，其實是很自然的，因為民

---

[25] 《沫沫集》原目還有：《論馮文炳》、《論落華生》、《魯迅的戰鬥》、《論施蟄存與羅黑芷》、《〈輪盤〉的序》、《〈沉〉的序》、《〈阿黑小史〉序》、《我的二哥》。引自《沈從文全集》第16卷，頁144。

[26] 《沈從文全集》第17卷，頁180。

[27] 張大明、陳學超、李葆琰著，《中國現代文學思潮史》上冊，北京：北京十月文藝出版社，1995年，頁396。

[28] 《沈從文全集》第15卷，頁7。

[29] 金介甫對這來自民間的鳳凰方言寫成的民歌，有詳細的探討，參看《鳳凰之子・沈從文傳》，頁200。

歌的最強烈最有價值的特色是他的真摯與誠信，這是藝術品的共通的精魂，於文藝趣味的養成極是有益的。而《筸人謠曲》和I《筸人謠曲選》是沈從文依據其家鄉一帶的山歌收集、整理而成[30]。

《筸人謠曲選》中有對唱歌[31]，其中一首〈苦竹崑〉，歌唱的是：

> 苦竹崑，烏油傘，
> 桐子開花遍坡白：
> 我的妹，我的姐，
> 你走娘家兒時回？
> 拿你真話告與我，
> 天晴落雨都來接！
> 苦竹崑，烏油傘，
> 桐子開花遍坡白：
> 我的哥，我的弟，
> 初一不來十五來！
> 不晴我怕哥哥送，
> 落雨又怕丈夫接！

此歌的意思是初夏時節當桐子正開花，在大路邊送其情人返回娘

30　沈從文在《筸人謠曲》的「前文」中有對兩篇「謠曲」的收集、整理的背景及經過
　　詳細敘述，還於每首「謠曲」的前後作了若干說明與解釋。他說他為了使這趣味普
　　遍的散到讀者心中去，不由得不下一點小註解。參看《沈從文全集》第15卷，民
　　歌體部分。

31　據沈從文的解釋，對唱不拘於情人，然屬於男女戀悅囑咐之辭為多。此外有在「有
　　女懷春，吉士誘之」（語出《詩·召南·野有死麕》，意謂少女春情初動，而美男
　　子引誘之）情形下唱出情歌，而女方凜「人言可畏」之旨乃用歌拒之者。又有感情
　　決裂作歌示決絕，而女人用歌申述「罪莫由她」者。此類歌謠大體為四句齊頭韻
　　（指每首四句，一、二、四句押韻的用韻方式），間有違例，但不多。見《沈從文
　　全集》第15卷，頁50。

家。女人為有丈夫的人，怕情人吃虧，故答辭乃勸其不必來接送。從歌中可以見出樸質的戀歌風味。

　　沈從文認為「新詩運動最先提出的口號，是『從民歌吸取新生命新形式』。」[32]他在當時詩人當中，唯一讚賞的劉半農（1891～1934），就是把新詩和民歌連成一體。照他的話說「以調訓語言為出發點，加以試驗，在實驗上見出一點成績的人」[33]，還讚譽劉半農的《揚鞭集》裡的詩歌「關於疊字與復韻巧妙的措置，關於眩目的觀察與節制的描寫，這類山歌，技術方面完成的高點，並不在其他古詩以下。」[34]他在《鄉間的夏》話後之話裡表明這種主張：

> 我的文學解釋是：用筆寫出來的比較上新鮮，俏皮，真實的話而已。若因襲而又因襲，文字的生命一天薄弱一天，又那能找出一點起色？因此，我想來做一種新嘗試。若是這嘗試還有一條小道可走，大家都來開拓一下，也許寂寞無味的文壇要熱鬧一點呢。[35]

　　不過，他在三十年代先後發表了《邊城》、《湘行散記》、《湘西》等有道地方言的作品，再也不像創作初期那樣，在作品中處處使用湘西方言和民間文學題材。金介甫認為一個原因是他離湘西越久，心理距離越大，另一個原因是一般讀者對外地方言興趣不大[36]。沈從文在七十年代寫給蕭乾（1910～1999）的信中，回憶當時寫詩時嘗試從舊體詩摸索，以圖縮短詩體文、白、新、舊的差距：

---

[32] 〈談朗誦詩〉，《沈從文全集》第17卷，頁245。

[33] 同上註。

[34] 〈論劉半農《揚鞭集》〉，《沈從文全集》第16卷，頁128。

[35] 《沈從文全集》第15卷，頁7。

[36] 同註26，頁208。

因此又寫了些詩，試圖在「七言說唱文」和《三字經》之間，用五言舊體表現點新認識，不問成敗得失，先用個試探態度去實踐，看能不能把文、白、新、舊差距縮短，產生點什麼新意思的東西。或者還可以搞出些「樣品」，對多數影響不可能如何大，對學了點文史的，或對舊文學新文學有點愛好的少數人說來，大致是點頭的。能繼續下去，一定還會有些新的發現。[37]

這是他從「多方試驗」文體創作嘗試的看法，致使有人認為「使他不僅從業已過時的「革命期」自由體詩創作中繼承著人道主義的憐憫和對舊的社會制度的懷疑與反抗，而且還從郭沫若的誇張與奔放，李金髮、王獨清的象徵與隱喻，徐志摩的熱情、柔和與輕盈，朱湘的東方式的平靜與詞曲風格，聞一多的新格律詩以及當時為數極少的敘事詩，甚至湘西的山歌謠曲中汲取養分，從而形成了他『複雜多方』的新體詩創作格局。」[38]

第三節　對散文詩的看法

王國維（1877～1927）在〈屈子文學之精神〉一文中指出：「莊列書中之某分，即謂之散文詩，無不可也。」[39]這是將《莊子》、《列子》中若干文章稱為散文詩，也是中國最早出現的散文詩概念。後來，郭沫若於1921年寫的《論詩》，相繼提到我國雖無「散文詩」之

---

37 《沈從文散文》第四集，北京：中國廣播電視出版社，1994年，頁434。

38 王繼志〈論沈從文的新詩創作〉，載《南京大學學報》1999年第2期。

39 收入在郭紹虞主編，《中國歷代文論選》第四冊，上海：上海古籍出版社，2001年，頁382。

成文，然如屈原〈卜居〉、〈漁夫〉諸文以及莊子《南華經》中多少
文字，是可以稱為「散文詩」的。

劉半農（1891～1934）在1917年5月號的《新青年》上發表了
〈我的文學改良觀〉，提倡「增多詩體」、「於有韻之詩外，別增無韻
之詩」，並且第一次介紹英國有「不限音節不限押韻之散文詩」的新
文體[40]。

1920年前後，鄭振鐸（號西諦，1898～1958）、王平陵（1898
～1964）、滕固（1901～1941）等人撰文認同劉半農的觀點，認為散
文詩是詩，是「用散文寫的詩」[41]。還進一步論述詩的本質在於詩的情
趣與詩的想像，而不在於詩的外在形式，用散文來表現的是「詩」，
是有詩的本質；而用韻文來表現的，絕不是詩，沒有詩的本質。[42]

近人謝冕（1932～）對「散文詩」的解釋，形容它的「雙重資
格」，採自詩歌較為嚴謹的格式方面，散文詩能以無拘束的自由感而
呈現為優越；兼採自散文的「散」方面，它又以特有的精練和充分詩
意的表達而呈現為優越[43]。

總的來說，散文詩是融合了詩的表現要素和散文描寫要素的某些
方面，是一種抒情文學形式。從本質上說，它屬於詩，有詩的情緒和
想像；在內容上，它保留了有詩意的散文性細節。從形式上說，它有
散文的外觀，不具有詩的分行和押韻。同時不要求以真實材料作為描
寫的基礎。

二十年代被稱為新詩嘗試期，對中國新詩的發展走向，沈從文雖

---

[40] 見胡適編《中國新文學大系・建設理論集》，頁63。

[41] 滕固〈論散文詩〉，見《中國新文學大系・文學論爭集》，頁305。

[42] 鄭振鐸〈論散文詩〉，見《中國新文學大系・文學論爭集》，頁296。

[43] 〈散文詩的世界〉，原文刊於《散文世界》1985年第2期。轉引自王鍾陵主編《二十
世紀中國文學史文論精華・散文卷》，頁252。

然比不上周作人詩論主張的系統性和完整性，不過沈從文長期關注新詩的發展，而周作人只有短暫的詩情熱忱。二十年代中期之後，周作人全心全意投入散文創作，新詩不再是他的心靈寄托，對新詩的評論也逐漸冷卻。

　　沈從文雖從一開始就留意詩歌漸趨散文化的情況，但他對詩歌散文化的出現只能說是一種模糊的認識，屬於半知半解的性質。實際上，早期時候的沈從文甚至分辨不清這類詩作，他曾說：「我所見到的散文詩，左看右看總分不出它是短的散文還是詩來，所以甚至於連別人但提到散文詩時我腦殼就掉了轉去，不參末議。」[44]他甚至以為詩歌的寫作不離形式（按有可能是韻律），內容能解釋各種社會問題看作是散文化的傾向：

> 中國雛型的第一期文學，對所謂「過去」這名詞，有所反抗，所有的武器，卻完全是詩。在詩中，解釋到社會問題的各方面，有玄廬、大白、胡適諸人，然而從當時的詩看去，所謂以人道主義作基礎，用仍然保留著紳士氣習的同情觀念，注入到各樣名為新詩的作品中去，在文字上，又復無從努力擺脫過去文字外形內含所給的一切暗示，所以那成就，卻並不值得特殊的敘述。[45]

　　關於這是詩或是散文的問題，朱光潛也有相同的感覺，他認為：「許多新詩之不能引人入勝，正因為我們的新詩人在運用語言的形式技巧方面，向我們的豐富悠遠的傳統裡學習的太少。他們過於信任『自然流露』，結果詩往往成為分行的散文，而且是不大高明的散

---

[44] 《沈從文全集》第15卷，頁6。
[45] 〈論江靜之的《蕙的風》〉，《沈從文全集》第16卷，頁84。

文，這樣就當然不能產生詩的語言所應產生的美感。」[46]

沈從文在初步有了散文詩概念的輪廓後，從而進一步論述這時期的詩歌的特徵和影響程度：

> 按照當時諸人為文學所下的定義，使第一期新詩受了那新要求
> 的拘束，劉復，沈尹默，周作人，為時稍後康白情，俞平伯，
> 朱自清，徐玉諾，在南方的沈玄廬，劉大白，以及不甚能詩卻
> 也有所寫作的羅家倫、傅斯年等等，是都同時對詩有所努力，
> 且使詩的形式，極力從舊詩中解放，使舊詩中空泛的詞藻，不
> 再在新詩中保留的。每一個作者，對於舊詩詞皆有相當的認
> 識，卻在新作品中，不以幼稚自棄，用非常熱心的態度，各在
> 活用的語言中，找尋使詩美麗完全的形式。且保守那與時代相
> 吻合的思想，使稚弱的散文詩，各注入一種人道觀念，作為對
> 時代的抗議，以及青年人心靈自覺的呼喊。但這一期的新詩，
> 是完全為在試驗中而犧牲了。在稍後一時，即或在詩中那種單
> 純的樸素的描繪，以及人生文學的氣息，尚影響到許多散文創
> 作者……[47]

沈從文在他那篇〈論汪靜之的《蕙的風》〉文中含蓄地表達了他的認可，也藉由周作人的一首詩〈高樓〉開始對這種詩歌風格的注意。

> 周作人有一首〈高樓〉的詩，一面守著純散文的規則，一面在
> 那極散文的形式中，表現著一種病的憂愛。那樣東方的、靜

---

[46] 〈新詩從舊詩能學習得些什麼〉，收入商金林編，《朱光潛批評文集》，廣東：珠海
  出版社，1998年，頁223。
[47] 〈論劉半農《揚鞭集》〉，《沈從文全集》第16卷，頁122。

的、素描的，對於戀愛的心情，加以優美的描畫，這詩是當時極好的詩。那樣因年齡、體質、習慣，使詩鑄定成為那種形式，以及形式中寄托的憂鬱靈魂，是一般人所能接受，因而感到動搖同情的。在男女戀愛上，有勇敢的對於欲望的自白，同時所要求，所描寫，能不受當時道德觀念所拘束，幾乎近於誇張的一意寫作，在某一情形下，還不缺少「情欲」的繪畫意味，是在當時比其他詩人年輕一點的汪靜之。[48]

之後他在〈論焦菊隱的《夜哭》〉一文中探討「散文詩」的特色，並說：「作者的詩是以『散文詩』這樣一種名稱問世的。失去了分行的幫助，使韻落在分段的末一句裡，是作者的作品同一般人所異途處。在形式上，這是作者一個特點。」[49]還評論道：「凡是青年人所認為美麗的文字，在這詩裡完全沒有缺少。帶一點兒病的衰弱，一點女性，作者很矜持的寫成了這樣的『散文詩』。」[50]

〈夜哭〉作於1924年3月，全詩藉黑夜婦人哭子的悲慘情景宣洩出了對社會的哀怨與憤懣，「夜正淒涼，『微風』正吹著婦人哭子的哀調，送過河來，又帶過河去。」「夜裡的哭聲顫動了流水，潺潺地在低語，又好似痛泣。」詩人的情愫隨著婦人的哭聲，隨著河水的流淌而跌宕起伏，他述說著人間的世態炎涼，悲嘆著社會的無情黑暗。1926年，焦菊隱把這首散文詩，連同自己創作的其他三十三首雜詩編成一本詩集，起名為《夜哭》，交給北新書局出版。這是中國新詩還在初創時期的一部重要詩集，也是焦菊隱在中國新詩發展初期曾起到作用的最好見證。

---

[48] 《沈從文全集》第16卷，頁86。

[49] 同註37，頁115。

[50] 同註37，頁118。

　　沈從文說劉半農的《揚鞭集》裡的一首詩〈一個小農家的暮〉有農村素描的肖像，他並且說：「這種樸素的詩，是寫得不壞的。以一個散文的形式，浸在詩的氣息裡，平凡的看，平凡的敘述，表現一個平凡的境界，這手法是較之與他同時作者的一切作品為純熟的。」[51]接下來，品評俞平伯的作品，也從「散文詩」角度出發。他說：「俞平伯，在較先兩個集子裡，一切用散文寫就的詩，才情都很好，描寫官能所接觸一切，低回反覆，酣暢纏綿……」[52]。

　　這時正值胡適出版了他的《嘗試集》，並且全力地宣傳他的「話怎麼說，就怎麼寫」主張。胡適甚至以為詩體必須要從舊詩中完全得到解放，他在〈談新詩〉一文中對詩體的解放有這樣的看法：

> 若想有一種新內容和新精神，不能不先打破那些束縛精神的枷鎖鐐銬。因此，中國近年的新詩運動可算是一種「詩體的大解放」。因為有了這一層詩體的解放，所以豐富的材料，精密的觀察，高深的理想，複雜的感情，方才能跑到詩裡去。五七言八句的律詩絕不能容豐富的材料，二十八字的絕句絕不能寫精密的觀察，長短一定的七言五言決不能委婉達出高深的理想與複雜的感情。[53]

　　後來，馮文炳（廢名）（1901～1967）認同胡適所謂「第四次的詩體大解放」[54]的論斷，並且進一步釐清這一理念：

---

[51] 同註37，頁126。

[52] 〈論劉半農《揚鞭集》〉，同註37，頁124。

[53] 同註48，頁41。

[54] 這是胡適對「詩體的大解放」來涵蓋中國的新詩運動，他將詩〈三百篇〉「風謠體」（ballad）的簡單組織到騷賦文體的長篇韻文的出現稱為第一次解放；漢以後的五七言古詩，刪除騷賦體用的『兮』『些』等字的煞尾字，變成貫串篇章為第二次解放；詩變為詞，只是從整齊句法變為比較自然的參差句法，故有格調嚴格的唐五

如果要做新詩，一定要這個詩是詩的內容，而寫這個詩的文字
要用散文的文字。已往的詩文學，無論舊詩也好，詞也好，乃
是散文的內容，而其所用的文字是詩的文字。我們只要有了這
個詩的內容，我們就可以大膽的寫我們的新詩，不受一切的束
縛，「不拘格律，不拘平仄，不拘長短；有什麼題目，做什麼
詩；詩該怎樣做，就怎樣做。」我們寫的是詩，我們用的文字
是散文的文字，就是所謂自由詩。這與西洋的「散文詩」不可
相提並論。中國的新詩，即是說用散文的文字寫詩，乃是從中
國已往的詩文學觀察出來的。[55]

　　沈從文以為「寫作的興味，雖彷彿已經做到了把注意由花月風
物，轉到實際人生的片段上來，但使詩成為翻騰社會的力，是缺少使
人承認的方便的。這類詩還是模仿，不拘束於格律，卻固定在紳士階
級的人道主義的憐憫觀念上，在這些詩上，我們找尋得出屍骸復活的
證據。」[56]誠然，使沈從文欣賞的是散文詩中敘事性所散發的魅力，在
〈論徐志摩的詩〉文中，沈從文重申這個肯定「使詩歌離開韻律，離
開詞藻，以散文新形式為譯作試驗，是周作人。」[57]表面上似乎可見沈
從文多少認同胡適所說「不拘格律，不拘平仄，不拘長短；有什麼題
目，做什麼詩；詩該怎樣做，就怎樣做。」[58]的理論主張。

　　代小詞為第三次解放；近來詩體打破五言七言的詩體，推翻詞調曲譜的種種束縛，
　　不拘格律，不拘平仄，是第四次的詩體解放。見〈談新詩——八年來一件大事〉，
　　《疑古與開新——胡適文選》，頁44。

[55]　《談新詩》，收入廢名著，陳子善編，《論新詩及其他》，瀋陽：遼寧教育出版社，
　　1998年，頁22。

[56]　同註37，頁85。

[57]　《沈從文全集》第16卷，頁96。

[58]　俞吾金編選，《疑古與開新——胡適文選》，上海：上海遠東出版社，1995年，頁
　　45。

其實，可能沈從文已把不要求押韻，比之於「散文詩」，篇幅更長，內容描述更為複雜的事物和心理，更富有散文基因的敘事抒情詩作為理論前提，支持著詩體的革新。不過，此種「白描」似的詩體卻不是周作人的詩歌主張，他在為劉半農的新詩集《揚鞭集》寫的序言中認為：「我想新詩總是要發達下去的。中國的詩向來模仿束縛得太過了，當然不免發生劇變，自由與豪華的確是新的發展上重要的原素，新詩的趨向所以說是很不錯的。」「新詩的手法，我不很佩服白描，也不喜歡嘮叨的敘事，不必說嘮叨的說理，我只認抒情是詩的本分，而寫法則覺得所謂『興』最有意思，用新名詞來講或可以說是象徵。」[59]誠然，周作人以新詩如要發展，必須採用「興」的傳統方法創作，融和傳統養分，才能另闢康莊大道。

王繼志認為沈從文在對詩歌體式的選取上，從來沒有像中國早期象徵派詩論家那樣過分地強調「詩與散文的純粹的分界」，過分地擁戴所謂「純詩」的理論，反倒一貫主張「『詩』是一種無定形的東西」，因而將散文化很強的「敘事詩」也常納入其對不合理的人生制度的控訴之中，並名之為「敘事抒情詩」[60]。

沈從文的理論前提是堅持以豐富的傳統精華，在擁有渾厚的傳統背景下，詩歌的創作價值才能有精選語言的運用，配合經濟有效的處理。他論當時一些詩人的詩說：「劉夢葦先生的詩，是在新的歌行[61]情緒中寫成的。饒孟侃先生的詩，是因從唐人絕句上得到暗示，看來就清清白白，讀來也節奏順口。朱湘先生的詩，更從詞上繼續傳統，

---

[59] 參張菊香、張鐵榮編，《周作人年譜》，天津，天津人民出版社，2000 年 4 月，頁320。

[60] 〈論沈從文的新詩創作〉，載《南京大學學報》1999 年第 2 期。

[61] 古代詩體之一。漢魏以下樂府詩，題名歌、行頗多，遂有歌行一體，形式較為自由。

完全用長短句形式製作白話詩。」[62]在〈談朗誦詩〉[63]一文裡，沈從文甚至認為：

> 詩若希望如當前提倡者與寫作者的理想，本身既站得住，且能成為新詩中一個主流，使新詩向適於朗誦、便於記憶、易於感受各方面發展，理論上似值得從兩千年來中國過去凡與詩有關係的一切作品，如詩、詞、曲、掛枝兒山歌、小調等等，重新加以檢查、分析取捨，就中抽出一些意見，供給作家。作者卻根據這些意見，再從活用語言，來學習控縱駕馭這些語言的技術，寫成詩歌。[64]

沈從文並且贊同「文學革命的意義，並非是『全部推翻』，大半是『去陳就新』。詩歌形式中有些屬於音律的，在還沒有勇氣徹底否認中國舊詩的存在以前，那些東西是值得去注意一下的。」[65]他非常欣賞徐志摩充滿節奏感的散文詩：「在《志摩的詩》如上各篇中，卻缺少那闌茸處。正以排列組織的最高手段，瑣碎與反覆，乃完全成為必須的旋律，也是作者這一類散文的詩歌。在《多謝天！我的心又一度的跳蕩》一詩中，則作者的文字，簡直成為一條光明的小河了。」[66]同時比較郭沫若和朱湘各自從不同層面借鑒古典詩詞的藝術養分而收到

---

[62] 〈談朗誦詩〉，同上註，頁245。

[63] 司馬長風在其《中國新文學史》中認為這篇有關新詩從誕生到抗戰時期，朗誦詩之流行，發展起伏和詩人們在詩會上以朗誦的方法研究、鍛鍊詩歌的史實和沿革，所述及的四個詩會，幾乎網羅了所有全國的第一流詩人。沈從文的記載，具有無可代替的歷史價值。見《中國新文學史》論述沈從文〈昆明冬景〉的部分章節，香港：昭明出版社有限公司，1980年。

[64] 同上註，頁251。

[65] 〈給一個寫詩的〉，《沈從文全集》第17卷，頁184。

[66] 〈論徐志摩的詩〉，《沈從文全集》第16卷，頁101。

不同的藝術效果。他認為：「若說郭沫若某一部分的詩歌，保留的是
中國舊詩空泛的誇張和豪放，則朱湘的詩，保留的是『中國舊詞韻律
節奏的魂靈。』」[67]

　　誠如沈從文的主張：「單是文字同思想，不加雕琢同配置，正如
其他材料一樣，不能成為藝術。要選擇材料，處置它到恰當處，古人
說的『推』『敲』那種耐煩究討，永遠可以師法。」[68]故沈從文甚賞析
朱湘（1904～1933）的詩，他認為「作者所習慣的，是中國韻文所
有辭藻的處置。在詩中，支配文言文所有優美的具彈性的，具女性的
復詞，由於朱湘的試驗，皆見出死去了的辭藻有一種機會復活於國
語文學的詩歌中。這屍骸的復活，是必然的，卻仍是由於作者一種
較高手段選擇而來的。」[69]其實，這說的就是琢磨古人詩詞，從中學得
「推」「敲」功力的師法。此外，基於沈從文重視韻律節奏的關係，
他肯定朱湘「在音樂方面的成就，在保留到中國詩與詞值得保留的純
粹，而加以新的排比，使新詩與舊詩在某一意義上，成為一種『漸
變』的聯繫，而這形式卻不失其為新世紀詩歌的典型，朱湘的詩可
以說是一本不會使時代遺忘的詩的。」[70]或者，沈從文對汪靜之（1902
～？）缺乏舊詩訓練的意見，這裡才稍微得到解說：

> 作者的對舊詩缺少修養，雖在寫作方面，得到了非常的自由。
> 因為年齡，智慧，取法卻並不能也擺脫同時的詩的一般作品
> 的影響，這結果，作者的作品，所餘下的意義，僅如上面所
> 提及，因年齡關係，使作品建築在「純粹幼稚上」，幼稚的心

---

67 〈論朱湘的詩〉，同上註，頁135。
68 〈給一個寫詩的〉，《沈從文全集》第17卷，頁185。
69 〈論朱湘的詩〉，《沈從文全集》第16卷，頁139。
70 同上註，頁138。

靈，與青年人對於愛欲朦朧的意識，聯結成為一片，《蕙的風》的詩歌，如虹彩照耀於一短時期國內文壇，又如流星的光明，即刻消滅於時代興味旋轉的輪下了。[71]

對於京派文人而言，從傳統詩詞中吸收養分，是有利於創作新詩，除了沈從文，周作人從來就肯定傳統的淵源，他在評論劉大白詩集《舊夢》時，就如此認為「……據我看來，至少《舊夢》這一部分內，他竭力的擺脫舊詩詞的情趣，倘若容我的異說，還似乎擺脫的太多，使詩味未免清淡一點，……雖然這或者由於哲理入詩的緣故。現在的新詩人往往喜學做舊體，表示多能，可謂好奇不過，大白先生富有舊詩詞的蘊蓄，卻不盡量的利用，也是可惜。」在適當的運用圓熟的古文字句的同時，周作人還希望新詩宜融入作家鄉土的氣味[72]。這無疑更能突出個人作品的文學價值。

第四節　詩的個性主義

在中國的新詩詩壇上，沈從文是由所謂「革命期」向「建設期」過渡中開始新詩創作的。他認為新文學運動初期，大多數作者受一個流行觀念所控制，就是「人道主義」的觀念。新詩作者自然不能獨在例外。不過新詩當時側重推翻舊詩，打倒舊詩，富有「革命」意味。並且以為要「建設」詩歌，新詩得有個較高標準，當時，詩人們知道新詩要個限制，在文字上，在形式上，以及從文字與形式共同造成的意境上，必需承認幾個簡單的原則。還得注意一下歷史，接受一筆文

---

71 〈論江靜之的《蕙的風》〉，《沈從文全集》第16卷，頁93。
72 參看〈舊夢〉，周作人自編集《自己的園地》，北京：北京十月文藝出版社出版，2011年1月，頁138。

學遺產。而幾個作者是各以個人風格獨具的作品,為中國新詩留下了一個榜樣[73]。

沈從文說:「詩有兩種方法寫下去:一是平淡,一是華麗。或在思想上有幻美光影,或在文字上平妥勻稱,但同時多少皆得保留到一點傳統形式,才有一種給人領會的便利。」[74]就沈從文的話看沈從文詩,他的新詩是屬於平淡樸實一類的,沒有郭沫若似的誇誕豪華的情緒,而確實有著平和豐沛的感情。他指出:

> 詩人同他的詩還有另外一條路可走,便是平淡樸實。他的詩,
> 不是為了安置詞藻而有的。他寫詩,他的詩即或表現到一種最
> 高的德性,作品有不可磨滅的光輝,他也並不以為自己不是一
> 個人。他不會常常不忘記把自己的身分位置到什麼高處去,他
> 除了作品以外用不著表示自己有什麼與人不同。他不高傲,但
> 也並不卑微。他不必十分時髦,但也不必十分頑固。詩人不必
> 是聖人,但也不一定就是無賴。古希臘對神的愛憎,解釋與人
> 還沒有什麼不同,詩人同我們平常人或不會懸隔多少。一個詩
> 人他其所以偉大不同平常人處,不應當是他生活一面的離奇,
> 卻應當是他作品所表現的完美。[75]

把詩當作充滿生命力的文學形式轉化或升華──「美」和「愛」。而且,「愛一切抽象造形的美,用這種愛去有所制作,可產生升華作用。」[76]誠如他自己說:「詩不能隨便寫,應當節制精力,蓄養

---

[73] 參看〈新詩的舊賬──並介紹詩刊〉,收入《沈從文全集》第17卷,頁94、97。
[74] 〈給一個寫詩的〉,《沈從文全集》第17卷,頁184。
[75] 〈《群鴉集》附記〉,《沈從文全集》第16卷,頁309。
[76] 〈給一個中學教員〉,同上書,頁326。

銳氣，謹慎認真的寫。」[77]

沈從文寫詩頗注重意境的內涵，他塑造意境的方式是文字的選擇，是選擇「適當」的文字，刷去那些「空虛」的文字。他在評卞之琳（1910～2000）的詩曾說：

> 好的詩不供給我們一串動人悅耳的字句了事，它不拘用單純到什麼樣子的形式，都能給我們心上一點光明。它們常常用另外一種詩義保留到我們的印象裡，那不僅僅是節奏。怎麼美，怎麼好，不是使我們容易上口背誦得出，卻是使我們心上覺得「說得對」。我們對一幅畫，一角風景，一聲歌，一個標致美人的眉目口鼻過後所保留印象，大致也是只覺得那「很合式」，卻說不出那美的。[78]

畢竟，詩人最終必須通過一系列的心理活動，用言語形式將豐富的意蘊付諸文字表現出來。

黑格爾曾說：「詩人的想像和一切其它藝術家的創作方式的區別既然在於詩人必須把他的意象體現於文字且用語言傳達出去。所以他的任務就在於一開始就要使他心中觀念恰好能用語言所提供的手段傳達出去。一般說來，只有在觀念已實際體現於語文的時候，詩才真正成其為詩。」[79]

美學家蘇珊・朗格在《藝術問題》中，提出了語言的「造型作用」概念，把它看作語言的一個「自操作過程」，而區別於語言的「通訊作用」。蘇珊・朗格的立論是符合現代語言學的理論，即語言不僅是思維和認識的再現，同時是情緒、情感的載體，也不僅是一種

---

[77] 同註73，頁211。

[78] 〈《群鴉集》附記〉，《沈從文全集》第16卷，頁311。

[79] 黑格爾著，朱孟實譯，《美學》第四卷，頁64。

表現手段，它本身對思維、體驗也起著一種能動的參與性操作作用。
故言語所從事的是一種創造性的工作。她指出：

> 語言的這一作用與它通常被人們所承認的那種作用是有極大的
> 區別的。對這種作用，我們可稱之為語言的「造型作用」。這
> 種作用可以達到種種不同的水準，如原始水準和高級水準、無
> 意識水準和有意識水準。在正常的情況下，這種作用與它的通
> 訊作用是重合在一起的，然而總的來說，它們卻是各自獨立
> 的⋯⋯總的看來，語言的造型能力是人類想像活動的源泉和支
> 柱⋯⋯[80]

在蘇珊・朗格看來，文學創作尤其是詩歌創作，便是用語言創造
一種自成一體的純粹精神，一種作用於人們知覺的表現形式，是「某
種可見的，可聽的，或可想像的知覺統一體──某種經驗的完成或結
構」、「一個不可分割的和自我完滿的」有機整體。誠然，沈從文要
求詩歌語言文字的「造型作用」不僅是情緒和情感的載體，也是思維
和體驗的表現手段，這是一種達到高級水準的理想的實踐。他在四十
年代末還堅持說：

> 詩人欲表現「思想」得真正有深刻思想，欲創造「情境」，得
> 真正有動人情境，即此還不夠，尚得透徹明白文字的性能，以
> 及綜合文字的效果。他想從作品證實一切，必作到詩不僅僅是
> 二十歲年輕靈魂的發酵物，還可望是四十歲以上思想家表示思
> 想情感和人生態度最經濟精巧工具，以及溝通生命更深一點的
> 東西，這麼一來，才會有大家所希望的詩人和好詩。[81]

---

[80] 《藝術問題》，頁143～144。
[81] 〈談現代詩〉，《沈從文全集》第17卷，頁478。

　　這種對創作的態度，是所有創作本能的基調，「一切藝術價值的形成，不是單純的『材料』，完全在你對於那材料使用的思想與氣力。把寫詩當成比寫創作小說容易的，把寫詩當成同寫雜感一樣草率的，都不容易攀到藝術高處去。」[82]這從中可窺探沈從文如何透過個人的理論與創作，堅持維護個性主義創作的有力證明。

---

[82] 〈給一個寫詩的〉，《沈從文全集》第17卷，頁185。

第六章　沈從文的文學批評理論

　　沈從文的批評活動開始於二十年代中期，發表於1925年的〈捫虱〉，是他較早的批評文章。1929年，他應胡適的邀請到中國公學任教，講授現代小說和習作，1930年到1931年初在武漢大學任教，這段教學生涯使他寫出了有影響的文學批評文章。這些批評文章登在《沫沫集》中，論及的作家計有馮文炳、落華生（許地山）、朱湘、焦菊隱、劉半農、郁達夫、施蟄存、張資平、聞一多、汪靜之、徐志摩、冰心、魯迅等等。另有一篇長篇論文〈論中國創作小說〉洋洋灑灑兩萬言，所論作家遍及整個中國現代文學，甚至被稱為是「以體裁描述新文學史的第一次。」[1]這篇文論中頗具特色的批評風格，即是人與時代和作品的綜合解釋。陳思和曾說：「批評的探索總是一種現實的探索，它既然要借助於文學形象發議論，也就離不開文學創作這一伙伴。通常的文學批評有兩類：一類是偏重於對文學現象作宏觀的研究，把一個時期的文學創作的成就得失從理論高度給以綜合的把握，對文學觀念本身進行探討；另一類是偏重於對文學作品作微觀的分析，通過對作品的藝術涵義的闡發，來溝通人們對世界的審美把握。這兩類批評無不是以文學創作的存在為前提的。」[2]沈從文的文學批評的一個特點，即含有以上所說兩類，對文學作品作微觀的審美欣賞外，對時代性的文學現象也作宏觀的明察探討，從而針對作家總體風格的審美把握，著重在風格即人的批評特色。另外還有一個特點，沈

---

[1]　邢鐵華，〈中國現代文學史研究述評〉，《文學評論》，1983年第6期。

[2]　〈從批評的實踐性看當代批評的發展趨向〉，收入《筆走龍蛇》，濟南：山東友誼出版社，1997年，頁280。

從文在進行批評活動時，經常以讀者的身分，關注作品盛行的原因，且能準確掌握讀者的審美趣味。

在談沈從文的文學批評理論之前，必須了解沈從文對文學與文學批評的態度問題。他在《現代中國作家評論選·題記》中談到過他的批評論文的觀點：

一、寫評論的文章本身得像篇文章。

二、既然是評論，應注意到作者，作品，與他那時代一般情形。對一個人的作品不武斷，不護短，不牽強傅會，不以個人愛憎為作品估價。

三、評論不在阿諛作者，不能苛刻作品，只是就人與時代與作品加以綜合，給它一個說明，一種解釋。[3]

他的〈文學者的態度〉是一篇引起三十年代「京派」與「海派」之爭的文章。沈從在這篇文章中藉家中的大司務談到中國文學「最需要的就是文學家的態度」，「他應明白得極多，故不拘束自己，卻敢到各種生活裡去認識生活；這是一件事。他應覺得他事業尊嚴，故能從工作本身上得到快樂，不因一般毀譽得失而限定他自己的左右與進退，這又是一件事。他做人表面上處處依然還像一個平常人，極其誠實，不造謠說謊，知道羞恥，很能自重，且明白文學不是賭博；不適宜隨便下注投機取巧，也明白文學不是補藥，不適宜單靠宣傳從事漁利，這又是一件事。」[4]雖然這說的是文學家以認真的態度去進行創作，而對於批評家來說，他提出的基本要求『寫評論的文章本身得像篇文章』，實際上在文學批評要以文學的眼光去審視文學，以藝術的

3　《沈從文全集》第16卷，頁327。
4　《沈從文全集》第17卷，頁51。

精神去批評文學。

第一節　作家的文體風格批評

　　接受美學家姚斯說：「一部文學作品，並不是一個自身獨立、向每一時代的每一讀者均提供同樣觀點的客體。它不是一尊紀念碑，形而上學地展示其超時代的本質。它更多地像一部管弦樂譜，在其演奏中不斷獲得讀者新的反響，使本文從詞的物質形態中解放出來，成為一種當代的存在。」[5] 作為一個批評家，沈從文意圖中的批評，主要是一種解釋性批評，這種批評旨在對作品、作者以時代風習等各方面因素進行綜合考察之後，尋找理解作品自身的藝術特徵及價值。因此，沈從文視文學作品為一種當代存在的詮釋之餘，他對所謂「人與時代和作品」的解說，在他的批評文章中具有普遍意義[6]。他認為中國或許不缺少產生同時代接近使社會健康的作者和作品，還藉抗戰時的文學以論述這個觀點：

　　　　十年來國內的變亂，年青人中正不缺少以一種不幸的意義，置身到一切生活裡去的人，他們看到一切殺戮爭奪的情形，聽到一切爆裂哭喊的聲音，嗅到一切煙藥血腥的氣味，他們經驗這個人生，活到過那個時代裡，才能說明那現象，以及從那現象中，明白我們租界以外的人的愛憎和哀樂。在明日的時代裡，

5　《文學史作為向文學理論的挑戰》，參看中文版《接受美學與接受理論》，頁26。
6　「作為一個作家，沈從文似乎不習慣用大『時代』的宏觀敘述去化約與湮沒這些個體的微觀時代，而是在各種複雜的微觀的文學環境中去理解作家的創作。在所有這一切之中，文學人的心理境況往往是他所注目的焦點。這種眼光有助於他獲得對作家深刻的理解，使他的認識超越流俗與門戶意氣而達到一個較高的水準。」參看黃鍵著，《京派文學批評研究》，上海：上海三聯書店，2002年，頁150。

只有這種人是我們所期待的，我們從他們那種作品裡，才會看
到一些中國人的臉子，才能聽到一些中國人的聲音。在詩歌，
也一定從那些人方面，有好的嶄新的作品產生，因為關於詩的
文字與韻的處置，由那些人去試驗與決定，較之從一點不高明
的抄譯而來的新詩形式更為適用。那由於自己民族習慣意識唱
出的詩歌，在一種普遍的意義中存在，也才能使它成一種力，
代表一個民族向新生努力的歡呼與喊叫。他的喊叫是大家所明
白的，感到的，這使文學，成為騰翻社會的賒望，才能近於事
實而立。[7]

在沈從文看來，文學的商業化與政治化，都是文學創作的大敵，
如果把文學當著遊戲和賺錢的工具，是文學的悲哀和文學家的墮落。
因此，他反對作家為政治的工具，反對政策與藝術合而為一。沈從文
在這裡其實是強調「有許多未來政治家與專家，就還比任何人更需要
受偉大的文學作品所表示的人生優美原則與人性淵博知識所指導，來
運用政治作工具，追求並實現文學作品所表現的理想，政治也才會有
更遠的意義。」[8]

若作者還另有大願與雄心，能超越小政治的個人功利，會用這
個時代人類哀樂得失取予作為鏡子，把自己生命淘深，且能從
深處表現多數更年青的誠實而健康的感覺和願望，他們的作
品，當然就可望成為明日指導者的指導！[9]

沈從文不僅以作家要超越個人功利，同時，直接以時代人事的得

---

[7] 〈現代中國文學的小感想〉，《沈從文全集》第 17 卷，頁 35。

[8] 〈『文藝政策』檢討〉，《沈從文全集》第 17 卷，頁 286。

[9] 這段文字新收入〈『文藝政策』檢討〉，《沈從文全集》第 17 卷，頁 288。

失訴諸寫作，傳遞真誠健康的訊息，使之成為年青人效法的對象。在「人與時代和作品」的理解上，沈從文堅持的是作家借助寫作表現生命的感受，這種信念在以後發表的文章中還一直強調。他認為寫小說的好處，是客觀對人，理解人的善良。不僅一個人的本質是要從善良發展的，而一切文學的深度，就是要看作者對於『人』的理解，以及把它結合到種種不同人事上的情形和發展變化中的關係。更重要的是如何善於處理他、表現他。所以，最終一切作品的偉大和深入，都離不開表現和處理[10]。

至於沈從文的〈論中國創作小說〉，在人與時代和作品的解釋基礎上，是一篇重要說明當時文壇的創作情況的文章。許道明認為是篇「以『五四』高潮、落潮和國內革命失敗為基礎，將現代創作小說的發展劃分成三個階段，並且依循兩個方向展開他的議論：其一是強調小說在內容和形式上的和諧；其二是傾向於作者時代性思想與讀者審美興味的一致。」[11]而論述部分將可以看到沈從文如何透過創作的形式與內容，對作品和時代性的關係，提出自己對作家的整體觀感。

沈從文提到第一期小說創作的成績時，態度是消極的，他說到：「第一期的創作同詩歌一樣，若不能說是『嚇人的單純』，便應當說那是『非常樸素』。在文字方面，與在一個篇章中表示的欲望，所取的手段方面，都缺少修飾，顯得匆促與草率。」[12]所以，其主要原因就在於小說文體還沒有足夠的創新。

為了說明沈從文對於作家文體風格的鑒賞是基於直覺感悟式的批

10　在這段文字裡，沈從文還有說到「某種善良在時代過渡期是不適於生存，甚至可能害事」的言辭，筆者不能認同，人性的本質本是善良，透過反身而誠能表現人的本質，「時代」只是客觀的原因，或許會造成人性的流失，但不能說性善有時代性。〈凡事從理解和愛出發〉，《沈從文全集》第19卷，頁106。

11　《中國現代文學批評史新編》，上海：復旦大學出版社，2002年，頁185。

12　〈論中國創作小說〉，《沈從文全集》第16卷，頁199。

評方式，因此，他對享譽文壇的重要作家所進行的評價，可以理解為
「文學批評作為一種文學實踐，它既有獨立存在的價值，又無法與創
作絕對的分離開來。」[13]的一種實踐功能，且能達到知人論世的要求。
也就是孟子說：「故說詩者，不以文害辭，不以辭害志，以意逆志，
是為得之。」了解作家其人，了解作家所處的時代，才能進行文學藝
術品評。

　　沈氏對以下各個作家作品的評論，顯然大都掌握了批評對象的審
美內涵，不乏個人真知灼見。

一　對徐志摩的評論

　　徐志摩是新月詩派的重要詩人，他早年受浪漫主義的影響，熱愛
美和自由，因而才情和天賦使他充滿著好奇和實驗精神，充滿活力又
不免有些泛濫，雖能夠融化材料和語言，但恃才傲物又使他的詩太缺
乏約束。

　　「新詩」格律化的追求的意義，正在於把詩人的才情疏導向藝術
的方向，使之轉化為美的形式和韻律。它對徐志摩的影響，也許可以
詩的形式與技巧平衡像野馬一樣不受羈勒的情感，是感情與藝術內斂
的表現，批評家劉西渭認為「他後期的詩章與其看做情感的涸竭，不
如譽為情感的漸就平衡。」[14]這也許比較徐志摩前後期寫兩首同是告別

13　同註2，頁281。

14　劉西渭（李健吾）在談到徐志摩後期詩歌時曾說：「他已經過了那熱烈的內心的激
　　盪的時期。他漸漸在凝定，在擺脫誇張的辭藻，走進（正如某先生所謂）一種克臘
　　西克〔classic〕的節制。這幾乎是每一個天才必經的路程，從情感的過剩到情感的
　　結束。偉大的作品產生於靈魂的平靜，不是產生於一時激昂。後者是一種戟剌，不
　　是一種持久的力量。」〈魚目集——卞之琳先生作〉，《咀華集》，北京：人民文學
　　出版社，2001年，頁76。

康橋的詩就足以說明。早期寫的〈康橋再會罷〉散漫，平鋪直敘，不過是記憶的鉤沉，是感情的直寫，明顯的可將分行的句子連接起來，當成散文發表。

　　沈從文曾經概括的談到徐志摩的創作，他說：「徐志摩先生把他做詩用不勝用的美麗字句用到散文上，寫無論那件事都好（但求莫做議論文）。他的詩我們讀時，有時找不到詩的意味來，但若是念他的散文，那上面簡直都是詩了。字句的美麗與流暢，成了種特殊的文風，縱有天才亦無從去學。在他的文章上，常常感著瑣碎，這我也同我的朋友一個意見，只要它瑣碎的不過嫌，還是很可愛的純美文！」[15]

　　姑無論是新詩還是散文，沈從文都能在「激情」與「自由」的姿態下表現詩人的個性中確立了徐志摩詩的歷史地位及成就。他在〈論徐志摩的詩〉中對其新詩和散文的整體評價有兩句：「作者在散文方面，給讀者保留的印象，是華麗與奢侈的眩目。在詩歌，則加上了韻的和諧與完整。」[16]接著分別以精確的語言概括兩者的藝術風格：「使散文具詩的精靈，融化美與醜劣句子，使想像徘徊於星光與污泥之間，同時，屬於詩所專有，而又為當時新詩所缺乏的音樂韻律的流動，加入於散文內，……到近來試檢查作者唯一創作集《輪盤》，其文字風格，便具一切詩的氣氛。文字中揉合有詩的靈魂，華麗與流暢。」「一種奢侈的想像，挖掘出心的深處的苦悶，一種恣縱的，熱情的，力的奔馳，作者的詩，最先與讀者的友誼，是成立於這樣篇章中的。」[17]

　　誠然，沈從文在評價徐志摩的作品，更多的是以詩化的語言和古

---

[15] 《沈從文全集》第16卷，頁27。

[16] 〈論徐志摩的詩〉，《沈從文全集》第16卷，頁97。

[17] 同上註，頁97、99。

代評點式的風格作為賞析的角度。他在評價〈雪花的快樂〉一詩的語言近乎詩意：「這裡是作者為愛所煎熬，略返凝靜，所作的低訴。柔軟的調子中交織著熱情，得到一種近於神奇的完美。」[18]又在評價〈常州天寧寺聞禮懺聲〉時說：「一切的動，一切的靜，青天，白水，一聲佛號，一聲鐘，衝突與和諧，莊嚴與悲慘，作者是無不以一顆青春的心，去鑒賞、感受而加以微帶矜持的注意去說明的。」[19]評〈西伯利亞〉一詩：「那種融合纖細與粗獷成一片錦繡的組織，仍然是極好的詩。」[20]這種直覺式的評點，更接近知音鑒賞的態度。

二　對聞一多的評論

從「新詩」的發展來看，格律的倡導是一種把新的現代經驗形式化的追求，體現了從個人意識的覺醒到詩歌本體意識覺醒的重大轉變，給「新詩」帶來了詩情的內斂和藝術獨立的價值。在此方面，聞一多的詩集《死水》自然是最好的例證。沈從文對《死水》，給予很高的評價，他說：「一首詩，告我們不是一個故事，一點感想，應當是一片霞，一園花，有各樣的顏色與姿態，具有各樣香味，作各種變化，是那麼細碎又是那麼整個的美，欣賞它，使我們從那手段安排超人力的完全中低首，為那超拔技巧而傾心，為那由於詩人做作手藝熟練而讚嘆，《死水》中的每一首詩，是都不缺少那技術的完全高點的。」[21]

聞氏的詩論極力強調詩的內容必須要反映現實人生，因而有從浪

18　〈北京之文藝刊物及作者〉，《沈從文全集》第17卷，頁100。
19　同上註，頁101。
20　同上註，頁102。
21　〈論聞一多的《死水》〉，《沈從文全集》第16卷，頁114。

漫主義唯美派過渡到現實主義反映人生的主張，但對詩的形式，卻仍舊保持浪漫主義詩人對藝術美的重視，但作者的出發點，本不是要提供固定的「新詩」形式，而是期待回到詩歌的基本問題，共同追求理想的詩歌。當然，《死水》之所以成為典範的作品不僅由於格律的嚴謹，而是內容與形式的統一，更準確地說是禁錮封閉的形式與要永解放的情感之間矛盾生成的一個藝術奇蹟。「這是一溝絕望的死水」，「死水」是事物的一種狀態，它是凝止、死寂、毫無生氣；而「絕望」是一種心情，一種內心狀態，是活的、動的，甚至是接近燃點的感情。詩歌通過充分發展畸形、病態的美，展開某種惡意的快感，然後把絕望轉化為希望的主題。

　　然而《死水》詩集中，詩歌形式明顯講求「節」「句」整齊，較重視詩的「建築美」、「音樂美」和「繪畫美」的表現[22]。在這個講求形式的要求中，沈從文顯然留意到這點，並提到其關鍵處：「《死水》一集，在文字和組織上所達到的純粹處」「作者是用一個畫家的觀察，去注意一切事物的外表，又用一個畫家的手腕，在那些儼然具不同顏色的文字上，使詩的生命充溢的。」「作者是提倡格律的一個人。一篇詩，成就於精煉的修辭上，是作者的主張。如在《死水》，作者想像與組織的能力，非常容易見到。」[23]

　　沈從文對聞一多的審美風格的總體把握，充溢著印象鑒賞的氣息，機敏、靈動而滲透著理性概括，文采悅目如散文、詩一樣，是一種美的享受。「以清明的眼，對一切人生景物凝眸，不為愛欲所眩

22　許道明認為「『音樂美』是從聽覺方面強調了『節奏』，而『建築美』即節的勻稱和句的勻齊，是從視覺方面強調了『節奏』；至於『繪畫美』是對新詩詞藻的要求。」參看《中國現代文學批評史新編》，上海：復旦大學出版社，2002年，頁94。

23　〈北京之文藝刊物及作者〉，《沈從文全集》第17卷，頁110、111、113。

目，不為污穢所惡心，同時，也不為塵俗卑猥的一片生活壓煩而有所
逃遁；永遠是那麼看，那麼透明的看，細小處，幽僻處，在詩人的眼
中，皆閃耀一種光明。作品上，以一個『老成懂事』的風度，為人所
注意，是聞一多先生的《死水》。」[24]

三　對朱湘的評論

三十年代初不少詩嘗試過十四行詩的寫作，其中朱湘是最受人矚
目的一個。朱湘是「新詩」史上第一個自殺的詩人，他有非常鮮明的
個性，生活窘困潦倒，也與不少人鬧翻過。但在創作上，卻沒有表現
出什麼個人生活的蕪雜與粗糙。這一點讓沈從文非常感動和欽佩：
「作者在生活一方面所顯示的焦躁，是中國詩人中所沒有的焦躁，然
而由詩歌認識這人，卻平靜到使人吃驚。把生活欲望、衝突、意識安
置於作品中，由作品顯示一個人的靈魂的苦悶與糾紛，是中國十年來
文學其所以為青年熱烈歡迎的理由。只要作者所表現的是自己那一
面，總可以得到若干青年讀者最衷心的接受。……但（朱湘的）《草
莽集》中卻缺少那種靈魂與官能的煩惱，沒有昏瞀，沒有粗暴。生活
使作者性情乖僻，卻並不使詩人在作品上顯示紛亂。」[25]

沈從文對作家的審美風格總體把握，同樣體現在朱湘詩風格的揭
示，他說：「使詩的風度，顯著平湖的微波那種小小的皺紋，然而卻
因這微皺，更見出寂靜，是朱湘的詩歌。」[26]沈從文認為朱湘的詩是適
宜朗誦的，且是「用東方的聲音，唱東方的歌曲，使詩歌從歌曲意義
中顯出完美」，以音樂方面的成就評估朱湘的創作意義，「在保留到

---

[24] 〈北京之文藝刊物及作者〉，《沈從文全集》第 17 卷，頁 109。

[25] 〈論朱湘的詩〉，《沈從文全集》第 16 卷，頁 130。

[26] 同上註。

中國詩與詞值得保留的純粹，而加以新的排比，使新詩與舊詩在某一意義上，成為一種『漸變』的聯續，而這形式卻不失其為新世紀詩歌的典型，朱湘的詩可以說是一本不會使時代遺忘的詩。」[27]

沈從文所希望的「新詩」必須在傳統詩歌中吸取營養價值，而朱湘的詩似乎達到他的要求。他說：「詩歌的寫作，所謂使新詩並不與舊詩分離，只寬泛的用韻分行，只從商籟體（按：又名十四行詩，是歐洲一種格律嚴格的抒情詩體）或其他詩式上得到參考，卻用純粹的中國人感情，處置本國舊詩圍範中的文字，寫成他自己的詩歌，朱湘的詩的特點在此。他那成就，也因此只像是個『修正』舊詩，用一個新時代所有的感情，使中國的詩在他手中成為現在的詩。以同樣態度而寫作，在中國的現時，並無一個人。」[28]

四　對魯迅的評論

在中國二十世紀文化史上，魯迅以深刻的理性批判精神，對理想熾烈執著的追求，從現代文明社會的文化要求出發，反省中國傳統文化，猛烈抨擊和批判種種落後醜惡的文化現象，及其給民族造成的種種醜陋性格和心理狀態，企盼著民族品格的重塑與民族文化的振興。由於魯迅正是從中國文化由舊蛻新的現代化過程的艱難性、反覆性的深刻洞察與反思中，從新文化價值創造者的悲劇處境的深刻體驗中，顯露出自己的悲劇意識。

魯迅後期的雜文具有強大的邏輯力量。他往往能在短短的幾百字裡，把問題剖析得清清楚楚，頭頭是道，合情合理，不僅是非分明，

27　同上註，頁138。

28　〈郁達夫張資平及其影響〉，《沈從文全集》第16卷，頁141。

而且能抓住問題的本質,揭示得深刻透徹。同時,魯迅的雜文具有鮮明的形象性。他總是把明確的是非和熱烈的好惡寄托在具體鮮明的藝術形象裡,將文學的具體可感性與議論的概括性融為一體,寓理性的力量於生動的形象描繪之中。另外,魯迅的雜文有著高超的幽默諷刺的語言藝術。魯迅在雜文中善於運用比喻、誇張等手法,把病態社會的病態現象、病態心理、性格加以暴露與諷刺,他或嘻笑怒罵,或旁敲側擊,或寓莊於諧,讀者不僅在哄笑中得到深刻的思想啟迪,而且也得到美的藝術享受。

　　沈從文對魯迅的觀察起初是了解到他對社會現象的體會,用文字的形式融會到作品中藉以抒發情感,所以他以為魯迅和周作人的根本分別在於此,並說了一段甚為公允的話:「魯迅先生似乎就不同了。把他四十年所看到社會的許多印象聯合在一起,覺得人類──現在的中國,社會上所有的,只是頑固與醜惡,心裡雖並不根本憎惡人生,但所見到的,足以增加他對世切齒的憤怒卻太多了,所以近來雜感文字寫下去,對那類覺得是偽虛的地方抨擊,不惜以全力去應付。文字的論斷周密,老,辣,置人於無所脫身的地步,近於潑刺罵人,從文字的有力處外,我們還可以感覺著他的天真。」[29]

　　沈從文頗推崇魯迅的小說,認為魯迅的小說「不同的樣子」,這種不同儘管有沈從文所認可的「人生文學」的因素,但更多的卻是魯迅小說的文體實驗。他說:「寫《狂人日記》,分析病狂者的心的狀態,以微帶憂愁的中年人感情,刻劃為歷史一名詞所毒害的、一切病的想像,在作品中,注入嘲諷氣息,因為所寫的故事超拔一切同時創作形式,文字又較之其他作品為完美,這作品,便成為當時動人的作

---

[29] 〈北京之文藝刊物及作者〉,《沈從文全集》第17卷,頁27。

品了。」[30]其實,魯迅當時發表的作品,如《吶喊》《阿Q正傳》之所以吸引讀者,沈從文認為是以「人生文學」的悲憫同情意義,而得盛譽。適時在解放的掙扎中,年輕人感到苦悶,為情欲與生活意識昏厥苦惱,因此,魯迅作品的「一點頹廢,一點冷嘲,一點幻想的美」就成為受歡迎的緣故,從而有「時代促成這作者的高名」之說。沈從文在〈魯迅的戰鬥〉一文中,從個性心理層面對魯迅進行了分析。他從魯迅作品中讀出了寂寞心理與衰老意識,這顯然不是對魯迅的全面概括,然而確實揭示魯迅的一個頗具人性的重要側面。他所看到的魯迅是一個複雜而矛盾的整體,既有文化戰士的偉大,又具有凡人體驗與消極心理,這種眼光是有深刻意義的。

五 對郁達夫的評論

郁達夫的小說被稱作是散文化的抒情小說,他的小說,都在積極的暴露自我,在自我反省以至自我贖罪中,表現人的精神病態,並通過自身的反思達到一種內省。郁達夫認為「小說的表現,重在感情」。並且把「情調」二字視為衡量小說優劣高下的主要標準。在他的小說,沒有完整的情節,更不注重情範的曲折、緊張,注重主角的抑鬱寡歡、孤獨淒清的情懷,坦誠率真地暴露和宣洩人物感傷的、悲觀的甚至厭世頹廢的心境,尤其他特別對憂傷的情緒感興趣。沈從文認為郁達夫的作品能反映青年人的心態,內容背景很切合當時年輕人頹靡生活的風氣:「說明自己,分析自己,刻劃自己,作品所提出的一點糾紛處,正是國內大多數青年心中所感到的糾紛處。郁達夫,因為新的生活使他沉默了,然而作品提出的問題,說到的苦悶,卻依然

---

30 同註11,頁199。

存在於中國多數年輕人生活裡，一時不會失去的。」「作者所長是那種自白的誠懇，雖不免誇張，卻毫不矜持，又能處置文字，運用詞藻，在作品上那種神經質的人格，混合美惡，揉雜愛憎，不完全處、缺憾處，乃反而正是給人十分尊敬處。」[31]

　　沈從評論郁達夫小說時是對他的創作進行實事求是的評價，沒有因為郁達夫曾對自己寫作和生活的幫助而有所偏頗。「取向前姿勢，而有希望向前，能理解性苦悶以外的苦悶，用有豐彩的文字表現出來，是郁達夫。」[32]他肯定郁達夫『保持自己』，缺少取巧，不作誇張，是仍然有可愛的地方，而『忠於自己』是值得尊敬的態度。總的來說，郁達夫善於運用『表現自己』，這種把持不鬆手的方法，使他取得最純淨的成就[33]。這可說是在自我的寫真底下，透過自我心靈的觀照，能折射大千世界，因為，深刻的表現人性，即能表現社會，而只有個人感情體驗，又最真切、最可靠。

六　對馮文炳（廢名）的評論

　　沈從文在他的小說《夫婦》的「附記」中，稱讚廢名「用抒情的筆調寫創作」，並且說明自己的創作「是受了廢名先生的影響」。沈從文十分欣賞廢名小說中的人性自然的觀念，以及描寫人性與自然的契合時，擅長表現「一切與自然和諧」的「優美」[34]。只是到了三十年代，沈從文作為一個成熟的小說家時，才更清楚地認識到廢名的不足之處。在〈論馮文炳〉一文中，沈從文肯定廢名的成就的同時，也指

---

[31]　同註11，頁207～208。

[32]　〈郁達夫張資平及其影響〉，《沈從文全集》第16卷，頁193。

[33]　同上註，頁188。

[34]　〈論馮文炳〉，《沈從文全集》第16卷，頁146。

出廢名著力表現的人性美的「優美」，有「不健康的病的纖細的美」的傾向，而他自己筆下人性的美更具有旺盛的生命力。所以，他認為自己的作品對人性的表現，「似較馮文炳為寬而且優。」[35]這個判斷，是接近事實的。

〈論馮文炳〉一文是沈從文的具有代表性的批評文章。由於馮文炳（廢名）與沈從文一樣被稱為「京派」小說家，因此，這篇文章對馮文炳小說的「趣味」，沈從文頗不以為然，並進行嚴厲批評。但他首先還是肯定馮文炳小說的藝術風格：「作者的作品，是充滿了一切農村寂靜的美。差不多每篇都可以看到一個我們熟悉的農民，在一個我們所生長的鄉村，如我們同樣生活過來的活到那地上。不但那農材少女動人清朗的笑聲，那聰明的姿態，小小的一條河，一株孤零零的長在菜園一角的葵樹，我們可以從作品中接近，就是那略帶牛糞氣味與略帶稻草氣味的鄉村空氣，也是彷彿把書拿來就可以嗅出的。」[36]隨後，就是對這位作家進行他所謂「不武斷、不護短、不牽強傅會」的批評，他以嚴謹的語氣說到：「八股式的反覆，這樣文體是作者的小疵，從這不莊重的文體，帶來的趣味，使作者所給讀者的影像是對於作品上的人物感到刻劃缺少嚴肅的氣氛。且暗示到對於作品上人物的嘲弄；這暗示，若不能從所描寫的人格顯出，卻依賴到作者的文體，這成就是失敗的成就。」[37]

沈從文進一步指出廢名的《莫須有先生傳》「把文體帶到一個不值得提倡的方向上去，是『有意為之』了。趣味的惡化（或者這只是我個人的見解），作者方向的轉變，或者與作者在北平的長時間生活不無關係。……這趣味將使中國散文發展到較新情形中，卻離了『樸

35　同上註。

36　同註34。

37　同上註，頁148。

素的美」越遠，而同時所謂地方性，因此一來亦已完全失去，代替這作者過去優美文體顯示一新型的只是畸形的姿態一事了。」[38] 這不僅批評廢名，也批評了京派其他作家，確實難以相信他依然認同於這一流派的創作理念和對作家作品的理解與鑒賞。

其實，沈從文寫這篇批評文章時，還不曾到北京成為「京派」之一員，至到他到北京以後，情況才發生了變化。這種變化是生活地域的變化，並不是沈從文藝術思想和文學「趣味」的變化。這可從他寫於1930年的〈現代中國文學的小感想〉和1935年的〈談談上海的刊物〉加深這種印象。他說：「在文學上所有企圖，正像是一個道德的努力，在『創作態度』上，我們似乎也需要一點兒嚴肅才行。這一點，於無名作家，尤其是一個不可疏忽的信仰。缺少這個頑固堅實的態度，在上海，是可以從那類所謂都市趣味的新海派作者的成就，可以明白的。」[39] 對於上海的刊物一貫以『趣味』吸引讀者，甚至認為如同小丑般。他提到上海的畫報「這種刊物在物質上即或成功，在精神上卻失敗了。因為它的存在，除了給人趣味以外別無所有。」[40]

七　對凌叔華的評論

凌叔華最著名和最受歡迎的作品是作於二十年代中期至三十年代晚期的短篇小說。這些作品被收入了三個文集（兩卷本的《凌叔華小說集》）。凌叔華的作品甚少涉及重大的社會問題，而似乎只限於女人和孩子之類的家庭瑣屑，因此她常常被認為是現代中國文學史上的「次要」作家。她的作品經常被看作是「細緻、嬌小和女性的」，而

---

[38] 同註37。

[39] 〈現代中國文學的小感想〉，《沈從文全集》第17卷，頁36。

[40] 〈談談上海的刊物〉，同上書，頁90。

被歸入「閨秀文學」。在中國詩歌傳統中，閨閣中的女詩人傳遞的是
女性的敏感和渴望、憂鬱I感傷。詩歌的主人翁通常是由於各種原因
而被愛人或丈夫拋棄的美麗女性。她處於閨閣之中，心境卻早越過窗
欄到了外面的世界。但我們還能從凌叔華的作品中找出與閨怨詩相區
別的特定動機和主旨[41]。

　　在這層意義下，沈從文所關注的是男性在女性承受著這些家庭瑣
事背後的社會和意識形態含義——壓迫機制中的反應，就變得了無生
氣。因而他在對凌叔華作品風格的揭示時，不無偏頗的說：「淑華女
士作品中劣點是人物總不大有生命，尤其是男的（也許是自己還是女
孩子的緣故吧），我覺得。」[42]雖然如此說，但沈從文還是肯定她作品
的敘事方式，並以她「平靜」的特殊描繪方法，為小說創作帶來另外
的風貌：「把創作在一個藝術的作品中去努力寫作，忽略了世俗對女
子的作品所要求的標準，忽略了社會的趣味，以明慧的筆，去在自己
所見及的一個世界裡，發現一切，溫柔地也是誠懇地寫到那各樣人物
姿態，叔華的作品，在女作家中別走出了一條新路。」「在所寫及的
人事上，作者的筆卻不為故事中卑微人事失去明快，總能保持一個作
家的平靜。淡淡的諷刺裡，卻常常有一個悲憫的微笑影子存在。」[43]同
時，高度評價凌叔華在焦躁的年代，自行另闢雅靜的文風，產生重要
意義。

---

[41] 凌叔華將她筆下多愁善感的女性人物就放置在這樣的空間和心境中，但是她通過一
　　些具有顛覆性的言外之意對這些語境進行了微妙的改變。參看〔美〕史書美著，何
　　恬譯《現代的誘惑——書寫半殖民地中國的現代主義〔1917～1937〕，南京：江
　　蘇人民出版社，2007年2月，頁252。

[42] 〈北京之文藝刊物及作者〉，《沈從文全集》第17卷，頁23。

[43] 《沈從文全集》第16卷，頁211～212。

八　對許地山的評論

　　許地山是文學研究會中風格最為奇特的一位重要作家。「五四」時期也寫作「問題小說」關注人生問題，但他的答案往往揉進佛教教義和基督教哲學的宗教成分，並著意於異域情調和地方風物的描繪，故事情節生動，富於傳奇性，顯現出浪漫主義色彩。這一時期的小說既有批判封建主義的積極因素，又有宿命的消極成分。「九‧一八」以後，作家的寫作轉向寫實，1934年發表的短篇小說《春桃》以及後來發表的《鐵魚的鰓》，是兩篇著名的現實主義作品，標誌著作家思想和藝術的發展變化。當然，作家創作的發展也會出現曲折。《春桃》之後，許地山又創作了中篇《玉官》，以一個女基督教徒的經歷為線索，從側面反映了第一次國內革命戰爭時期農村的生活，小說充滿宗教氣氛。

　　沈從文對許地山的評價是著重於許氏善於借助豐富的想像力，以凝練又富於色彩的形象語言，表達自己的獨特感受和理解：「在中國，以異教特殊民族生活作為創作基本，以佛經中邃智明辨筆墨，顯示散文的美與光，色香中不缺少詩，落華生為最本質的使散文發展到一個和諧的境界的作者之一。這調和，所指的是把基督教的愛欲，佛教的明慧，近代文明與古舊情緒揉合在一處，毫不牽強的融成一片。作者的風格是由此顯示特異而存在的。」[44]這裡有意會不能言傳的感悟式的體會，留有一些空白，讓讀者自行想像，這是沈從文擅長運用的方法。他還說：「落華生的創作，同『人生』實境遠離，卻與藝術中的『詩』非常接近。以幻想貫穿作品於異國風物的調子中，愛情與宗

---

[44] 〈論落華生〉，《沈從文全集》第 16 卷，頁 161。

教，顏色與聲音，皆以與當時作家所不同的風度，融會到作品裡。一種平靜的、從容的、明媚的、聰穎的，在筆致、散文方面，由於落華生作品所達到的高點，卻是同時幾個作者無從企望的高點。」[45]明顯地，沈從文對許地山作品的感受與了悟，充分表現他所說的「美就是善的一種的形式，文化的向上也就是追求善或美一種象徵。」[46]

九　對周作人的評論

　　周作人散文創作中體現的精神世界豐富而複雜，其中隱含深刻的矛盾，也即如他自己所說的「判徒與隱士」的衡突。他是一個堅定的啟蒙主義者，當他以散文為武器進行社會批判時，便顯示出「浮躁凌厲」的一面；他又是一個自由主義、個人本位的人道主義者，當他以散文排解寂寞、抒發情志時，卻又顯示出「平和沖淡」的一面。周作人的文藝思想與散文創作，從新文學開始到整個二十年代都處於兩種傾向交織的狀態。在《新青年》、《每周評論》的「隨感錄」式的文體中、在《談龍集》、《談虎集》中以「浮躁凌厲」為主要特色；在《雨天的書》、《澤瀉集》中以「平和沖淡」為主要特色。及至1929年底發表《閑戶讀書論》，1930年初出版《駱駝草》，才徹底脫盡「浮躁凌厲」而專注於「平和沖淡」。在以後漫長的創作歷程中，「平和沖淡」也一直是他散文創作審美追求的目標，並體現在題材選取上，尤其是在後期創作中，蒼蠅虱子、佛道狐鬼、品茶飲酒、先賢逸聞皆可隨手拈來，看似不切題，卻無不涉筆成趣，如〈故鄉的野菜〉、〈蒼蠅〉、〈剪髮之一考察〉等，形成一種話題雖然蕪雜繁複，文辭趣

---

[45] 《沈從文全集》第16卷，頁204。

[46] 〈《看虹摘星錄》後記〉，《沈從文全集》第16卷，頁343。

味卻平實通達，難怪乎沈從文說「周先生在文體風格獨自以外，還有注意的是他那普遍趣味。」[47]

沈從文早在1926年的一篇文章中曾經提到過在散文寫作的領域裡，第一個喜歡的作家是周作人。他說：「周先生的文章，像談話似的，從樸質中得到一種春風春雨的可親處來，如《自己的園地》中論點什麼或記述點日常生活的小品文字，我看從過去的一些文字中，（新文學）搜不出比這再美麗一點的了。尤其是介紹一個詩人或別的書籍，可以看出他那種對人對物的親恰處來。從他的文字上，可以看出他是一個極懂人生藝術的人。」[48]

周作人是現代散文文體的創製大家，由英法隨筆借鑒而來的，被許多作家嘗試過的「散文小品」在他手中臻於成熟。另外，他通過對「閑話體」散文的語言風格的要求，不僅使自己散文作品呈現出強烈的風格特徵，也對五四以來的白話文學觀形成一種顛覆，促使其發展方向產生了轉折。沈從文在評論周作人文體風格的特色時，用了與文體相對應的「趣味」一詞，涵概他的創作：「從五四以來，以清淡樸訥文字，原始的單純，素描的美，支配了一時代一些人的文學趣味，直到現在還有不可動搖的勢力，且儼然成一特殊風格的提倡者與擁護者，是周作人先生。」[49]

除此，他認為周作人所翻譯的詩歌作品帶給年輕人的喜悅是「較之對於郭沫若譯作詩歌的喜悅為少，這道理，便是因為那樸素是使詩歌轉入奢侈，卻並不『大眾』的。」又說：「周作人，則近年來還印行他的《過去的生命》，但這些詩皆以異常寂寞的樣子產生，存在於無人注意情形中，因為讀者還是太年輕，一本詩，缺少誘人的詞藻作

---

[47] 〈論馮文炳〉，《沈從文全集》第16卷，頁145。

[48] 〈北京之文藝刊物及作者〉，《沈從文全集》第17卷，頁26。

[49] 同上註。

為詩的外衣，缺少悅耳的音韻，缺少一個甜蜜熱情的調子，讀者是不會歡喜的，不能歡喜的。」[50]

十　對冰心的評論

　　冰心散文強調即興抒寫，至情流露。她在散文中傾注了對人類全部的愛與真誠，不僅表現了她的信仰、思想和對理想的堅定不移，執著而痴情的追求，同時坦露了她的整個心靈，具有動人的感染力。

　　沈從文在新散文作家中，舉出冰心、朱自清和廢名三人，文字風格表現上，雖無相同地方，然而同樣是用清麗素樸的文字抒情，對人生小小事情，儼然懷著母性似的溫愛，從筆下流出，方式不同，卻有一個共同印象，即作品中無不對於「人間」有個柔和的笑影[51]。

　　冰心一開始就是根植於深厚的東西方文化土壤之中，既屬於新觀念，又保留了傳統道德中某些美好的價值的成分，既不完全現代，也不完全傳統。這種新觀念與舊意識觀念形態相一致，具有「中和之美」與「中庸之德」的文靜、穩健而理性的女性觀念和意識，它實際上展示出一個中國女性理想的模式和雙重追求，即一面扶老攜幼，扶助丈夫的賢妻良母，一面做一個充滿生命感、創造力、獨立有個性的女人，而只有實現了這雙重追求的融合，才是具有完整意義的現代女人。因此，冰心作品中的女性形象得到不同層面讀者的廣泛而深入的認可和讚賞，也成就了冰心自己的良知角色和人格模式。在這個意義上說，沈從文是頗能觀察入微的，他說：「以自己稚弱的心，在一切回憶上馳騁，寫卑微人物，如何純良具有優美的靈魂，描畫夢中月光

50　〈論劉半農《揚鞭集》〉，《沈從文全集》第16卷，頁123。
51　〈由冰心到廢名〉，《沈從文全集》第16卷，頁274。

的美，以及姑娘兒女們生活中的從容，雖處處略帶誇張，卻因文字的
美麗與親切，冰心女士的作品，以一種奇蹟的模樣出現。……冰心
女士的作品，在時代的興味歧途上，漸漸像已經為人忘卻了，然而
作者由作品所顯出的人格典型，女性的優美靈魂，在其他女作家的作
品中，除了《女人》作著淩叔華外，是不容易發現了的。」[52]與「五四」
同時期女性作家相比，如果說盧隱的抒情哀吟纏綿，清淺直切；陳衡
哲的抒情熾烈情熱，委婉曲折；石評梅的抒情纏綿憂傷、哀婉深沉，
那麼，冰心的抒情風可以用她的《詩的女神》中的詩句來概括：「滿
蘊著溫柔，微帶著憂愁，欲語又停留。」徘徊在冰心前期創作中的，
就是一位滿蘊著溫柔，微帶著憂愁，欲語又停留的女神。溫柔、典
雅、含蓄、秀逸是她的抒情突出的風格特色。

十一　對郭沫若的評論

　　《女神》收入郭沫若寫於1918～1921年的詩歌57首，分為三
輯。第一輯收入三部以歷史、傳說為題材的詩劇。詩劇中的「女神」
形象是光明的創造者，她們的「女性之聲」代表了人民的意志。通
過對女神的歌頌，詩劇表現了詩人的美好理想和創造精神。第三輯
收入郭沫若寫於五四運動爆發前的詩歌23首，短詩居多，風格清
新淡雅。最有代表性、最有影響、最能體現「五四」時代精神的是
第二輯。這一輯收入郭沫若寫於「五四」高潮中的詩歌30首，其中
的〈鳳凰涅槃〉、〈天狗〉、〈爐中煤〉、〈地球，我的母親〉、〈匪徒
頌〉、〈巨炮的教訓〉等，是《女神》的精華，是郭沫若的代表詩
作，風格粗獷雄渾。

52　同註49，頁203。

　　沈從文對郭沫若的評價，準確掌握其審美的風格：「寫詩膽量大，氣魄足，推郭沫若（他最先動手寫長詩，寫史詩）。」[53]沈從文在〈論郭沫若〉一文中首先把郭沫若置於現代文學的歷史進程中談他的成就：「從『五四』以來，十年左右，以那大量的生產，翻譯與創作，在創作中詩與戲曲，與散文，與小說，幾幾乎皆玩一角，而且玩得不壞，這力量的強（從成績上看），以及那詞藻的美，是在我們較後一點的人看來覺得是偉大的。」又說「他沉默的努力，永不放棄那英雄主義者的雄強自信，他看準了時代的變，知道這變中怎麼樣可以把自己放在時代前面，他就這樣做。……都是『吸收新思潮而不傷食』的一個人。可佩服處也就只是這一點。若在創作方面，給了年輕人以好的感想，它那同情的線是為『思想』而牽，不是為『藝術』而牽的。」[54]確切的說，在藝術表現方面，長詩採用神話傳說題材，展示理想圖景，並以奇特的想像，濃烈的色彩，瑰麗的語言，表現出詩人「火山爆發式的內發情感」，呈現出鮮明的浪漫主義特色。全詩運用象徵手法，含蓄蘊藉，富於哲理意味，具有表現「五四」狂飆突進的時代精神和雄渾奇偉的美學風格相一致。

　　沈從文有一篇未完稿的文章《抽象的抒情》，其中說到可把文字、語言的表現「當作一種『抒情』看待」，「因為其實本質不過是一種抒情」[55]。如果說，沈從文充滿了湘西精神的文學，是一種抒情的文學，而這種抒情將生命形式和生活形式高度統一是他全部創作的內容[56]。那麼，郭沫若的重「思想」性質的小說創作，便不是沈從文理

---

[53] 〈新詩的舊賬──並介紹詩刊〉，《沈從文全集》第17卷，頁95。

[54] 〈論郭沫若〉，《沈從文全集》第16卷，頁153、155。

[55] 《沈從文全集》第16卷，頁535。

[56] 參看錢理群、溫儒敏、吳福輝著，《中國現代文學三十年》（修訂本），北京：北京大學出版社，1998年，頁277。

想中作品所要表達的藝術風格，所以他只欣賞郭的抒情詩，認為他的
成就不壞。至於小說，卻不敢苟同，他說：「郭沫若對於觀察這兩個
字，是從不注意到的。他的筆是一直寫下來的。畫直線的筆，不缺少
線條剛勁的美。不缺少力。但他不能把那筆用到恰當一件事上。描畫
與比譬，誇張失敗處與老舍君並不兩樣。他詳細的寫，卻不正確的
寫。」「在文學手段上，我們感覺到郭沫若有缺陷在。他那文章適宜
於一篇檄文，一個宣言，一通電，一點不適宜於小說。」[57]因此，沈從
文認為應把郭沫若安置在詩人或英雄的地位上，小說的世界並不是他
發展天才的處所。

十二　對老舍的評論

　　老舍是市民社會傑出的表現者和批判者。他的小說中有一個完整
的富於中國特點和地方色彩的市民社會，從洋車夫、剃頭匠、唱戲說
書的到巡警、八旗子弟、市民階層的知識份子等。老舍不僅真實生動
地描繪了一幅幅呼之欲出具有濃厚生活氣息和北京風味的市民生活畫
面，並且批判了市民性格，批判這種性格背後的思想文化傳統。但最
重要的是他對社會弊病的客觀暴露，是通過滑稽與鬧劇筆法對社會弊
病所做的嘲弄。這種嘲弄筆法的力量來自老舍對笑聲和淚水極其自覺
的誇張，以及他戲劇性地顯示或顛倒道德和理性價值。顯然，沈從文
對於這點是頗為讚賞的。

　　沈從文認為每一個作者，有一種把故事人物嘲諷的權利，但如果
這權利不節制的話，許多創作就不成為創作，而失去其正當的意義。
文學由「人生嚴肅」轉到「人生遊戲」，含有淚水使人莞爾的作品，

---

[57]〈論郭沫若〉，《沈從文全集》第16卷，頁155、157。

是指老舍把作品以「詼諧」的方式，把文學有意識向社會作正面的抗議。沈從文在評論老舍的作品時，態度是認同的，他說：「舒老舍先生，集中了這創作的諧趣意識，毫無其他可企望的了，寫成了三個長篇，似乎同時也就結束了這趣味的繼續存在（指浮薄不莊重，尖巧深刻的不良趣味）。因為十六年後，小巧的雜感，精致的閑話，微妙的對白劇，也使讀者和作者有點厭倦了，於是時代便帶走了這個遊戲的閑情，代替而來了一新的作家與新的作品。」[58]沈從文進而不失偏頗說：「諷刺因誇張而轉入詼諧滑稽，老舍先生的作品，在或一意義上，是並不好的。然而一時代風氣，作家之一輩，給了讀者以憂鬱，給了讀者以憤怒，卻並無一個作者的作品，可以使年輕人心上的重壓稍稍輕鬆。」[59]

第二節　直覺感悟式的批評方法

中國文學批評的直感啟悟式的批評方法，其最顯著的特點之一，是批評者以自己再創造的觀點對作品的解釋，而不阻斷、破壞作品形象的完整性。在進行批評的過程中，往往掌握閱讀作品所得來的瞬間感覺和印象，以豐富的聯想力，藉以「點」、「悟」作品的精髓。

中國古代文論很少提出文學「接收」或「接受」的字樣，而較突出地強調「體味」、「玩味」、「研味」、「諷味」等審美直覺體驗的方式，這種體驗方式與「禪風」結合以後，更發展了玩繹、頓悟的中國特色。唐代司空圖在《與李生論詩書》中有一段話：「江嶺之南，凡是資於適口者，若醯，非不酸也，止於酸而已；若鹺，非不鹹也，

---

[58] 〈論中國創作小說〉，《沈從文全集》第16卷，頁218。

[59] 同上註，頁220。

止於鹹而已；華之人以充饑而遽輟者，知其鹹酸之外，醇美者有所乏耳。」[60]司空圖所說的這種體味，並不是「資於適口」就可以達到目的，而是要玩繹那種存在於「鹹酸之外」的「醇美」之「味」。他認為好詩應該是「近而不浮，遠而不盡，然後可以言韻外之致耳」，「倘復以全美為工，即知『味外之旨』」，他的「韻味」說主要強調藝術形象和意境能引起讀者想像之後所獲得的一種境界和情趣，重視審美活動中讀者的主觀能動性，即直覺接受方式。

宋代嚴羽提出的「妙悟」之說，豐富和深化這種審美直覺體驗的文學接受方式：「大抵禪道惟在妙悟，詩道亦在妙悟。且孟襄陽學力下韓退之遠甚，其詩獨出於退之之上者，一味妙悟故也。唯悟乃為當行，乃為本色。」（〈詩辨〉）[61]

嚴羽藉禪宗和妙悟，來說明在詩歌的創作與鑒賞中，應有別具會心的體驗和了悟，只有這樣才是「本色」、「當行」。「本色」是指本性；「當行」可謂內行。在中國式體味的審美經驗方式發展中，嚴羽提倡「興趣」說，是司空圖「韻味」說的繼承和發展。嚴羽要求這種含有藝術形象的「興趣」、「無跡可求」、「言有盡而意無窮」的作品，使人在咀嚼回味中，獲得強烈的審美感受。他同時認為文學的最高境界是「入神」，它「不涉理路，不落言荃」，終歸達到「羚羊掛角，無跡可求」的境地。這就進一步強調了體味的直覺頓悟式的特徵，強調它感性的、靈感忽然來臨、豁然開朗的會心的狀態。

沈從文繼承了傳統批評的這種審美體驗方式，在他的文學批評中，對象顯得格外強烈而且明確。他在考察作家創作的藝術表現特徵時，緊扣著文體的評析，透過文體分析顯示作家的風格。在沈從文看

---

60 郭紹虞主編，《中國歷代文論選》第 2 冊，上海：上海古籍出版社，2001 年，頁196。

61 嚴羽著，郭紹虞校釋，《滄浪詩話》，北京：人民文學出版社，2000 年，頁 12。

來，文體是不能有意為之的，只能用其得當，技巧作為文體的重要因素，也須適合作者感情的發揮，不能過分與勉強。風格的形成需符合自然、適度、和諧，關鍵是隨性自在，不做作，不矯情。

　　沈從文在一篇論及北京刊物和作者的文章中，簡潔地描述了當時文壇作家的創作特色，用的是典型詩文評中的點悟式方法，照他的話說：「不但不必同所謂文藝批評家的眼光相同，就是我另一個時候，也許亦會對我此時所認為喜歡的而否認！所舉的有些是熟人，更難免是感情用事。幸好我這介紹是介紹我知道的刊物與我喜歡的人，個人的意思，且屬個人一時意思；縱對某種作品有了誤解，對原來有過相當地位的作者也不會損及毫末。」[62]他對作家作品的觀感所得出的評論，文字可說其乾脆俐落、思維可見其明察秋毫：

> 俞平伯的詩同孫伏熙的散文，細膩妥貼，富於陰柔之致，兩人並不異樣的。這類作品，最適宜女人，（不是那類女革命家）或女性頭腦的男人來讀，因為這類軟性讀物，在需要從文字上得到一種共鳴，引逗出自己潛伏著的悲哀憤激抑鬱的少男少女們，看來是極其膚淺的，我從另一點看來也非常喜歡。
>
> 做詩的而且我都覺得好的有許多。平列起來，如于賡虞，吳默深，劉夢葦，朱湘，聞一多，蹇先艾，馮至，我喜歡于賡虞的比愛其他的多一點。默深的詩，同于的詩，一個樣，綿麗深切，韻同字都考究，是錘打出來的。讀來似乎還是于的多鬱咽的情。至於劉夢葦，受了《楚辭》的影響，其實這是他自己覺的。我看他詩求格律鋪敘，有些地方極其雄渾，有些地方就略現著勉強了。他的詩重韻，但他不很會用韻，就是一種缺憾。
>
> 不過每首詩都可以歌，他的詩格也是近於長歌體的。朱湘的詩

---

62 〈北京之文藝刊物及作者〉，《沈從文全集》第17卷，頁31。

其錘打字句，同于、吳一樣，但結果卻不同了。他的詩都像唐人律詩，而且屬晚唐，清麗華貴，卻不亢放。也許這就是一個欠缺。能清而不能雄，做小詩是很好了。聞一多用韻用得最自然，像熟讀韻府一類典書樣，節令掌故記非常清白，因其為自然，所以我愛它。蹇先艾也是個把詩喜歡延長一致整齊的，若是另一時代的人，他必最愛做七言排律。我個人意見，對詩是不主張那樣的。能像舊詞樣，雖然對於字句注意，但讓它意思的長短寫下去，不要四句或六句，果能是好，三句一句以至於四五個字都好。因為四個字的短句，有許多佳句是這樣已夠我們玩味了。他記得許多狀物詞，形容詞，我嫌他太記得多了，因為記要記得多，並不必都用出去；選那一個頂合宜的就好了。他把這一點忘卻。就是于、吳二人也有同樣的毛病，詩的熱情反而減了許多。但蹇君的詩，美的地方，是許多人不及的。他也有他自己的風格，纏綿而微帶抑鬱，使人讀了惘然。我最念得少的是馮至的詩，但所念過的都使我滿意。像小詞樣，有著青年求愛的熱，有著夢境朦朧的幻美。

還有個，詩境極清，幾乎近於秋水了的劉廷蔚，許多人會還不見過他的作品。作品中，交織著天真與溫情。我總覺得詩境太清了，從此中雖找不出人間煙火氣味來，但想尋一點更狂一點的熱也無從了。或者是我個人趣味是那樣，我對悲哀，也須要狂熱，我不嗚咽，要哭就大哭，但我知道嗚咽的情更長。廷蔚的詩，卻正是女人樣嗚咽著。低徊而且眷戀，對一切，得著昔人所謂詩人之旨。

向培良，做過一編戲曲，《不忠實的愛情》，嘗試的東西，思想與結構，我認為是失敗了。但近來的極努力，所寫的短小文字，樸而不華，還時常做著戲劇一類批評文字。文字樸質。還

　　有兩個我所愛的，是李霽野與韋叢蕪：我尤其滿意韋君所譯的
文，像魯迅先生樣，直譯，幾於像笨拙的文字了。然而這樣
的，他把別的作者的思想忠實的介紹過來了。雖然他們的譯文
不多。我還記起一個許欽文，作品的量，使我們可驚。用最平
常略近詼諧的筆調，寫出他的小說來，觀察像是略略淺薄了一
點，不過另一種特殊風格，那是別個不會學到的。人物中總帶
了點嘲笑樣，又像為著遊戲而創的態度，雖然失去了嚴肅，只
是寫的方法並不怎樣壞，也就難得了。[63]

　　溫儒敏認為沈從文的風格批評顯然繼承和借鑒了古典批評中感悟
印象的方式。當他要把握和傳達某一部分作品或某一作家的總體風格
時，所依賴的主要是直觀感性的印象，並常用鮮活的意象或色調，去
造成帶通感性質的評析，重在喚發讀者的體味與感知[64]。

　　中國古代文學理論十分重視作者與讀者通過作品進行的交流和
作品與讀者間的相互作用。早在先秦時期，孟子就提出「以意逆志」
和「知人論世」的方法，其實質就是要尋求與作者的溝通。明末清
初的王夫之（1619～1692）更說：「『詩可以興，可以觀，可以群，
可以怨。』盡矣。辨漢、魏、唐、宋之雅俗得失以此，讀之百篇者必
此也。『可以』云者，隨所以而皆可也。……作者用一致之思，讀者
各以其情而自得。故〈關雎〉，興也；康王晏朝，而即為冰鑒。『訏
謨定命，遠猶辰告』，觀也；謝安欣賞，而增其遐心。人情之遊也無
涯，而各以其情遇，斯所貴於有詩。」（《薑齋詩話‧詩繹》）[65]沈從文

---

63 〈北京之文藝刊物及作者〉，《沈從文全集》第17卷，頁28。
64 〈沈從文怎樣寫鑒賞性評論〉收入《文學課堂——溫儒敏文學史論集》，長春：吉
　　林人民出版社，2002年，頁175。
65 （清）王夫之等撰《清詩話》，上海：上海古籍出版社，1999年6月，頁3。

作為讀者，實際在「人情之游也無涯，而各以其情遇」的情況底下，
因情感不同，感受方式不同，心理功能不同，以其「情」與作品相
「遇」。

第七章　文學即生命理論的確立

　　沈從文晚年曾說：「生命這個東西，已經宣佈藥都不敢下了，我也不在乎，一點兒都沒有感到悲哀，因為經歷的太多了，那也沒辦法，要死嘛就死吧！而且我相信沒死，也不會死。」[1]

　　凌宇認為集中地談、系統地談生命的中國現代作家中只有沈從文，其他作家也談生命，但只是偶然的，或是不系統的，不是把它作為全部人生哲學來談，而沈從文則是用大量的篇目把生命作為整個人生體驗，整個人生認識，對人生世界的把握的核心出現在創作實踐中的[2]。

　　沈從文對於他所從事的文學事業緊緊靠攏著「生命」這個理念，他知道這是種艱辛事業，不是普通職業，唯有人肯把生命作無取價的投資，來寄託一點希望的人，方能參加，不至於中途改轍或短期敗北[3]。他在寫作長篇散文〈水雲〉時，更把這生命理想發揮得淋漓盡致：「我是一個無信仰的，卻只信仰『生命』。」[4]寫於四十年代的《燭虛》、《七色魘集》等一系列散文，無不充斥自然生命觀和生命神性的敬重，把文學創作視為生命的表達、生命的生成，他的所有作品即是為了記錄各種生命形式，並通過對各種生命形式的記錄實現自己自身生命的超越。甚至可以說「這一時期沈從文的思想有一個基

---

[1] 〈論公平還是讀者公平——王亞蓉在火車上的談話〉，《從文口述——晚年的沈從文》，香港：商務印書館，2002年，頁98。

[2] 〈首屆沈從文研究學術座談會發言摘錄〉，《中國現代、當代文學研究》1988年第6期。

[3] 〈談文學的生命投資〉，《沈從文全集》第17卷，頁459。

[4] 《沈從文全集》第12卷，頁128。

本前提,大致稱為『宇宙整體論』。這種『整體論』可以歸納為兩種形態:一種是將萬物抽象,歸納為某種單純原則,且是一種簡單的理性概括的認知方式;另外一種是更為一貫的宇宙整體論認識方式,類似於『一沙一世界,一鳥一天堂』,即由一物而知宇宙,本質與現象不可分。」[5]第一種形態如〈燭虛·五〉中,「宇宙實在是個極複雜的東西,大如太空列宿,小至蚍蜉螻蟻,一切分裂與分解,一切繁殖與死亡,一切活動與變易,儼然都各有秩序,照固定計畫而一個目的進行,這種目的被他抽象為『求生命永生』」。第二種形態如〈燭虛·一〉中寫道「察明人類之狂妄和愚昧,與思索個人的老死病若,一樣是偉大事業」;〈燭虛·五〉引用《哥林多書》中的一段話:「我認識一個在基督裡的人……我認得這人,或在身內,或在身外,我都不知道,只有神知道。他被提到樂園裡,聽見隱秘的言語,是人不可說的」;另一段寫道「這種美或由上帝造物之手所產生,一片銅,一塊石頭,一把線,一組聲音,其物雖小,可以見世界之大,並見世界之全。或即『造物』,最直接最簡便那個『人』」;〈潛淵·四〉:「美固無所不在,凡屬造形,如用泛神情感去接近,即無不可以見出其精巧處和完整處。」[6]因此,他透過不斷地寫作,且儼然非寫不可,為的就是從寫作中得到生命重造的快樂。

5　賀桂梅認為沈從文對整個宇宙萬物進行一種整體性認識時,採取的是一種「泛神論」方式,他相信萬物都由『造物者』創造出來,其生命形式和內在規則都有跡可尋。他這種看待萬物的態度和方式,實際上是將自己安置在類似於『上帝』的位置上,不僅以『上帝』創造萬物時的心情去接近、理解萬物,而且要以文字再創造這種生命的神性形態。見《轉折的時代——40~50年代作家研究》第二章〈沈從文:文學與政治〉,濟南:山東教育出版社,2003年,頁123。

6　〈燭虛〉、〈潛淵〉篇,見《沈從文全集》第12卷,頁3、30。

第一節　文學與人性

一　民族品德重造

　　沈從文早在1932年就已提出民族品德重造的理想，他認為決定一個民族的命運，是能用思索的人就目前環境重新去打算，重新去編排，不是僅僅保守那點尊王復古的感情弄得好的。並說與其使用大部分信仰力量傾心到過去不再存在的制度上去，不如用到一個嶄新的希望上去。他在對於國民自私心的擴張，其中有一點可注意的恐怕還是過去道德哲學的不健全。所以，他強調說時代不斷變化，支持新社會得用一個新思想，若所用的依然是舊東西，那便得修正它，改造它。談及「支配中國兩千年的儒家人生哲學，理論可以說是完全建立於『不自私』上面。話皆說得美麗而典雅。主要意思卻注重在人民『尊帝王』『信天命』，故歷來為君臨天下人主的法寶。末世帝王常利用它，新起帝王也利用它。然而這種哲學實在同『人性』容易發生衝突。」畢竟，「真的愛國救國不是『盲目復古』，而是『善於學新』。目前所需要的國民，已不是搬大磚築長城那種國民，卻是知獨立自尊，宜拚命學好也會拚命學好的國民。有這種國民，國家方能存在，缺少這種國民，國家決不能僥倖存在。」[7]

　　這種在魯迅改造「國民的病弱」的基礎底下，沈從文的改造，是對魯迅改造「國民性」總體目標的一種文化補充，一種正面的理想人格的補充。趙學勇先生認為身處現代中國社會的沈從文，他的心理意

---

[7] 〈中國人的病〉，《沈從文全集》第14卷，頁86、89。

向並非是要復活儒家的文化思想及道德意識,而是由對「文明」所導致的中國人精神面貌的「異化」現象所引起的作家特有的情緒饋殤。對於一個身處黑暗動蕩社會的中國作家,又是一個「過渡」時期的「中間物」角色來說,在無法找到新的精神支柱,又無法徹底脫離傳統的兩重困境中,從傳統文化中汲取具有積極意義的精神資源,以同現代人的精神「異化」現象形成對抗,就成為完全可以理解的事了。[8]

　　儘管經歷了「力的衰頹,生命的迸散」,生活方面的挫折,沈從文依然「不遁逃、不悔」。他堅守的是「應在人群中生存,吸取一切人的氣息,必貼近人生,方能擴大的他的心靈同人格。」同時,在執筆寫作的一刻,「我除了用文字捕捉感覺與事象以外,儼然與外界隔緣,不相粘附。我以為應當如此,必須如此。一切作品都需要個性,都必浸透作者人格和感情,想達到這個目的,寫作時要獨斷,要徹底的獨斷!」[9]因此,他以為屈原的處世精神已過時,也不讚成莊周的玩世態度,他說:「歷史雖變,人性不變,所以屈原兩千年前就有哺糟啜醨以諧俗的憤激話。這個感情豐富作人認真的楚國賢臣,雖裝做世故,勢不可能,眾醉獨醒,作人不易,到末了還是自沉清流,一死了事。人雖死了,事還是不了的。……莊子既不肯自殺,也不願被殺,所以寧曳尾泥塗以樂天年。同樣近於自沉,即將生命沉於一個對人生輕嘲與鄙視的態度中。」而這種態度,無非是「救活了一條老命」,使他「多活幾年」吧了。[10]

　　沈從文認為五四運動以來,工具的誤用與濫用,致使精神墮落影響整個民族向上發展受到妨礙。知識份子之間造成一種麻木風氣,獨善其身,觀念凝固,無形中助長惡勢力的伸張,與投機取巧的人從中

8　參看《沈從文與東西方文化》,甘肅:蘭州大學出版社,1990年,頁62。

9　〈習作選集代序〉,《沈從文全集》第9卷,頁1。

10　〈燭虛·長庚〉,《沈從文全集》第12卷,頁37。

行險取利。為了重造經典，修正新文學的態度，從而知識份子才能藉正視現實的過程上，得到修正現實的種種經驗以取得發展的機會[11]。沈從文指出：「發展這個運動，再來個二十年努力，是我們的責任也是我們的權利。兩年來的沉默，得到那麼一個結論。屈原的憤世，莊周的玩世，現在是不成了。理性在活生生的人事中培養了兩千年，應當有了些進步。生命的『意義』，若同樣是與愚迷戰爭，它使用的工具仍然離不了文字，這工具的使用方法，值得我們好好的來思索思索。」[12]傳統腐蝕性的制度，他消極的持反對態度，他說：「『生命流傳，人性不易』，佛釋逃避，老莊否定，儒者戀愚而自信，獨想承之以肩，引為己任，雖若勇氣十足，而對人生，惟繁文縟禮，早早的就變成爬蟲類中負甲極重的恐龍，僵死在自己完備組織上。」[13]

考察沈從文初期的創作，在發表於1926年的《菌子》中，作者透過一個樣貌奇特，類似松菌形狀，別號菌子的人，因膽小怕事的性格，成為同事嘲笑恥辱的對象。在三年的人事變遷環境下，以其外表特徵被用作消遣的節目。同事的欺善怕惡、誇張矯情、虛偽造作和菌子懦弱膽怯、逆來順受的表現，於不平等的社會公義底下，這種仗勢欺人，弱肉強食的行徑，理應予以正視和揭示。同時，對作者而言，面對如此屢弱無反抗意識的奴役性，更多的是悲憫的聲音與鄙夷的情

11　沈從文於1948年在〈致吉六──給一個寫文章的青年〉中提到沉默未必是一件好事，他說：「從五四開始，北方文運傳統有個一貫性，即沉默工作。這個傳統長處或美德，有一時會為時代風雨所摧毀，見得寂寞而黯淡，且大可嘲笑。然而這點素樸態度，事實上卻必定將是明日產生種種有分量作品的動力來源。不要擔心沉默，真正的偉大工程，進行時都完全沉默！」這封信是作者保留的《廢郵存底》，曾在文化革命中被抄去，專案人員在手稿上的這一段留下多處紅線標記。全信曾以《給一個寫文章的青年》為題，編入岳麓書社出版的《沈從文別集·月下小景》一書，於1992年12月首次發表。現收入在《沈從文全集》第18卷，頁521。

12　同註8，頁40。

13　〈《看虹摘星錄》後記〉，《沈從文全集》第16卷，頁346。

緒。作者曾經列舉了民族劣根性的種種表現，在《哨兵》中他針對沙
霸地方人不怕死、不怕血、不怕開腔破腹，摘肝取心，不怕殘酷的一
切，卻唯獨怕鬼神的迷信現象。這篇小說批判了這種封建文化。另一
作品《福生》則是寫小學學童在學塾裡接受約束和處罰的情景，它通
過對學塾先生和被罰學生副生的著意刻劃，表現出對扼殺人的天性，
扼殺活潑的生命，摧殘兒童身心健康的舊教育制度的極大不滿，用一
種機智俏皮的譏諷，輕蔑地否定了他的言行。沈從文通過《哨兵》、
《福生》的作品形象地指出，正是這些腐朽無用的文化和教育，使人
愚昧、懦弱、循規蹈矩、欺善怕惡，喪失了蓬勃的生命力和創造力，
造成了民族劣根性的滋生。

二　健康優美自然的人性

　　作為覺醒的知識份子之一員的沈從文，感受到「人類最不道德
處，是不誠實與儒怯，而作家最不道德處，是迷信天才與靈感；因
這點迷信，把自己弄得異常放縱與異常懶惰。」[14]並且認為在「哲學貧
困」與「營養不足」情形下，所承受於歷史的是種懶惰文化。他分析
民族墮落的原因，說了這樣一段話：「……不是足球隊無能，更不是
兵士懦弱，明明白白的只是大部分有理性的人皆懶於思索！人人厭煩
現狀，卻無人不是用消極的生活態度支持現狀，或進一步利用現狀發
展個人的私心以滿足個人的私欲。人人皆知道再想敷衍下去實敷衍不
下去，卻無人願從本身生活起始，就來改變一下。大家皆儼然明白國
際壓力與國內一塌糊塗的情形，使這個民族已墮落到一個無可希望的
悲慘境裡去，因此大家便只有混著活下去一個辦法，結束自己，到自

---

[14] 〈致《文藝》讀者〉，《沈從文全集》第17卷，頁201。

已死亡時，彷彿一切也就完事了。」[15]

　　從沈從文在「海派」問題上，對北方文學作者處理的態度可看到他表示的遺憾。他以一個民族是不是還有點希望，也就看到多數人對於這種使民族失去健康的人物與習氣的態度而定。他覺得過分的容忍，固可見容忍的美德，然而缺少嚴酷的檢討與批評，實在就可以證明北方從事文學者的懶惰處[16]。同時，他感慨新文人的猥瑣猥褻的生活，他們的消閑作品褻瀆了文學，誤解了文學。諷刺這些所謂的新文人終日儘管批評、造謠，在酒食場中一面吃喝，一面傳述自己雅事和別人俗事，用文學家名分在社會上作種種活動，受青年人崇拜同社會供養[17]。

　　為了糾正這種文學工作者的態度，沈從文強調須要培養具有獨立思想的作家，能夠徹底追究這個民族一切症候的所在，弄明白這個民族人生觀上的虛浮、懦弱、迷信、懶惰，加上歷史所遺傳下來的壞影響。這樸實作家的培育底下，沈從文認為首要條件他必是個不迷信的人，而且不迷信自己是天才，且知道如何利用作品，修正畸形的社會制度，糾正民族錯誤的生活觀念。他在寄於新文人深切的盼望時說：「中國目前新文人真不少了，最缺少的也最需要的，倒是能將文學當成一種宗教，自己存心作殉教者，不逃避當前社會作人的責任，把他的工作，擱在那個俗氣荒唐對未來世界有所憧憬，不怕一切很頑固單純努力下去的人。這種人才算得是有志於『文學』，不是預備作『候補新文人』的。」[18]

　　基於對「民族精神」中優美德性的重塑願望，沈從文企圖通過自

15　〈元旦日致《文藝》讀者〉，《沈從文全集》第17卷，頁203。

16　〈論『海派』〉，《沈從文全集》第17卷，頁55。

17　〈新文人與新文學〉，《沈從文全集》第17卷，頁85。

18　同上註，頁87。

已的創作，藉助傳統文化的精髓注入病態的現代社會，實現中國人精神面貌在文化上的調整與心理上的治療。他說：

> 中華民族精神，在時間上有連續性，在歷史上起大作用，在當前抗戰，明日建國兩件事上且具有種種可能發揮的偉大力量，是些什麼？說到它的卻似乎不多。因此民族精神這個民詞，轉成堅實勤儉行為，表現上好像極具體，實在很空泛。固有「精神」有些什麼東西，值得發揚、恢復、光大，倒不曾提及。談什麼東西文化的，也照例拋下這個名詞，不作詮註。……說起中國偉大，實建築在儒墨道諸家思想薰陶啟迪上。中國人有儒家的嚴肅，墨家的樸實，道家的瀟灑，表現人生態度或「有所為」，或「滿不在乎」，所以民族永遠不會滅亡。……從全面看，中華民族在儒墨道諸家思想涵育中有個光輝燦爛的明日，自不待言！惟從部分人觀察，似乎就有點不同。我意思是我們倘若肯具體一點，試從二十五歲到五十歲左右某一部分留在後方的知識份子來觀察，看看這些人於中國古代偉大思想究竟受有多少影響。所得的結論，我們會不免失望。我們會發現原來儒家的「剛勇有為」態度，墨家的「樸實熱忱」態度，道家的「超脫瀟灑」態度雖涵育於一般人中，影響於「讀書人」卻不怎麼多。……這些讀書人知識雖異常豐富，常因近代教育制度或社會組織，知識僅僅成為一種「求食」的工具，並不能作為「做人」的張本。「嚴肅」用於門戶之見，與信心堅固無關。「瀟灑」近似對事馬虎，與思想解放無關。……儒家最美麗的認真「為公」精神，在讀書人中且有日趨萎縮之勢。好些名分上應屬於「公」的，這些人作起來更容易假公濟「私」。……凡此種種，多屬眼前事實。社會組織與生活方式，形成這部分

知識份子普遍的弱點，蘊藏於內；表現於外，則是無生氣，則是烏煙瘴氣。所以我們若承認儒墨道哲學思想，剛勇、樸實、超脫，與這個民族光輝不可分，有一點值得注意，即當前讀書人中正如何缺少這種優美德性。因缺這種優美德性，所產生病態，實在相當嚴重。[19]

沈從文以為「新的文學藝術便可從這方面下手，表現出一個綜合的新的理想，新的生存態度。」[20]這種「新的理想，新的生存態度」就是從創作中著手進行，對「生命」——人性的發現與張揚，以獲取經典重造，「重構民族文化的思想文化資源」。[21]他在談及《邊城》創作目的時曾說：「在《邊城》題記上，且曾提起一個問題，即擬將『過去』和『當前』對照，所謂民族品德的消失和重造，可能從什麼方面著手。《邊城》中人物的正直和熱情，雖然已經成為過去了，應當還保留些本質在年輕人的血裡或夢裡，相宜環境中，即可重新燃起年輕人的自尊心和自信心。」[22]因此，沈從文的民族品德重造的根基，紮實的建立在他精心製造的神廟上：「我只想造希臘小廟。選山地作基礎，用堅硬石頭堆砌它。精緻，結實，勻稱，形體雖小而不纖巧，是我理想的建築。這神廟供奉的是『人性』。」[23]這人性有尊重人格的美和愛的精神內涵。[24]

---

[19] 〈一種態度〉，《沈從文全集》第14卷，頁126。

[20] 同上註。

[21] 凌宇認為沈從文的民族文化所要表現的包括兩種觀點，其一，沈從文表現的是小農經濟社會，其思想情感，是小農經濟社會的思想感情；其二，沈從文建造的希臘式神廟中供奉的人性，其形態與內涵，恰恰是一種無足彌道的「貧困和簡陋」。參看〈沈從文創作的思想價值論〉，收入王珞編《沈從文評說八十年》，頁353。

[22] 《《長河》·題記〉，《沈從文全集》第10卷，頁5。

[23] 〈習作選集代序〉，《沈從文全集》第9卷，頁2。

[24] 吳立昌有兩篇專文〈論沈從文筆下的人性美〉和〈論沈從文筆下的人性異化和人性

　　無庸諱言，沈從文在以湘西民族與文化為主題進行的寫作，都有人性的張揚和完美人格的追求。他在《邊城》的題記中，起首即開宗明言這種理想的實現：

　　　　對於農民與兵士，懷了不可言說的溫愛，這點感情在我一切作
　　　　品中，隨處都可以看出。我不隱諱這點感情。我生長於作品中
　　　　所寫到的那類小鄉城，我的祖父，父親以及兄弟，全列身軍
　　　　籍；死去的莫不在職業上死去，不死的也必灰的將在職務上終
　　　　其一生。就我所接觸的世界一面，來敘述他們的愛憎與哀樂，
　　　　即或這支筆如何笨拙，或尚不離題太遠。因為他們是正直的，
　　　　誠實的，生活有些方面極其偉大，有些方面又極平凡，性情有
　　　　些方面極其美麗，有些方面又極其瑣碎——我動手寫他們時，
　　　　為了使其更有人性，更近人情，自然便老老實實的寫下去。[25]

　　在沈從文的文學評論有形象比喻的運用，傳達了批評家對作品的感受，對作品作出判斷，進行美的再創造，使評論文本較有充分的藝術張力，引起聯想。誠然，他在評論文章中所表現的無非也是一種「人生的形式」，一種「優美，健康，自然而又不悖乎人性的人生形式。」[26]沈從文在〈論馮文炳〉一文中，甚為讚賞廢名作品對人性的勾勒：

　　　　作者的作品，是充滿了一切農村寂靜的美。差不多每篇都可以
　　　　看得到一個我們所熟悉的農民，在一個我們所生長的鄉村，如

────────────

惡〉系統的論述了沈從文作品中有關人性準則的分析。參看《文藝論叢》第17、
　　19輯。
[25] 《沈從文全集》第8卷，頁57。
[26] 同註20，頁5。

我們同樣生活過來那樣活到那片土地上。不但那農村少女動人
清朗的笑聲，那聰明的姿態，小小的一條河，一株孤零零長在
菜園一角的葵樹，我們可以從作品中接近，就是那略帶牛糞
氣味與略帶稻草氣味的鄉村空氣，也是彷彿把書拿來就可以
嗅出的。作者所顯示的神奇，是靜中的動，與平凡的人性的
美。……[27]

沈從文對於鄉土的書寫，有不少都是來自於過去特殊而豐富的生
活經驗，以清新的文字呈現湘西地域的鄉土風情。在他的文學世界
裡，有著他所熟悉的鄉土社會中形形色色的小人物，包括忠厚老實的
農民、仗義正直的軍人、藝高膽大的土匪、漂泊不定的水手、吊腳樓
上多情的妓女、命運多舛的童養媳、善良的寡婦……等，於湘西美麗
的山光水色中，發掘這些人生命中的莊重和堅忍(這也是京派作家共
通的特質之一，不過在沈從文筆下表現地更為鮮明)，娓娓細訴他們
生命不可承受之重。

三　神在生命中

沈從文對於自己的創作生涯曾經概括在他稱之為三次「改業」的
試驗用筆，即小說創作、古文物研究和五言詩的革命化[28]。畢竟，學

---

[27] 《沈從文全集》第16卷，頁146。

[28] 沈從文在七十年代分別寫給張兆和和蕭乾的書信提到過寫作五言詩的嘗試。在給
前者的信中說：「……近乎第三次改業準備，寫的些帶試探性五言詩，如《井岡山
清晨》和《紅衛星上天》，對我自己言，也算得是一種紀錄，此後即不會為多數理
解，卻會有一天選到什麼新詩歌教材中去代表一格，因為一比較即可知道，不僅近
五十年未有人這麼來寫新詩，以後也更不會有人這麼準備充分來寫詩了。……」而
給後者的信更是明言以試探的態度去寫詩：「……因此又寫了些詩，試圖在『七言
說唱文』和『三字經』之間，用五言舊體表現新認識，不問成敗得失，先用個試探

術研究並不是沈從文的專業,而他為人所熟知的學術專業是有關新詩的發展和對當時文人發表的新詩的獨特看法[29]。

馮至(1905～1993)在〈詩的呼喚〉一文中說:「從文經歷了六七年風雲變幻的歲月,描繪了故鄉的風土人情,潛心研究並欣賞祖國的文物美術,他前半生的文學創作以及後半生的學術論著都洋溢著他的微笑,他之所以能夠如此,是由於他永遠保持童心,他的『赤子之心』願人世充滿崇高理想。」[30]

「美」和「愛」是沈從文從事寫作的動力。如果說他的文學創作是描寫愛來表現美的話,他的文學評論則是發現美,創造美來表達愛──愛文學、愛人生、愛一切善良而美好的天性。沈從文說:「我們生活若還有所謂美處可言,只是把生命如何應用到正確方向上去,不逃避人類一切向上的責任。組織的美、秩序的美,才是人生的美!生命可尊敬處同可讚賞處,全在它魄力的驚人。」[31]他稱「美和愛」,為「神」或「宗教」,並認為生命永生和文學藝術都源於人類的「愛」,「一個人過於愛有生一切時,必因為在一切有生中發現了『美』,亦即發現了『神』。」生命之最高意義,即「神在生命中」的

態度去實踐,看能不能把文白新舊差距縮短,產生點什麼有新意思的東西。……」見《沈從文全集》第22卷,頁377,381。

[29] 沈從文於1930年上半年在中國公學曾講授以新詩發展為內容的「新文學」課程,其後任暑期課程時又教新詩。7月中旬在致王際真信中寫道:「這次一定把講義好好編過寄來給你。」9月,應聘到武漢大學任教,11月又在信中告訴王際真,為他寄了「一點論文講義,那個講義若是你用它教書倒很好,因為關於論中國新詩的,我做得比他們公平一點。」《新文學研究》講義,原由武漢大學印行,據《沈從文全集》編者記載,前半部是編選以供學子參考閱讀的新詩分類引例,後半部是沈從文六篇談新詩的論文。這六篇詩論文章,於講義印後兩年間,分別在報刊發表,1934年其中三篇收入沈從文的文論專集《沫沫集》出版。

[30] 收入在馮至著,柯靈、范泉主編《文壇邊緣隨筆》,上海:上海書店出版社,1995年8月,頁112。

[31] 〈《小說月刊》卷頭語〉第1卷第3期,《沈從文全集》第16卷,頁422。

認識。他把神和宗教分開，認為「惟宗教與金錢，或歸納，或消蝕，已令多數人生活下來逐漸都變成庸俗呆笨，了無趣味。」而「神的解體」卻帶來「世上多斗方名士，多假道學，多蜻蜓點水的生活法，多情感被閹割的人生觀，多閹宦情緒，多無根傳說。」[32]

在他視一切文學藝術為美和愛，生命最高意義實現為神時，他其實是將對湘西的敘說志業，將依違於神話與歷史之間所煥發幽邃的湘西視景，一方幻化為萬千讀者心嚮往之的文學「故鄉」，一方以平淡謹約的文字掩蓋他浪漫激進的寫作姿態[33]。

沈從文追求這種「神在生命中」高度體現在文學藝術，「形成生命另外一種存在和延續，通過長長的時間，通過遙遠的空間，讓另外一時另一地生存的人，彼此生命流注，無有阻隔。」[34]所以，他對文學有的信仰，需要的是這點屬於宗教神聖性和莊嚴性的宗教情緒。他在告戒讀者的信中，談及「寫作一支筆常常不免把作者帶入宗教信徒和思想家領域去，每到擱筆時衰弱的心中必常常若有一種悲憫情緒流注，正如一個宗教信徒或一個思想家臨死前所感到的沉靜嚴肅。並且明白了幸而是寫小說，無節制的大規浪費，才能把儲蓄積壓的觀念經驗慢慢耗盡，生命取得平衡。」他的創作就是為了不斷尋找通向「美和愛」的新宗教精神。[35]

---

[32] 〈美與愛〉，《沈從文全集》第17卷，頁360、361。

[33] 王德威以沈從文這種現代原鄉敘述是最重要和最應引起的貢獻，認為他企圖要在湘西不毛之地上，編織出歷史的網絡。從兩千年前屈原孤憤悲歌的路線，東漢馬援南征的遺址、沅水中游的伏波宮來由、厢子岩的崖葬木棺之謎、白河岸邊的立約銅柱、鳳凰縣山間的古堡等，無不訴說著湘西與外界接觸來往的血淚點滴。〈原鄉神話的追逐者〉收入在《想像中國的方法》，北京：生活·讀書·新知三聯書店，1998年，頁228。

[34] 〈抽象的抒情〉，《沈從文全集》第16卷，頁527。

[35] 〈談文學的生命投資〉，《沈從文全集》第17卷，頁459。

　　沈從文在〈《斷虹》引言〉中提到要以這個故事的處理方式,企圖將人事間的鄙陋猥瑣與背景中的莊嚴華麗相結合,而達到一種藝術上的純粹。他深切感受到自然景物的敏慧和細膩設計,是邊民宗教熱忱的由來。相信由皈依自然而重自然,即是邊民宗教信仰的本旨,因此,他寄予這個故事給人的印象,不能避免的要接近一種風景畫集成,而人在這個背景凸出,但終無從與自然分離[36]。一切都以人事來作說明,來寫二十世紀新的經典,自然而然超越了普通人習慣中的心與眼,有助於認識一切現象,解釋一切現象。由於我們的無知,一切奇蹟都出於神,新的奇蹟出於人,國家重建社會重造全在乎人的意志[37]。沈從文是堅持這樣的信念的。

　　沈從文在寫《中國小說史》[38]的時候,曾認為屈原寫山鬼、寫湘夫人,具有小說或戲劇的風格,比莊、列二子在描寫上更能深入,使後人從他的作品上得到「神的人性」的解釋。山鬼、湘君、湘夫人之間或佇山之阿,或倚水之唇,是山水間的靈氣和精魂,被屈原描繪成山神、水神、河神,因此她們都有著一種冶艷、清麗、憂鬱之美。沈從文欣賞的是屈原寫的神話有這種「神的人性」。而「神的人性」更牽涉到他與楚文化的淵源。沈從文曾說他之從事寫作,與水很有關係:「在我一個自傳裡,我曾經提到過水給我極深的印象,簷溜,小小的河流,汪洋萬頃的大海,莫不對我有過極大的幫助。」不只一次說過,對他真勾魂的還是湘西那幾條河。如他所說:「我生長於鳳凰

---

[36] 《沈從文全集》第16卷,頁340。

[37] 〈學習寫作〉,《沈從文全集》第17卷,頁332。

[38] 《中國小說史》是沈從文與孫俍工(1894～1962)合著。全書包括緒論、第一講是神話傳說、第二講是漢代的小說、第三講是魏晉南北朝的小說、第四講是唐代的小說、第五講是宋代的小說、第六講是元代的小說、第七講是明代的小說、第八講是清代的小說。其中,緒論與第一講的神話傳說為沈從文所著,第二講至第八講為孫俍工所著。原上海暨南大學出版社1930年出版,現收入《沈從文全集》第16卷。

縣，十四歲後在沅水流域上下千里各個地方大約住過七年，我的青年人生教育恰如在這條水上畢業。」他對一瀉千里的長江和而汪洋無涯的渤海，以及古城裡的三海、頤和園裡的昆明湖，他都有無數次的書寫經驗。可見他的魂魄，時刻都仍朝向三閭大夫屈原遨遊過的沅水和辰河，那裡是沈從文日夜思念的鄉土情結，是生命的搖籃，是文思和靈感不盡的寶藏。

楚文化流傳源遠流長，具有成熟的一面，然在沈從文作品中承繼了楚文化的特色，仍有屈原、宋玉作品的風格特色。若從屈原愛國志士、鬱鬱不得志、悲憤的一面看，或在沈從文處不易見得，但在他描寫「湘西」的作品中，其對「鄉土」的細緻描寫和款款情意，卻可以說與屈原非常相似。楚人的精神生活散發的濃烈神秘氣息，對於曾生活在其中的世界，他們感到的是又熟悉又陌生、又親近又疏遠。天與地之間，神鬼與人之間，山川與人之間，乃至禽獸與人之間，都有某種奇特的聯繫，似乎不難洞悉，實際不可思議。在生存鬥爭中，他們有近乎全知的導師，這就是巫。早期巫師皆由年老者為之，且保持高度神秘感，後有傳授於子，始有較年輕的巫師。知識是他們崇高社會地位的保障因素，為保持地位，誓死將知識保密，形成神秘感，並以神之代理者自居。

巫師文化開始影響於長江流域，因此，沈從文對長江的感情也對這具有神秘色彩、渲染原始氣氛的楚文化特色深深吸引。關於鬼神的態度，殷人沉溺於鬼神，周人消極對待楚人事鬼神並不是沈從文所關心的。在他的作品中應注應的是有深厚命運支配意識，較具有人情味的崇拜，輾轉流傳到湘西形成濃厚的地方色彩的人和事的一種文化氛圍。如描寫湘西的女性，有所謂落洞的說法。就是圍繞在湘西一帶，廟洞、祠、石、樹等，都以為有神，對象是以十六、七歲始至廿五歲以下的女子為主。這些女子若適齡或未婚，常自以為會有神來求愛，

日日盼望以至消廋病逝，稱落洞。

　　另外，遊俠尚武功，亦為楚文化的特色，先秦遊俠的行蹤，如《史記》中之朱家、郭解行俠仗義，這種精神為湘西人所承繼，沈從文作品中所描寫一些瀟灑性格的士兵或船夫，都具有遊俠精神。尚武──有言「無湘不成軍」，這是湘西或湖南人勇敢戰鬥的表現。沈從文在充滿尚武精神的家庭下成長，也經歷了軍隊行旅的生活，曾有一段時期希望從「武功」中建立地位和聲望，可說是楚文化遺留下來的尚武精神。至於審美觀念下楚人行事的美感，尤如屈原筆下的「山鬼」並不恐怖，而是一個美麗故事交織而成；宋玉描寫的女鬼亦為一個美麗的神女，這又是獨具一格的審美張力。

　　筆者以為在沈從文敘寫《中國小說史》前後，也培養了他對巫文化的興趣。在1931年，沈從文曾寫了一封信給王際真[39]，信中有這樣一句話：「近日來在研究一種無用東西，就是中國在儒、道二教之前，支配我們中國的觀念與信仰的巫，如何存在，如何發展，從有史以至於今，關於它的源流、變化，同到在一切情形下的儀式，作一種系統的研究。」[40]正如沈從文在《湘西》中描述的那樣，他所浸潤的楚文化是一個充滿想像的天地，各種鬼怪精靈充斥其間，與人類共存的時空。

　　在沈從文的文學創作中，似乎對於神話、神性或與巫、鬼的敘述有特殊的見解。1928年的短篇小說《山鬼》[41]為例，故事講述一個癲子是個乾淨、平和的精神病者，他還特別富有山歌、傀儡戲和手工藝方面的天賦。沈從文在山鬼故事中不遺餘力地強調癲狂與清醒之間的微妙關係。顯然沈從文對筆下的精神病症有一種神秘的沉醉之情，這

39　王際真，翻譯家，是經徐志摩介紹相熟的文學朋友，當時剛赴美國。

40　〈致王際真〉，《沈從文全集》第18卷，頁151。

41　屈原《九歌》的第九章題為《山鬼》。但「山鬼」是一個居住在山間的女鬼。

可能源於他對楚文化的向往[42]。敘述者通過他弟弟和母親驚異的眼神來看癲子，平靜地寫出他們的憂慮。沈從文後來沒有深刻的鑽研巫文化，不過卻在創作小說的時候，融入他對神話的嚮往和宗教的觀念，顯示湘西自然生命的精神本質。夏志清以為誠然沈從文沒有提出任何超自然的新秩序，他只肯定了神話的想像力的重要性，並且認為是使我們在現代社會中，唯一能夠保全生命完整的力量[43]。

　　沈從文在〈《鳳子》題記〉中指出想用這部鄉土抒情詩的作品，「來替他所見的這個民族較高的智慧，完美的品德，以及其特殊社會組織，試作一種善意的紀錄。」[44]這部中篇小說的前九章完成於1932年，第十章〈神之再現──鳳子之十〉寫於1937年，從主人翁看完湘西社會的迎神儀式後的一番言詞，可了解沈從文凝思五年，如何從《九歌》取得靈感和邊地民俗相結合，探索原始宗教神性的淵源。

> ……在哲學觀念上，我認為神之一字在人生方面雖有它的意
> 義，但它已成歷史的，已給都市文明弄下流，不必需存在，不
> 能夠存在了。在都市裡它竟可說是虛偽的象徵，保護人類的愚
> 昧，遮飾人類的殘忍，更從而增加人類的醜惡。但看看剛才的
> 儀式，我才明白神之存在，依然如故。不過它的莊嚴和美麗，
> 是需要某種條件的，這條件就是人生情感的素樸，觀念的單
> 純，以及環境的牧歌性。神仰賴這種條件方能產生，方能增加

---

[42] 楚文化饒富各種歌賦舞樂、儀式傳說，是富有多樣詩意想像和宗教儀式的世界。當沈從文搜尋小說素村時，得自然的，那些山嶺岩洞的幽暗意象、鬼魅似的人物和難以索解的文化禮俗便悄然襲上的他的心頭。參看王德威著〈批判的抒情〉，《現代中國小說十講》，上海：復旦大學出版社，2003年，頁152。

[43] 參看夏志清著，劉紹銘譯，《中國現代小說史》，香港：友聯出版社，1979年，頁161。

[44] 《沈從文全集》第7卷，頁79。

人生的美麗。缺少了這些條件，神就滅亡。我剛才看到的並不是什麼敬神謝神，完全是一出好戲；一齣不可形容不可描繪的好戲。是詩和戲劇音樂的源泉，它的本身。聲音顏色光影的交錯，織就一片雲錦，神就存在於全體。在那光景中我儼然見到了你們那個神。我心想，這是一種如何奇蹟！我現在才明白你口中不離神的理由。你有理由。我現在才明白為什麼二千前中國會產生一個屈原，寫出那麼一些美麗神奇的詩歌，原來他不過是一個來到這地方的風景紀錄人罷了。屈原雖死了兩千年，《九歌》的本事還依然如故。若有人好事，我相信還可從這口古井中，汲取新鮮透明的泉水！[45]

《九歌》的原始形態是以民間口頭文學的形式依憑於沅湘之間的宗教巫風的，沈從文認為屈原著名的《九歌》，原本就是從那古代酬神歌曲衍化出來的。本來的神曲，卻依舊還保留在這地區老歌師和年輕女歌手的口頭傳述中[46]。當中在娛神歌舞戲劇中展示神神相戀或人神相戀的淒麗故事，是楚國原始巫術之遺風，為屈原創作準備了一份豐厚的情感資源。王逸《楚辭章句》：「楚國南部之邑，沅湘之間，其俗信鬼而好祠，其祠必作歌樂舞，以樂諸神。屈原見俗人祭祀之禮，歌舞之樂，其詞鄙俚，因為作《九歌》之曲。」而整個屈騷，正是人與神感情的提升。沈從文的〈神巫之愛〉就是從沅湘邊地的三苗巫文化的遺風中汲取古井泉水的。而他基本認為屈原對神話的貢獻是他把神話美化與人化。

---

[45] 〈鳳子〉，《沈從文全集》第7卷，頁163。

[46] 見〈湘西苗族的藝術〉，收入《花花朵朵 壇壇罐罐──沈從文談藝術與文物》，南京，江蘇美術出版社，2002年，頁182。

四　《中國小說史》神話與史家、方士、諸子的論述

　　所謂歷史與神話的區別並不在形式，而在內容和目的。沈從文認為神話的內容，乃「初民揉雜了事實同迷信兩種成分而成立的傳說」，而歷史，是「中國的上古史。其實中國上古史同神話並沒有是兩樣東西。就是到中古，也仍然只可以說是一種神話的複述，或沿神話而創作的史錄。」到後來由簡單文字記下，目的為經史家修飭成為新史的一頁。例如司馬遷於《史記》中記載黃帝的事蹟，企圖以年代湮遠，論者不一，只選比較記述典雅的一些由史寫成篇章，而以「不離古文」的說法，就是正合於儒家從神話中把三皇五帝創作成為理想中的君王標準的宗旨。至於有史以後又因什麼還有神話傳述？第一是雖有了皇帝，以及為皇帝作史的史官，一般人還是對於天空、人事有許多不明白的地方。第二是為人類的好奇[47]。畢竟，人們仍然對自然有種神秘的疑惑，仍然必須要依靠自然的因素解釋人事，而這無疑牽涉到與神話關係頗為密切的卜筮之說。方術之士的存在對神話流傳的影響深遠，沈從文甚至認為「卜筮為成於人類最愚昧的時代，人對於神有一種信仰，對於天地日月星辰風雨有一種傾倒的時代，先君王存在為人類首領的即是懂卜筮的人。」[48]

　　其時，胡適（1891～1962）於1930年發表的《中古思想史長編》裡曾提到過記漢武帝的宗教，不可不連帶敘述「巫蠱」的大案子，因為那件案子最可以描寫這個帝國宗教在當時的現實生活上發生怎樣重大的影響[49]。皇室敬天祭祀，皇帝祈求長生不死，必求神問卜以達心

---

[47]　見〈中國小說史〉，收入《沈從文全集》第16卷，頁10、11。

[48]　見〈中國小說史〉，收入《沈從文全集》第16卷，頁50。

[49]　參胡頌平編著，《胡適之先生年譜長編初稿(三)》，台北市：聯經出版，民國73

安理得，而無可否認的是從事此行業者的重要性。沈從文在轉業以後專治文物的文章裡，也坦承表示其存在：

> 最早式樣的形成，或在漢武帝時，反映於一個小小青銅戈戟附件上，用金銀錯法表現仙人駕芝蓋白鹿車於雲中奔馳，正與漢樂府詩：「仙人駕白鹿」相合。這個美術品，目下雖陳列於故宮博物院戰國藝術館柜子中，事實上，它是在河北懷安西漢五鹿充墓中出土物，很可能還是武帝東封泰山求長生不死，或文成五利在長安齋宮壽宮作法事，武帝隨從執戟郎官手中物。[50]

　　小說性質寓言記異，性質與神話不同，但經史家所採用的，已逐漸遠離了神仙傳奇，與詩一樣向「史」靠攏，沈從文認為「文字發達固然使神話毀滅，但文字進步也是使小說脫離了神話述異，另外新闢一寫實的道路機會，小說因得了這種機會，才擺脫了傳說而獨立。」[51]沈從文指出小說內容沒有神話的成分，加上文字的普遍化，使小說擺脫神話的束縛，以寫實姿態出現，邁向發達。以漢人小說中「如題為東方朔撰的《神異經》、《海內十洲記》等等，如題為班固撰的《漢武故事》、《漢武內傳》等等，我們既有一種疑惑是出於後人的依托，不甚相信，可是從《漢書》的「列傳」去找尋，很有些人物是完全當寫實小說而寫成的。雖然傳記的起始還應當上溯到《史記》，再上溯到《國語》與諸子，反於「史」字的「信」，其來源正不後於神話故事成立多久。下而至於《西京雜記》，至《世說新語》，神則已完全獨立，小說也獨立一隅不再倚賴神話了。至於唐以後的鬼神

年，頁900。

[50] 〈試釋『長檐車、高齒屐、斑絲隱囊、棋子方褥』〉，收入《花花朵朵 壇壇罐罐──沈從文談藝術與文物》，頁70。

[51] 見〈中國小說史〉，收入《沈從文全集》第16卷，頁17。

小說，其所據當然已為漢時文人、方士、皇帝所構成的鬼神，不再是《山海經》的古傳說了。[52]

　　沈從文在《中國小說史》中認為諸子中的貢獻最有功績的是列子同莊子，史中最有功績的是左丘明，文學家是屈原以及屬於屈原一類的宋玉一流。列子是一個創作家，莊子是一個借用神話而用創作形式表現他思想的作家，屈原之徒是因為政治得失成了病態的傾心於神話的瘋子。他們都用文字自由抒寫打破了文字為史家專利的習氣，而又與神話傳說有密切關係的。在詩中，人的戀愛情緒只是對於人的，由屈原的出現才將自己滿腹怨懟以肆無忌憚的情緒訴諸於神的獨戀的煎迫哀訴。屈原的表現技術雖多屬於詩的形式，但他那病態的憂鬱，以至於想從神的援手達到自我滿足的意識，是一個可同情的創作意識。他們所說的神靈才是原始的神靈，當中缺少方士的一切氣息[53]。

　　沈從文認為神話傳說多產的原因，是因為方士承傳自然神話的作用兼且加諸的各種變化[54]：

　　　　在漢時若文人不弄筆墨，儒家的思想又能徹底排斥一切，恐怕中國傳說到今日就剩有盤古、三皇、五帝那一點點也是不可的。若能使一個民族真全無迷信，完全以孔教為依歸，自然也不是一件極壞的事。不過到了漢武帝，忽然對於神仙發生了興味。神仙的產生，雖然是神話傳說稍多，以後方士輩托道教老莊為護符，而以達到傳說的地方，而宣傳的一種騙術。最先受這騙的是秦始皇，再次就輪到了漢武。方士把神話又加以變

52　見〈中國小說史〉，收入《沈從文全集》第16卷，頁17～18。

53　見〈中國小說史〉，收入《沈從文全集》第16卷，頁18。

54　沈從文認為神話傳說的保留、損失與變化，除了儒家思想，其他還有文字發達、仙人得勢和佛教的傳入。見〈中國小說史〉，收入《沈從文全集》第16卷，頁14。

化，古傳說西王母這個人物漸成為文士向慕君主單戀的一種東西，於是傳說的變化以後還保留的就只是西王母，其他完全失去了。鬼在周屬王只一見的，在秦時就漸多，至於漢，更多了。鬼為神話傳說一支脈，六朝、唐、宋以後的小說，是有三分二以上用鬼這一個概念作根據而寫成的。[55]

《山海經》之類方志富於史傳的紀實性與文化的象徵性，但出之方士之手，難免有功利目的，其性質流於邪魔，畢竟間接表現原始巫術文化的自然神話本色。屈原和《楚辭》，它的神話體系和文化精神的本質不屬神話，是詩人給予審美與道德含意的永恆載體。

同時，於記載神仙方士最的材料，當推《史記》中的封禪書[56]，而漢代部分工藝圖案花紋，確實多和當時神話傳統有一定聯繫，而與神的牽引不能脫離關係。沈從文指出：「《史記·封禪書》等記載東海上有三神山，上有白色鳥獸和仙人一道遊息同處，長生不死，通過藝術家想像，因此不僅反映在當時銅、陶製博山香爐和酒樽等器物上作為裝飾，同時還廣泛使用到一般石、漆、銅、木的雕刻裝飾紋樣上，絲繡也多採用這個主題，作成各種不同發展。……」無疑，當時藝術家的想像豐富，通過神話色彩而創製高水準的藝術品。

神話在諸子手中成為各種不同意義上「自我調劑」的東西，這與史家對於神話的態度基本相同。沈從文以為神話本來是「與史相衝突與人類實際知識也相衝突的一種東西，它之成為佐史輔論的材料，

---

55 同上書。

56 聞一多在〈論《楚辭》〉的文章中另外還提到《始皇本紀》和《漢書·武帝本紀》也有記載神仙方士的材料。他還說：「試加分析，考其中有名的方士，韓、趙、魏各一人，燕六人、齊二人，以燕國方士為最多，這是始皇以前的情況，至漢武帝時，方士就全是齊人了。」參看鄭臨川記錄，徐希平整理《笳吹弦誦傳薪錄——聞一多、羅庸論中國古典文學》，2002年12月，頁48。

應歸功於諸子之前或同時各類「斗方名士」的紀錄與保存。「方技術數，與史無關的，書即出於魏晉，在文字上彷彿很有許多最古傳說，在許多書上還可找出一些證據。古醫書同古兵法，其中才正有不少最原始的傳說在。以人與神相貫通，人間較有名望的人與出奇的大事與星辰日月天道有關，這話是先在方技者流口中說來說去成為一種真理，以後史家才會記述的。」[57]諸子創作神話來源於方術技士，方術者流稱「雜家」，《隋書・經籍志》釋雜家為「兼儒墨之道，通眾家之意……放者為之，不求其本，材少而多學，言非而博」。[58]

　　沈從文在多年以後發表的〈古代鏡子的藝術〉一文中[59]，集中談到方士對工藝品的影響和漢代文物神巫的考證，貫通所謂巫的說法：

> ……正如漢代一般工藝圖案相似，在發展中起始見出神仙方士思想的侵入。……特別引人注意的是西王母東王公車馬神像鏡，銅質精美，西王母蓬髮戴勝，儀態端莊，旁有玉女侍立，間有仙人六博及毛民羽人暨蜻蜓表演雜技。……這種鏡子浙江紹興一帶出現最多，為研究漢代西王母傳說流行時代和越巫關係問題，提供了重要線索。[60]

　　方士源於巫術文化傳統，承傳自然神話的精神，展示自然神話的作用。諸子和史家發揮神話體系，藉以啟迪道德社會，利用神話精神奠基文化和歷史。

　　汪曾祺（1920～1997）在〈沈從文轉業之謎〉文章中曾提及沈從文在文物研究上是「能把抒情氣質和科學條理完美地結合起來，搞

57　見〈中國小說史〉，收入《沈從文全集》第16卷，頁50。

58　見〈中國小說史〉，收入《沈從文全集》第16卷，頁51。

59　原載1958年發表的《唐宋銅鏡》一書題記。

60　收入《花花朵朵 壇壇罐罐──沈從文談藝術與文物》，頁44。

出了成績」的一個文物研家。他認為沈氏「愛國愛民，始終如一，只是改變了一下工作方式」[61]。從內容到形式，從思想到表現方法，乃至造句修辭，都有他自己的一套方法[62]。從小說創作到古文物考察一路走來，這無疑是對沈從文事業最公正的看法。

確實，不僅只是小說，就算是治文物，都有沈從文一貫的主張，「凡是有健康生命所在處，和求個體及群體生存一樣，都必然有偉大文學藝術產生存在，反映生命的發展、變化、矛盾，以及無可奈何的毀滅。」[63]因此，對於神話的傳奇性，沈從文寄予一種特別關注的視角，或者除了神話裡具有他所說的健康生命的存在外，也使他對於歷史的考究加上一層淡淡的神秘色彩。確切的說，中國社會和文化有一份屬於自己的更為隱蔽的歷史，這就是文學領域中自然情感文化的起伏跌宕，實際上這營造了一股屬於沈從文自己獨異的看待神話與歷史、小說的眼光。「神話是幫助我們發現內在自我的線索」[64]，也加深了沈從文在《中國小說史》中對歷代典籍裡的神話傳說的認識。

第二節　文學與道德

一　海派文學：對商業化文學的界定

沈從文在 1930 年的〈現代中國文學小感想〉一文中就已指出由

---

[61] 收入《花花朵朵 壇壇罐罐──沈從文談藝術與文物》，頁3。

[62] 見〈與友人談沈從文〉，收入《晚翠文談新編》，北京：三聯書店，2002年，頁164。

[63] 〈抽象的抒情〉，收入《花花朵朵 壇壇罐罐──沈從文談藝術與文物》，頁21。

[64] 喬瑟夫・坎伯（Joseph Cambell）、莫比爾（Bill Mayers）著，朱侃如譯《神話》（*The Power of Myth*），台北：立緒文化事業有限公司，民國86年，頁7。

於商業競爭，支配了許多人的興味，轉換中國文學方向，並使之熱鬧的人為因素，進而說到在上海，文學方向轉換的背景實際上是出版界的商業競爭。他對「海派文學作風」大加批評，鄙薄都市趣味的新海派作者。在1931年發表的〈窄而霉齋閑話〉文章中，從詩歌創作的變化角度闡述了「京派」文學與「海派」文學的看法。他認為「京派」文學是「人生文學」，「海派」文學是「浪漫文學」，前者已「不能流行」，後者也使人「厭倦」。因此，他建議重新把「人生文學」叫出來，以便創作出好的作品。對「海派」作家「卻太富於上海商人沾沾自喜的習氣」，堅持這種「應當有那麼一批人，注重文學的功利主義，卻並不混合到商人市儈賺錢蝕本的糾紛裡去。」[65]的反感態度。至到他發表通篇無「海派」字樣的〈文學者的態度〉文章後，「海派」一詞旋即激起文壇上的軒然大波，「京派」與「海派」之文學論爭隨之展開。[66]

　　在〈文學者的態度〉一文，沈從文實際是把「一種玩票白相的神氣，或作官的不如意，才執筆雕飾文字，有所抒寫，或良辰佳節，湊興幫閑，才作所謂吮毫樸素的事業。」的寫作態度貶為非文學態度的。之後他寫的〈論「海派」〉、〈關於「海派」〉等文章，毫不客氣的說：「『海派』這個名詞，因為它承襲了一個帶點兒歷史性的惡意，一般人對於這個名詞缺少尊敬是很顯然的。過去的『海派』與『禮拜六派』不能分開。那是一樣東西的兩種稱呼。『名士才情』與『商業競賣』相結合，便成立了吾人今日對於海派這個名詞的概

65　《沈從文全集》第17卷，頁38。

66　沈從文對「海派」的清算和討伐，態度是偏頗的，這從他一味指摘「海派」，而卻少談及「京派」所存在的問題，可見一斑。而魯迅在發表的一篇〈「京派」與「海派」〉文章中，精闢地揭示了「京派」與「海派」的特點和本質，並且糾正了沈從文的只批評「海派」的偏頗。參看劉炎生著，《中國現代文學論爭史》，廣州：廣東人民出版社，1999年12月，頁374。

念。」[67]並給他們一個「投機取巧」與「見風轉舵」的商業化才子的界定。

周作人寫於1930年的一篇〈上海氣〉文章,態度已見嚴峻,他奚落上海文化是「買辦流氓與妓女的文化,壓根兒沒有一點理性與風致。這個上海精神便成為一種上海氣,流布到各處去,造成許多可厭的上海氣的東西,文章也是其一。」[68]周作人曾不無調侃的自稱心裡潛伏著「紳士鬼」與「流氓鬼」。這種不尊重的文化批評態度,對上海氣的鄙夷,顯然是「流氓鬼」的表現。而沈從文對爭論對象作具體批評,明顯採用「紳士鬼」的態度,這位「京派」年輕理論家帶有明清帝都的古樸之風,以寧靜、恬適和隨和的風度周旋在爭論過程中,彷彿一位諄諄善誘的教師爺在規勸著一個調皮促狹的學生,彷彿一位眉宇清明的藝術之神諦視著騷動紛亂的人世間[69]。

沈從文正是以這種雅靜的風度,對所厭惡文化領域內的職業化、商業化潮流,掀起具有推波助瀾的言詞:「妨害新文學健康處,使文學本身軟弱無力,使社會上一般人對於文學失去它必需的認識,且常歪曲文學的意義,又使若干擬從事於文學的青年,不知務實努力,以為名士可慕,不努力寫作卻先去做作家,便皆為這種海派的風氣作祟。」[70]他不無尖銳地認為「裝模作樣的名士才情」與「不正當的商業競賣」兩種勢力相合,形成這種人中的一部分者「從官方拿點錢吃吃喝喝,造點謠言,與為自己宣傳宣傳,或掠取旁人文章,作為自己作品,生活還感覺過於寂寞,便去同有勢力者相勾結,作出如現在上海

67 〈論『海派』〉,《沈從文全集》第17卷,頁54。

68 楊揚編,《周作人批評文集》,廣東:珠海出版社,1998年,頁185。

69 參看楊義著,郭曉鴻輯圖,《京派海派綜論》(圖志本),北京:中國社會科學出版社,2003年,頁56。

70 同註42,頁58。

一隅的情形：或假藉維持社會秩序的名義，檢查到一切雜誌與副刊，迫害到一切正當獨立作者的生活，或想方設法壓迫正當商人，必作成把書店刊物封閉接收的趨勢。假若照某君所說，這種人由於力圖生存，應有可同情處，我以為必應當明白這種人對於妨礙這個民族文化的進展上，已作過了多少討厭事情，且還有些人，又正在作些什麼樣討厭事情，方至於誤用我們的同情。」[71]

二　鄉下人的道德觀

　　沈從文原來早已對五四時期的「人生文學」心存嚮往，他在〈窄而霉齋閑話〉中寫道：「『京樣』的『人生文學』，提倡自於北京，而支配過一時節國內詩歌的興味，詩人以一個紳士或蕩子的閑暇心情，窺覷寬泛的地上人事，平庸，愚魯，狡猾，自私，一切現象使詩人生悲憫的心，寫出不公平的抗議，雖文字翻新，形式不同，然而基本的人道觀念，以及抗議所取的手段，仍儼然是一千年來的老派頭，所以老杜的詩歌，在精神上當時還為諸詩人崇拜取法的詩歌。但當前諸人，信心堅固，願力宏偉，棄絕辭藻，力取樸質，故人生文學這名詞，卻使人聯想到一個光明的希望。」[72]

　　沈從文在繼承「人生文學」這一觀念，更加強調了人性中對於動物性生存層次的鄙視，尤其是在涉及文學工作的時候，他認為某些作家寫作，其動機是獲得多數讀者，一方面可以藉此「抵補作者人格的自卑情緒，增加他的自高情緒」，使他覺得生命得到穩定，「活下來，有意義」；因此，他清楚知道「一個作家有意放棄多數，離開多

---

[71] 〈關於『海派』〉，《沈從文全集》第17卷，頁60。
[72] 《沈從文全集》第17卷，頁37。

數，也可以說不僅是違反流行習慣，還近於違反動物原則了。」[73]

誠然，沈從文設法將這種不能解脫動物本能層次生活的意識，儘可能排斥在他的意識中，所以，他認為唯有寫作這樣一種社會的過濾器，是出於一種生命永生的渴求，就正如心理學家弗洛姆（Erich Fromm 1900～1980）所說的：「社會過濾器使一種經驗很難或者根本不可能進入意識中，語言和邏輯學是這種社會過濾器的兩個組成部分，第三部分是最重要的，因為這一部分不允許某些感覺成為意識，即使這種感覺已進入意識領域，它也要使這些感覺脫離這個領域。第三部分是由社會的禁忌組成的。這些社會的禁忌宣佈某些思想和感覺是不合適的、被禁止的、危險的，並且阻止這些思想和感覺達到意識這個層次。」[74]

然而，動物性生存層次雖說不是社會禁忌的組成，但這裡想強調的是沈從文意欲透過寫作，阻止動物性本能層次思想和感覺進入意識領域。且寫作這「永生的欲望」對沈從文而言始終是產生於生命的痛苦之中的：「我們人類知識到達某種程度時，能稍稍離開日常生活中的哀樂得失而單獨構想，就必然會覺得生命受自然限制，生活受社會

---

[73] 〈小說作者與讀者〉，《沈從文全集》第12卷，頁70。

[74] 為了說明這個問題，弗洛姆舉了個例子：「在一個鬥士的部落裡，這個部落的成員靠廝殺和搶劫別的部落的成員來謀生，然而，有一個人厭惡廝殺和搶劫。不過這個人不可能意識到這種感覺，因為這種感覺是與整個部落不相容的；意識到這種不相容的感覺就意味著具有被徹底隔離和放逐的危險。因此，這個具有憎惡這一感覺經驗的人或許產生如嘔吐這種身心疾病的症狀，而不讓這種憎惡感進入他的意識中。在一個充滿和平的農業部落的成員中，情況則恰恰相反，這個人具有外出殺害和搶劫別的部落成員們的慾望。或許他也不讓自己意識到自己的這些慾望，而產生了這樣一種症狀──也許是強烈的恐懼。」參看弗洛姆著《在幻想鎖鏈的彼岸》第九章，轉引自李鈞主編《二十世紀西方美學經典文本》第三卷（結構與解放）〔一、新馬克思主義和後期法蘭克福學派──埃里希·弗洛姆〕，上海：復旦大學出版社，2001年，頁92。

限制，理想受肉體限制。」他對生命的痛苦顯然有深刻的體會：「任
何人對死亡想要逃避，勢不可能。任何人對社會習慣有所否認，對生
活想要衝破藩籬，與事實面對，也不免要被無情事實打倒。個人理想
雖純潔崇高，然而附於肉體的動物基本欲望，還不免把他弄得拖泥帶
水。生活在人與人相挨相撞的社會中，和多數人哺糟啜醨，已感覺夠
痛苦了，更何況有時連這種貼近地面的平庸生活，也變成可望而不可
及，有些人常常為社會所拋棄，所排斥，生活中竟只能有一點回憶，
或竟只能作一點極可憐的白日夢。」[75]

　　畢竟沈從文的態度是悲哀的，他感覺到「異常孤獨，鄉下人實在
太少了。」從1928年寫〈第二個狒狒〉始，在即將離開家鄉時，他就
覺得「一個人，孤孤單單，穿了一件吊鐘似的短衫，走到文廟前去看
號兵吹號玩的生活，是怎樣的一種生活！拿了副官長長長的牙骨煙
桿，那又是怎樣一種生活！然而，我在這類寂寞可傷的生活中，居然
長大起來了。把軍籍的名塗抹後，來到北京。」由於生活的痛苦，因
為窮的問題，挨餓求人也至少有數十次，從不能認真打算第二天的
事，也不能守著一個固定的目的，最感到淒涼的還是遭受一種錯誤的
輕蔑[76]。「我像是生來就只有為人輕視的機會的一個人，而誤解的愛憎
又把我困著，使我無機會作一個較清靜的人。……我除了存心走我一
條從幻想中達到人與美與愛的接觸的路，能使我到這世界上有氣力寂
寞的活下來，真沒有別的什麼可作了。已覺得實在生活中間感到人與
人精神相通的無望，又不能馬虎的活，又不能絕決的死，只從自己頭

---

[75]　同註48，頁71、72。

[76]　沈從文在此期間，曾寫下日記形式的《不死日記》，當中收有〈不死日記〉、〈中
　　年〉和〈善鍾裡的生活〉，內容圍繞在自慚形穢，窮困潦倒而發牢騷、懺悔的自敘
　　性文字。他於〈獻辭〉中記載這一時期的心情時，不無感慨的說：「我可以得著的
　　似乎只是因此而來的訕笑，我呆著，接受人所能給我的東西！」看《沈從文全集》
　　第3卷，頁399。

腦中建築一種世界，委託文字來保留，期待那一時代心與心的溝通，
倘若是先自認人生的糊塗是可憐，這超乎實生活的期待，也只有覺得
愈見其可憐吧。」[77]

　　李健吾在他的著名評論沈從文的文章〈《邊城》──沈從文先生
作〉裡較貼近的看到他的作品中流露出一種悲哀的情緒，他說：「作
者的人物雖說全部良善，本身卻含有悲劇的成分。惟其善良，我們才
更易於感到悲哀的分量。這種悲哀，不僅僅由於情節的演進，而是在
於帶在人物的氣質裡的。自然越是平靜，『自然人』越顯得悲哀：一
個更大的命運影罩住他們的生存。這幾乎是自然一個永久的原則：悲
哀。」[78]這種悲哀情緒，越來越表現在沈從文所關注的現實創作上。

　　雖然沈從文從中發掘出他特有的也並不缺少的個性美處，就是
以「鄉下人」自居，體現了對自然人性的精神歸屬，並通過寫故事方
法，帶點「保存原料」意味，凸現「五四」傳統的個性主義，主張一
種個人化的寫作。他在〈水雲〉中說：「我是個鄉下人，走向任何一
處照例都帶了一把尺，一把秤，和普通社會權量不合。一切臨近我命
運中的事物，我有我自己的尺寸和分量，來證實生命的價值與意義。
我討厭一般標準，尤其是偽『思想家』為扭曲壓扁人性而定下的庸俗
鄉愿標準。」[79]

> 在都市住上十年，我還是個鄉下人。第一件事，我就永遠不習
> 慣城裡人所習慣的道德的愉快，倫理的愉快。
> 曾經有人詢問我，「你為什麼要寫作？」
> 我告他說：「因為我活到這世界裡有所愛。美麗，清潔，智

---

[77] 〈《阿麗思中國游記》後序〉，《沈從文全集》第3卷，頁6。

[78] 劉西渭（李健吾）著，《咀華集》，北京：人民文學出版社，2001年，頁45。

[79] 《沈從文全集》第12卷，頁94。

慧，以及對全人類幸福的幻影，皆永遠覺得一種德性，也因此
永遠使我對它崇拜和傾心。這點情緒同宗教情緒完全一樣。這
點情緒促我來寫作，不斷的寫作，沒有壓倦，只因為我將在各
個作品各種形式裡，表現我對於這個道德的努力。……
朋友蕭乾……的每篇文章，第一個讀者幾乎全是我。他的文章
我除了覺得好，說不出別的意見。……至於他的為人，他的創
作態度呢，我認為只有一個『鄉下人』，才能那麼生氣勃勃勇
敢結實。我希望他永遠是鄉下人，不要相信天才，狂妄造作，
急於自見。應當養成擔負失敗的忍耐，在忍耐中產生他更完全
的作品。」[80]

進入三十年代後期，沈從文似乎越來越關注現實，「鄉下人」的
身分越來越走向淡漠，小說也越來越表現出對現實的憤慨，一向用來
表達對理想「健康、優美、自然而又不悖乎人性的人生形式」的湘西
主題小說，這種憤慨也無法掩蓋原來人性的歌頌，如今反而被「現代
文明」擠壓下扭曲、變形和墮落的湘西人性的憂慮和憤慨所取代。在
沈從文作品中看到的「現實」，尤其是現實政治對一個文學家所發生
的困擾，及他對這種困擾的反應，它不僅使得文學遠離了文學的本
意，也使文學家疏離於他的職分。文學的特質與文學家的個人性在意
識形態化與公共化的影響下，勢必落魄淪喪。誠然，這一切對於一個
文學理想主義者來說畢竟是他人生的最大不幸，而沈從文在整個四十
年代都沒能從這種不幸感覺中掙脫出來。[81]

請你試從我的作品裡找出兩個短篇對照看看，從《柏子》同

---

80 〈蕭乾小說集題記〉，《沈從文全集》第 16 卷，頁 324、325。
81 參看范智紅著，《世變緣常──四十代代小說論》，北京：人民文學出版社，2002
　年 3 月，頁 126。

《八駿圖》看看，就可明白對於道德的態度，城市與鄉村的好
惡，知識階級與抹布階級的愛憎，一個鄉下人之所以為鄉下
人，如何顯明具體反映在作品裡。[82]

由於鄉下人的自然人性被嚴重扭曲，城市道德淪喪危及民族與社
會，造就沈從文對道德與罪惡的界線頓感迷糊起來：「人人都說藝術
應當有一個道德的要求，這觀念假定容許它存在，創作最低的效果
是給自己與他人以人性交流的滿足，由滿足而感覺愉快，這效果的
獲得，可以說是道德的。造一點小小謠言，講張為幻，通常認為不
道德，然而倘若它也能給某種人以滿足，也間或被一些人當作『戰
略』，看來又好像是道德的了。道德既隨人隨事而有變，它即或與罪
惡是兩個名詞，事實上就無時不可以對調或混淆。」[83]雖然，沈從文說
自己寧願選擇延長沉默，但其實他已逐漸轉向變化。

考察三十年代後期沈從文的創作，可以看出現實社會政治的壓力
對他創作的影響日益增強。從1935年寫的〈顧問官〉、〈新與舊〉、
〈張大相〉；1937年寫的〈貴生〉和〈小砦〉，以及那部寫於1938年
的〈長河〉。這些作品和二十年代後期寫的〈連長〉、〈柏子〉截然不
同，先前是懷抱著兄弟般的情感寫軍人生活，現在卻流露出那樣明顯
的輕蔑和厭惡。之前是熱情地讚美小兒女的天真痴心，如今是以憐憫
的悲哀控訴現代文明的侵蝕。或許沈從文內心情感趨向轉變，正是一
種「情感形式的意象」的表現。

蘇珊・朗格在其專著《心靈》中，將情感的肖像說成是「情感的
意象」（image of the forms of feeling）。「所謂『情感形式』，是指內
在情感生活的漲落，例如情感的產生（升起）、發展、糾纏或逆轉、

---

82 〈習作選集代序〉，《沈從文全集》第9卷，頁4。
83 〈沉默〉，《沈從文全集》第14卷，頁106。

中斷或沉落的方式，它如何在外部活動中逐漸耗竭的，或如何在隱蔽的活動中被掩蓋的等等。對於這種情感的形式，藝術家是憑藉一種直接知覺認識到的，而不是像心理學那樣通過心理試驗而認識到的。這種直覺認識的結果就是情感形式的『意象』（image），而不是它的模型（model）。『模型』與『意象』之間是不同的。一個『意象』能具體顯示出客體（按：在這兒指情感）的具體樣貌（或者看上去像什麼樣子），而『模型』卻僅是呈示出客體的一種模式，或活動原則，在外部像貌上不一定與之相似。藝術正是情感生活的意象，它不是抽象地，而是十分具體地呈示出生命的活力、情感或思想活動的式樣。」[84] 正如她在《藝術問題》中所說，這種意象，是一種動態的生命形式的意象[85]。

沈從文以「夫子自道」的形式曾自我調侃：「寂寞一點，冷落點一點，然而同別人一樣是『生存』。或者這種生存從別人看來叫做『落後』，那無關係。兩千年前的莊周，彷彿比當時多少人都落後一點。那些人早死盡了，到如今，你和我讀《秋水》《馬蹄》時，彷彿面前還站有那個落後的人。」[86] 這雖有著智者的堅定，但何嘗不是「一種動態的生命形式的意象」的鄉下人道德觀。

84　參看滕守堯著，《審美心理描述》，四川：四川人民出版社，1998年，頁170。

85　《藝術問題》，頁45。

86　〈沉默〉，《沈從文全集》第14卷，頁104。

第八章 結論

　　沈從文從來就不是一個「純文學」的提倡者，他的文論從不諱言文學與政治、文學與商業、文學與教育、文學與社會的關係。他對於批評家的培養，曾有一番見識：「一切作品都需要批評的，一切好作品壞作品都應當有種公正的批評。」[1]還認為在讀者作者所需要的批評態度，是批評家應該忘記自己是導師，願意以一種縝密、誠實而又謙虛的態度，了解、認識作品，再把讀過的作品，所得的印象，和讀者分享。他看待文學運動的目的，是建議把文學在學術的氛圍底下進行[2]。他提倡「美育代宗教」，煽起更年青一輩做人的熱情，激發其生命一種刺激啟迪，他的多篇〈北平通信〉文章，都是圍繞著美術教育課題的如何展開，發表富有啟蒙意義的主張[3]。

　　沈從文的文學理論架構基本上是零碎、不成一完整系統，而且可說是相當薄弱的。他的創作理論隨處散見在對作家評論，或者在時事

---

[1] 〈關於『批評』一點討論〉，《沈從文全集》第17卷，頁398。

[2] 「學術的莊嚴是求真知，和自由批評與探討精神的廣泛應用，這也就恰恰是偉大文學作品產生必要的條件。學術的超功利觀，在國家教育設計上，已承認為是一個學術進步的原則，而有助於民族發展。文學運動成為學術一部門，由學校奠基，學校培養，學校著手，更見出它的推進，比漫無計畫接受那個「習慣」而作的一切活動，來得經濟而容易有遠大效果。」參看〈文學運動的重造〉，《沈從文全集》第17卷，頁295。

[3] 沈從文意識到北京在發展為一個充滿藝術氣氛的東方化城市時，也應配合具美育、藝教的人才同心協力倡導，實現美育代宗教並改造政治信仰。他曾在〈蘇格拉底談北平所需〉、〈試談藝術與文化〉等文中寄託這種理想，並且認為從事藝術教育工作者，宜為一個有哲思兼有詩人氣質的人。同時，為了重塑「靈魂」，教育為人師者的眼光和氣度，必須有哲學、歷史和美術史各部門的知識，見《沈從文全集》第14卷，頁375、385。

評議的文章裡，也可以俯拾即是地藉於某些回憶性文章或給讀者回信裡，這顯然是他的個人性格所養成。蘇雪林就曾說他是「想借文字的力量，把野蠻人的血液注射老邁龍鍾頹廢腐敗的中華民族身體裡去使他興奮起來；年輕起來，好在廿世紀舞台上與別個民族爭生存權利。」[4]

在處理沈從文的文論時，會發覺他有很清晰的小說和新詩理論，但對於散文理論方面的文字，有的只是曇花一現，屬於隨意性的，偶然性的意見。綜觀其理論的論述，我們只會發現，它們之中有專門的詩論，有專門的小說論，也有專門的「創作」或「寫作」論，唯獨沒有專門的散文論。他寫過《論特寫》，但這只是作為一種報紙的新聞體裁論述的，他寫過《談寫遊記》，但只把它作為一種與散文並列的文體，並非典型意義上的散文創作理論。但是，我們從他的小說論和「創作」、「寫作」論中，卻無處不可以明顯領略到他對散文特點的把握與見解。

沈從文在一篇回憶性文章中曾將自己的工作簡單的概括起來，他始終認為文學運動脫離不了商業競賣和政治爭奪，各人都有必然的夙命，在風氣流轉中，點綴時代風景的作家，自然無法寫出流芳百世的優秀作品。那些藉作家之名在文壇上胡扯的人，他是嗤之以鼻，不屑一顧的。他的努力只為爭取以少數去表現自己，因此覺得自己的工作比他人稍微麻煩和沉悶，還經常需要保持單純和嚴謹，從各方面學習用手中的筆寫作，才能突破前人也能超越自己。可能是糾纏於繁複的問題，以致很多時候，他的評論文字游離於理論糾紛，而沒有系統。或許這樣，沈從文在作品中所採取的表現方式，就儘可能避開這種習慣，另外尋找一種新的要求，在自由原則之下，藉創作以達到擴展重造。他曾試從歷史傳說上重新發掘，翻閱腐舊的古文，佛典中的喻言

---

[4] 蘇雪林，〈沈從文論〉，收入王珞編《沈從文評說八十年》，頁189。

禁律,嘗試用一種抒情方式,重新加以處理,看看是不是還能使之翻陳生新。以文體固定如駢文和偈語,也嘗試將它整個解散,與鄙俚口語重新拼合,從中證明能不能產生新的效果[5]。沈從文在〈月下小景‧題記〉中說:「曾從《真誥》、《法苑珠林》、《雲笈七籤》諸書中,把凡近於小說故事的記載,掇輯抄出,分類排比,研究它們記載故事的各種方法,且將它同時代或另一時代相類故事加以比較,因此明白了幾個為一般人平時所疏忽的問題。……但故事取材,上自帝王,下及蟲豸,故事布置,常常恣縱不可比方。只據支配材料的手段組織故事的文體而言,實在也可以作為『大眾文學』,『童話教育文學』,以及『幽默文學』者參考。」[6]

這種文學工作性質的不斷學習,是沈從文堅毅剛強、努力不懈的鄉下人個性的表現,或許李健吾的解釋能說明這一點。李氏說他永遠的在搜集材料,以證明或者修正自己的解釋。公正於他,同時是一種富有人性的同情,時時潤澤他的智慧不致公正陷於過分的乾涸。他不僅僅是印象的,因為他解釋的根據,是用自我的存在印證別人一個更深更廣大的存在,所謂靈魂的冒險者是:他不僅僅在經驗,而且要綜合自己所有觀察和體會,來鑒定一部作品和作者隱密的關係[7]。

姚斯認為詩歌的內涵可在讀者多次重複閱讀中,呈現出多層次的含意。而且讀者的理解不必然要做為作品意義的解釋和回答。讀者在作品中的欣賞感受,就是欣賞經驗的獨一無二的真切感受,只有沒有寫出的部分才能在讀者重複閱讀中得到屬於自己的再創造空間。沈從文對於傳統文化的接受,用的也恰恰是這種方法,他能重新發掘一些被忽略的東西,舊雨新知,賦予再創造空間,因而使他的作品具有別

---

[5] 〈從現實學習〉,《沈從文全集》第13卷,頁383。

[6] 《沈從文全集》第9卷,頁215。

[7] 李健吾,〈《邊城》與《八駿圖》〉,收入王珞編《沈從文評說八十年》,頁198。

出心裁的構思。這也許得益於書本的影響，他不諱言認識中國歷史
和社會，是通過小說或近於小說的記載而來。諸如《史記》、《漢書》
中的傳記，諸子中的雜記故事，唐代的《李娃傳》、《鶯鶯傳》、《長
恨歌》、《金瓶梅》、《三言二拍》、《紅樓夢》；受俄國小說家作品教
育最深刻的有托爾斯泰、屠格涅夫、契訶夫、高爾基等。他說這些作
品能使人產生一種向上力量，易於刺激他「見賢思齊」的心情，才能
夠寫出一點比較成熟的東西。這樣用上三幾十年學習準備，進一步使
文學藝術維持普遍和永久，不僅對中國新文學有幫助，也還有機會作
為國家的橋樑，讓世界各民族認識中國。

　　我們清楚知道在他許多談創作的文章裡，曾不只一次申明自己創
作所承受的多方面的影響。中國古代作家如曹雪芹、屈原、曹植、
莊子，乃至於《史記》、竹枝詞、民間歌謠，現代作家如魯迅、郁達
夫、廢名等；外國方面如契訶夫、托爾斯泰、狄更斯、莫泊桑、喬伊
斯，乃至《聖經》，佛經故事，皆成為他取法的對象。而他展現在我
們面前的，卻不是各樣零星雜碎的大拼盤，也不是承襲某一藝術流派
衣缽的弟子。他始終從表現民族風情、現實人生的需要出發，吸取古
代和外國民族文學藝術營養。

　　顯然，沈從文所接受的傳統和外國文化是相當複雜的，在他的大
部分文論中，流露了學習汲取具有特色的傳統文化精神的可塑性，誠
如他也三番兩次地強調古典文學、美學傳統和繪畫藝術對創作的不解
之緣。

　　在蕭乾引介歐美現代主義小說時[8]，沈從文以敏銳的藝術眼光，關
注當時文學時尚的侷限，從自己的生命體驗和哲學思考出發，提出

8　蕭乾是由於被剝奪創作權利後，才把重點轉到翻譯和外國文學研究等對外宣傳的文
　　化工作，有關他的遭遇經過，可參看賀桂梅著，《轉折的時代──40～50年代作
　　家研究》之〈蕭乾：大十字路口的選擇〉，頁26。

了自己獨特的創作主張。他認為「近十年家國變亂，人事倏忽」，應該描寫別具一格的現代人情緒發展史。他對小說的基本功能，看成是「小說既以人事為經緯，舉凡機智的說教，夢幻的抒情，一切有關人事向上的抽象原則的說明，都無不可以把它綜合組織到一個故事發展中去。」[9]但由於「文學限於一種定型格式中」，「習慣觀念束縛了自己一枝筆」，文壇便鮮有佳作出現。面對這一窘境，沈從文試圖提倡一種新的小說品格，即「揉小說故事散文遊記而為一」，「用寫故事方法帶點保存原料意味」的新形式，使小說「充滿傳奇性而富於現實性」[10]。顯示沈從文在張揚作家個性，堅守個體生命創作的地位。

他的獨具個性的理論主張，換來王繼志和王潤華同樣以「詩人批評家」論其人，或「創作室批評」論其文章[11]的定位。[12]姑勿論這個定位能否準確性的了解沈從文的批評態度，但有一點可以肯定的是，沈從文的批評特色是常用比較法，將風格相近或相異的作家放在一起進行對比，以達到同中顯異，異中顯同的功效。他在焦躁的三十年代，創造了雅靜的批評文風。

9　〈短篇小說〉，《沈從文全集》第16卷，頁494。

10　〈致周定一先生〉，《沈從文全集》第17卷，頁469、470。

11　所謂『詩人批評家』是指只評論影響過自己的詩人與作品，只批評自己有興趣又努力去創作的詩歌。這種文學批評為『創作室批評』，只是詩人在從事創作時的一種副產品，這不是要做全面性的批評研究，也不是要建立完整嚴密的文學理論體系。參看王潤華，《沈從文小說新論》，上海：學林出版社，1998年，頁53。

12　其實，這是王潤華從王繼志著作中得到的評鑒。王繼志說：「他從一九二四年登上文壇到一九四七年基本終止文學創作的二十餘年間，不僅以等身的創作數量、獨特的藝術風格以及同時代人從未涉足的題材領域擁有了自己的第一個天地——創作天地；而且在創作之餘，結合在大學中的講課、培育文學青年、參與文藝論爭等活動，寫下了大量的文學論文。從而建造了他的另一個文學天地——理論天地。在這些理論著述中，沈從文不僅反覆地表達了他對文學藝術本質規律的理解與把握……」參看《沈從文論》，頁375。而王潤華則是引用艾略特的「詩人批評家」與「創作室批評」模式為沈從文文論定位。參看《沈從文小說新論》，頁60。

「文學無用」與自然名物
——周作人三十年代書話散文的一個特色

一 前言

　　周作人（1885～1967）於三、四十年代的散文藝術風格明顯趨向轉型。以《夜讀抄》文集為起始，周氏由此建立了自己成熟定型的風格文體，並開啟了其寫作生涯的中期（1932～1945）。如果說《夜讀抄》是周氏散文文體藝術轉型的起點，那麼此類「文抄公」的大段摘抄原著，中綴少量按語，採用間接表述的方式，則是其後散文美學最顯著的特色。其實，據有論者觀察，周作人三、四十年代的散文在某種意義上有一種被箝制的貶抑，複雜的原因除了政治上極「左」思潮的禁錮，還加上長期性形成的某些偏見，這無疑使人對周作人此時散文文體的變化持不同程度的異議。

　　周氏對於求知時常有一股孜孜不倦探索的動力，這充分體會在他所認為的透過民俗書籍可以有相當程度去認識、觀察社會文化現象本身，從而深化對人道主義的關懷。其中期的散文風格處處流露出一種看似閑適，實際隱約有苦悶、憂鬱的本質，也多少反映這種消極心態底下的隱士作風。以周氏喜用「苦」、「鬼」等語辭表述，是一種情感形式的意象，加深了對時代、對人事的同情和玩味，這種流連於「紳士鬼」和「流氓鬼」之間的自我定位，是企圖在文化批判中表現個人作為「普遍的知識分子」（福柯語）的一種文化關懷。

二 「文抄公體」——「文學無用」的書寫方式

　　周作人三十年代書話散文的特殊之處，如果用簡單的話加以概括，那麼余光中的一段文字剛好恰如其分的套用在他身上。余光中在〈剪掉散文的辮子〉這樣寫到：「學者的散文（scholar's prose），這類型的散文限於較少數的作者。它包括抒情小品、幽默小品、游記、傳記、序文、書評、論文等等，尤以融合情趣、智慧和學問的文章為主。它反映一個有深厚的文化背景的心靈，往往令讀者心曠神怡，既羨且敬。」[1]雖然和周作人「美文」一類抒情性散文，閑適的藝術風格滲透在從容平淡的描繪中，如〈烏篷船〉、〈故鄉的野菜〉、〈北京的茶食〉、〈談酒〉等名篇比起來，所謂「文抄公體」的書話散文，讀者感受的未必全都心曠神怡。但從三十年代的《看雲集》、《瓜豆集》、《苦茶隨筆》、《永日集》、《夜讀抄》、《苦茶雜記》、《風雨談》到四十年代的《藥味集》、《苦口甘口》、《過去的工作》、《秉燭談》、《藥堂語錄》、《書房一角》、《秉燭後談》、《立春以前》、《藥堂雜文》等書，都忠實地紀錄了周作人的閱讀趣味和精神歷程。它除包含了豐富的歷史內容，對於周作人在徹底還原為「凡人」，作出了「無信仰，不參預，絕義務」的決定，以「順應自然，冷靜觀照」的人生選擇，堅持個人「得體地活著」為自我生命的歸宿，藉以探索生命的本源。這豐富的人生經驗和敏銳的藝術感覺，具體透過知識、哲理與趣味統一的形態下表現出來，顯然已能令人刮目相看。

　　綜觀周作人筆記體之《夜讀抄》（1934）、《苦茶隨筆》（1935）、《苦竹雜記》（1936）、《風雨談》（1936）、《瓜豆集》

---

[1] 《謬斯的左右手》，湖南：湖南人民出版社，1997年12月，頁142。

（1937）和《秉燭談》（1936～1937）六本散文集中，對文化現象和
道德思想的批判尤為顯著，其次是談草木蟲魚、民俗風物和文章體
裁。圍繞上述六書中有有關文化和道德讀書之作，大概可以看出這時
期有關個人對社會文化現象品評的特色。

　　在周作人的作品中，《夜讀抄》有著特別重要的地位，「不佞只
能寫雜文，又大半抄書」的寫作風格，除開啟其寫作生涯的中期外，
也為後期文章的風格，奠定基礎。觀察「文抄公體」所發表的內容，
以《夜讀抄》（1934）、《苦茶隨筆》（1935）和《苦竹雜記》（1936）
而言，多屬於不切題為宗旨，借機會說閑話，集中於知道自然風物的
一些情形，這是愛智者的表現。而以《風雨談》（1936）、《瓜豆集》
（1936）和《秉燭談》（1936～1937）集中以一面讀書之餘，一面作
為文化批判的內容，觸及所屬文化系統的本質問題。其取材不避古今
中外，全出於作者的特殊知識，特殊趣味和特殊發現，三者缺一不
可。[2]若仔細閱讀周氏此時作品，會察覺開始有一些以古怪題目命名的
文章，古怪題目是其典型的文化批判之作，此類文章的特別既在於某
一特殊文化現象的開拓，如〈賦得貓〉。基本上，周作人中期絕大部
分作品，已朝「說道理」、「講趣味」和「古怪題目」方向發展。同
時「意思要誠實，文章要平淡」的宗旨是貫徹始終，永不妥協的。

　　周作人以「夜讀抄」作為一種散文文體，或說一種閱讀方法，它
不僅代表了周氏創作生涯的界線，也象徵性地作為其思想改變標誌的
證據。不少論者認為這種文體的出現，很大程度決定於周氏所經歷某
些使人沮喪的社會事件，形成其意志消沉，才在當中尋找到樂趣。

　　國民黨「北伐」進展，對文壇的改革勢力故然使周作人失望而抱

2　止庵，〈關於《秉燭談》〉，《秉燭談》，石家莊：河北教育出版社，2002年1月，頁
　　2。

著抵觸情緒。拋開此政治因素不論[3]，其實早在1925年，周作人在《雨天的書》自序二中看出「從吾所好」端倪。序云：

> 「我看自己一篇篇的文章，裡邊都含著道德的色彩與光芒，雖然外面是說流氓似的土匪似的話。我反對為道德的文學，但自己總做不出一篇為文章的文章，結果只編集了幾卷說教集，這是何等滑稽的矛盾。」
>
> 「也罷，我反正不想進文苑傳（自然也不想進儒林傳），這些可以不必管他，還是『從吾所好』，一徑這樣走下去吧。」[4]

在整個1928年，或者還包括1929年，周作人的情緒是低落的，心態是苦悶的，他在《夜讀抄》小引云：

> 幼時讀古文，見〈秋聲賦〉第一句云：「歐陽子方夜讀書」，輒涉幻想，仿佛覺得有此一境，瓦屋紙窗，燈檠茗碗，室外有竹有棕櫚，後來雖見「紅袖添香夜讀書」之句，覺得也有趣味，卻總不能改變我當初的空想。……據我的成見夜讀須得與書室相連的，我們這種窮忙的人那裡有此福分，不過還是隨時偷閑看一點罷了。看了如還有工夫，便隨手寫下一點來，也並無什麼別的意思，只是不願意使自己的感想輕易就消散，想叫

<hr>

3　周作人曾於1925年在一篇名為〈我最〉文中說：「我最不喜歡談政治」，「《新青年》的同人最初相約不談政治，那是我所極端贊成的，在此刻想起來也是那時候的工作對於中國最有意義。」又說：「政治我是不喜談的，但也有要談的東西。我所頂看不入眼而想批評的，是那些假道學，偽君子。」但「反對假道學偽君豈不是與反對無恥政客一樣地危險」？「也是白費精神」，因而「我不再來反對那些假道學偽君子了。我要做我自己的工作」。載張菊香、張鐵榮編，《周作人年譜》，天津：天津人民出版社，2000年4月，頁296。

4　周作人著，止庵校訂，《雨天的書》，石家莊：河北教育出版社，2002年1月，頁4。

他多少留下一點痕跡，所以寫下幾句。因為覺得夜讀有趣味，所以就題作《夜讀抄》，其實並不夜讀已如上述，而今還說詑稱之曰夜讀者，此無他，亦只是表示我對於夜讀之愛好與憧憬而已。[5]

儘管對政黨政權的幻滅、對民眾政治的失望與對知識分子還原為自我的覺醒所經歷的「凡人的悲哀」，[6]周作人採取一種與儒家「知其不可為而為之」的進取精神。他透過與社會的歷史力量斷絕聯繫，不參與任何社會運動，純粹的、孤立的，活在自我充實的世界。他的〈閉門讀書論〉文章中，既有面對歷史循環論的無奈，又有在白色恐怖面前既不敢說話，卻不能「忍耐著不說」的兩難選擇。那麼在煩悶的空氣籠罩下，他認為「抽大烟，討姨太太，賭錢，住溫泉場等，都是一種消遣法，但是有些很要用錢，有些很要用力，寒士沒有力量去做。」之外，於是終於想到「苟全性命於亂世是第一要緊」的方法就是「閉門讀書」。[7]

周作人此類筆記體散文，據他自己的說法，是「把看尺牘題跋的眼光移了去看筆記，多少難免有齟齬不相入處，但也未始不是一種看法，不過結果要把好些筆記的既定價值顛倒錯亂一下罷了」。[8]此尺牘題跋的眼光是按照個人性情選擇性地把玩、評述自己感興趣的筆記。

---

[5]　周作人著，止庵校訂，《夜讀抄》，石家莊：河北教育出版社，2002 年 1 月，頁 1。

[6]　錢理群認為周作人作為「凡人的悲哀」的種種努力，是試圖對歷史運動施加自己的影響，而終於無效與無用的歷史失敗者的心緒來看待似乎不可捉摸，仿佛不受任何影響的無情的歷史運動與現實，他於是產生了無能為力的悲哀，這種無能為力，不僅是為他自己，更是這一代知識分子，甚至就是知識分子與生俱來的。看《周作人傳》，北京：北京十月文藝出版社，1990 年 9 月，頁 370。

[7]　〈閉門讀書論〉，收入周作人著，止庵校訂，《永日集》，石家莊：河北教育出版社，2002 年 1 月，頁 114。

[8]　〈談筆記〉，收入周作人著，止庵校訂，《秉燭談》，頁 126。

新的文體特點,正如周氏在《夜讀抄》後記中所說:「我所說的話常常是關於一種書的。」[9]對於以閱讀為契機,依靠知識的綿延和思想的碰撞,深入到文化、文明、人類、歷史和社會等各個領域的一種特有切入方式,錢玄同(1887~1939)曾戲稱為「文抄公體」。[10]

但是天下之書,範圍廣濶,如何擷取,這不僅要依賴作者寬闊視野和博大胸襟,而且抄書之嚴,正有其明確的方向,周作人對此難免有遵守的原則:「不問古今中外,我只喜歡兼具健全的物理與深厚的人情之思想,混和散文的樸實與駢文的華美之文章,理想固難達到,少少具體者也就不肯輕易放過。」[11]同時他自知「不佞抄書並不比自己作文為不苦,然其甘苦則又非他所能知耳。」[12]的境況。

周作人由於對現實的失望,甚至於民族和對自己失去信心,以至看待歷史,也有悲觀眼光:

> 天下最殘酷的學問是歷史。他能揭去我們眼上的鱗,雖然也使人們希望千百年後的將來會有進步,但同時將千百年前的黑影投在現在上面,使人對於死鬼之力不住地感到威嚇。我讀了中國歷史,對於中國民族和我自己失了九成以上的信仰與希望。[13]

畢竟,周作人所談的是一種逃避現實的態度,不過他的這種態度卻不完全忘情於現實,而在讀史當中確能使人知道「現在與將來」,

9　周作人著,止庵校訂,《夜讀抄》後記,頁202。

10　周作人之〈玄同紀念〉一文記載了錢玄同寫給周作人的一些書信內容,其中有句云:「研究院式的作品固覺無意思,但鄙意老兄近數年之作風頗覺可愛,即所謂『文抄』是也。」見《藥味集》,石家莊:河北教育出版社,2002年1月,頁27。

11　《苦竹雜記》後記,頁221。

12　同註11。

13　〈歷史〉,同註7,頁134。

因此勸人關門讀史，覺得經只不過是一套准提咒，而史卻是一座孽鏡台，能照出前因後果來，讀史比讀經還要緊有用的道理。[14]

　　周作人主張讀歷史，尤其是二十四史，他說：「歷史所告訴我們的在表面的確只是過去，但現在與將來也就在這裡面了。」並進而得出結論：「宜趁現在不甚適宜於說話做事的時候，關起門來努力讀書，翻開故紙，與活人對照，死書就變成活書，可以得道，可以養生，豈不懿歟？」[15]這裡通過歷史的敘述和個別歷史事件，了解敘述者的史識，從而以史為鑒。敘述的歷史和事件的歷史有密切關係，以嚴格意義說幾乎寫的歷史都是敘述的歷史。敘述歷史的作者在敘述歷史事件時必然和他處的時代、生活的環境、個人的道德學問，甚至個人的偶然機遇有關係，這就是說敘述的歷史都是敘述者表現其對某一歷史事件的「史觀」。

　　誠然，「文抄公體」的意義，最初是帶有周作人對歷史的態度與精神。但在之後的《風雨談》集中，周氏關注的目標逐漸發生轉移，著力對中國古代著述（筆記為主，間有詩文）加以縝密的審視。止庵認為：

> 其間的取捨標準，即一向強調的「疾虛妄」和「重情理」；換句話說，他的立場是科學精神和人道主義，或者一並說是現代文明。所首肯者都是思想與文學上的異端，最終他在中國傳統文化系統中分立出一個與正統儒家（以程朱一派宋儒為主）針鋒相對的思想體系，標舉了一批與主流文章（以唐宋八大家和清代桐城派為主）截然不同的鮮活文字。[16]

---

[14] 〈關於命運〉，《苦茶隨筆》，頁109。

[15] 同註7。

[16] 〈關於風雨談〉，《風雨談》，石家莊：河北教育出版社，2002年1月，頁3。

這項工作的重要成就，對周作人而言是最有價值的，因為他從中實踐了知識、哲理與趣味統一的書寫方式。他後來在〈我的雜學〉中說，中國傳統文人當中，對他影響最大的，是三個思想家：東漢的王充，明代的李贄，清代的俞理初：

> 王仲任的疾虛妄的精神，最顯著的表現在《論衡》上，其實別的兩人也是一樣，李卓吾在《焚書》與《初潭集》，俞理初在《癸巳類稿》《存稿》上所表示的正是同一的精神。……我嘗稱他們為中國思想界之三盞燈火，雖然很是遼遠微弱，在後人卻是貴重的引路的標識。……但疾虛妄，重情理，總作為我們的理想，隨時注意，不敢不勉。[17]

概括而言，周作人把自己納入「雖儒家而反宋儒」[18]的思想系統，這與他在五四時期對待儒學是持肯定和否定都有的一貫的態度。「周作人在五四之後對待儒學的態度是兩方面的，一方面堅持五四時期對儒學的批判，堅持個體精神自由的立場，反對把儒家宗教化、神話化，反對獨尊儒家；另一方面，他又要求復興儒學，試圖用儒學的理性和中庸來反對中國民眾專制的迷狂。」[19]這種專制的迷狂，主要來

---

[17] 《苦口甘口》，石家莊：河北教育出版社，2002年1月，頁64。

[18] 周作人在反宋儒的態度上，其中有兩個歷史人物他是頗欣賞的，一個是明末清初的傅青主，一個是清初的馮純吟（馮班）。周作人對於傅青主的青睞，「其實也因為他的思想寬博，於儒道佛三者都能通達，故無偏執處。」而青主的不喜宋儒而痛恨八股文，也為周作人在三十年代一直著文反對土（八）股、洋八股與黨八股找到知音。至於馮純吟，周作人認為馮氏論事雖有見識，但他總還想自附於聖學，說話常有矛盾，不過大致上是認同其「雖儒家而反宋儒，不喜宋人論史及論政事文章的意見，故有時亦頗有見解能說話。」這於周作人向來非議宋儒宋文，舉凡存性與存本色、作論多俗和放言高論對後世文章的影響，提出質疑的證據。

[19] 看《話說周氏兄弟——北大演講錄》，濟南：山東畫報出版社，1999年9月，頁143。

源於道教而不是儒家。「疾虛妄」的職責，毋寧說是批判、壓制這類道家思想的漫延。[20]

三　「文學無用」和自然名物──以韓愈「文學致用」為批評案例

　　從文化批判到社會批判，《瓜豆集》的文章更充滿了對社會現象的探討，周作人在〈題記〉中也說：

> 這三十篇小文重閱一過，自己不禁嘆息，太積極了！聖像破壞與中庸，夾在一起，不知是怎麼一回事。[21]

　　所謂「聖像破壞」，即是談論關於鬼神、家庭、婦女特別是娼妓問題，使之正當地看待兩性關係，正當地看待女人，從而實踐道德觀念的正常性。圍繞著周作人所感興趣的關於生物學人類學兒童與性的心理的意見，這些零碎的知識（周作人語）與前述的社會問題構成其思想與道學家的正統觀念的嚴重對立，這可從他批評韓愈看出這種端倪：

> ……不過不知怎的我總不喜歡韓退之與其思想文章。第一，我怕見小頭目。俗語云，大王好見，小鬼難當。我不很怕那大教

---

[20] 周作人對於道教並非只是簡單地否定與批判，他也有撰文對於道教對中國國民影響的觀察，也曾寫過一篇〈無生老母的信息〉，從民間宗教信仰中探討中國國民性。「應該說，周作人用心理分析的方法從一個特定角度說明宗教與藝術的根源，是相當精闢、深刻的。這表現了周作人對人性、人的心理、情感的微妙部分的一種精微把握，也同時也流露出他對於『傳統』的諒解、寬容、同情，以至歸依。」參錢理群著，《周作人研究二十一講》，北京：中華書局，2004年10月，頁74。

[21] 周作人著，止庵校訂，《瓜豆集》，石家莊：河北教育出版社，2002年1月，頁2。

祖，如孔子與耶穌總比孟子與保羅要好親近一點，而韓退之又
是自稱是傳孟子的道統的，愈往後傳便自然氣象愈小而架子愈
大，這是很難當的事情。第二，我對於文人向來用兩種看法，
純粹的藝術家，立身謹重而文章放蕩固然很好，若是立身也有
點放蕩，亦以為無甚妨礙，至於以教訓為事的權威們我覺得必
須先檢查其言行，假如這裡有了問題，那麼其紙糊冠也就戴不
成了。中國正統道學家都依附程朱，但是正統文人雖亦標榜道
學而所依附的卻是韓愈，他們有些還不滿意程朱，以為有義理
而無文章，如桐城派的人所說。因為這個緣故，我對於韓退之
便不免要特別加以調驗，看看這位大師究竟是否有此資格，不
幸看出好些漏洞來，很丟了這位權威的體面。[22]

　　自魏晉迄隋唐，以人生最後之精神歸宿而言，這一時期的中國人
往往不歸於佛即歸於道。韓愈作為一個文人，倡言儒學復興和排拒佛
道，其〈原道〉一文具有相當重要的時代意義。他在排擠佛道思想內
容中，提出建構儒家的「道統」以與佛教的「法統」相抗衡，闡明儒
家以「仁義」為目標的道德與佛道二教所說的道德在本質上的差異，
這都為後來的理學家所吸收並加以發揮。[23]

　　周作人對韓愈的批評是不留情面的，曾在多篇書話感想中展現頗
具諷刺的意味，他認為韓愈的文章，以審美標準而言，只不過是吳闓

22 〈萵庵閒話〉，《風雨談》，石家莊：河北教育出版社，2002年1月，頁122。

23 雖然理學之發生，關鍵之處還在於儒家心性論的確立，韓愈對於心性論並無大的
貢獻，但他拈出《小戴禮記》中向不為人所重視的《大學》一篇，把「正心誠意」
的「內聖之學」與「修齊治平」的「外王之道」相結合的儒家之「治心」，作為批
判佛教捨離「此世」講「治心」的思想武器。參潘富恩、徐洪興主編；徐洪興、楊
月清、殷小勇編著，《中國理學》第一卷，上海：東方出版中心，2002年6月，頁
32。

生[24]的《古文范》中所說的「偉岸奇縱」和金聖嘆在《天下才子必讀書》中說的「曲折蕩漾」罷了，並不怎樣。同時韓文給他的印象只是裝腔作勢，搔首弄姿而已，更貶抑是策士之文，兼且進一步發揮說即使提倡做公安派文也勝過韓文。學習韓愈則容易變成縱橫的策士，而策士就是能造成亂世之音的罪魁禍首。

> 我對於韓退之整個的覺得不喜歡，器識文章都無可取，他可以算是古今讀書人的模型，而中國的事情有許多卻就壞在這班讀書人手裡。他們只會做文章，談道統，虛驕頑固，而又鄙陋勢利，雖然不能成大奸雄鬧大亂子，而營營擾擾最是害事。講到韓文我壓根兒不能懂得他的好處。[25]

周作人把文學致用的功利主義歸咎於韓愈。若這種衰微是始自韓愈，那麼，在周作人一直以來表述的觀點，唐以前的文學，即他始終一貫地顯示對魏晉六朝的偏愛。由於鍾情於六朝文人與文章，自然會有許多自我陳述，而這種自我陳述竟有意無意加諸其兄長魯迅身上，並聲稱魯迅同樣喜愛六朝文勝過秦漢文或唐宋文。從五十年代撰寫的《魯迅的青年時代》文章裡，多處提及魯迅如何「看重魏晉六朝作品，過於唐宋，更不必說『八大家』和桐城派了。」陳平原認為文中

---

[24] 吳闓生，原名啟孫，字辟疆，號北江，安徽桐城人，生於清光緒四年，東渡遊學日本。民國初年，為袁世凱幕賓，嘗任總統府內史。五年七月，署教育次長，踰月即辭。十年，任國務院參議，為時近三載。父汝綸，字摯甫，同治乙丑進士，為一代通儒，以古文名世。北江早濡家學，嗣師事賀濤，及為文章。北江既守其父遺緒，乃窮數十年之力，傳寫父書，盡布於世，復日餘力評定名家之文，摘其微詞奧義，開導後學，而抒發所蓄，著之於文，刊有北江文集七卷、詩集五卷、國文教範二卷、古今體詩約選四卷、孟子文法讀本七卷、晚清四十家詩鈔三卷，另刊其集釋古金文錄四卷，採輯殷周彝器銘文凡四百十四編，附錄漢唐以來鏡銘四十四首，都為考釋，藉便初學。

[25] 〈厂旬之二〉，周作人著，止庵校訂，《苦茶隨筆》，頁27。

對魯迅的敘述,明顯是周氏本人的自述,這無疑是「有點離譜」。[26]

　　周作人之所以毫不客氣抨擊韓愈文章虛驕粗獷,與質雅相反(按:所謂質雅是針對六朝文而說的),是因為韓愈把文學用作載道的目的而廣泛影響後代。他自己在〈明珠抄六首〉之〈談韓文〉中則把韓愈認作是統制思想和新八股文運動的祖師爺,甚至在文中數落韓愈「文」和「道」的壞處,並作了一番獨特見解:

> 八代之衰的問題我也不大清楚,但只覺得韓退之留贈後人有兩種惡影響,流澤孔長,至今未艾。簡單的說,可以云一是道,一是文。本來道即是一條路,如殊途而同歸,不妨各道其道,則道之為物原無什麼不好。韓退之的道乃是有統的,他自己辟佛卻中了衣鉢的迷,以為吾家周公三吐哺的那只 碗在周朝轉了兩個手之後一下子就掉落在他的手裡,他就成了正宗的教長,努力於統制思想,其為後世在朝以及在野的法西斯派所喜歡者正以此故,我們翻過來就可以知道這是如何有害於思想的自由發展的了。……只談他的文章,即以上述《送孟東野序》為例。……「大凡物不得其平則鳴」,與下文對照便說不通,前後意思都相衝突,殊欠妥帖。金聖嘆批《才子必讀書》在卷十一也收此文,批曰,只用一鳴字,跳躍到底,如龍之變化,屈伸於天。聖嘆的批是好意,我卻在同一地方看出其極不行處,蓋即此是文字的遊戲,如唱戲似的,只圖聲調好聽,全不管意思說的如何,古文與八股這裡正相通,因此為世人所喜愛,亦即其最不堪的地方也。[27]

26　參〈現代中國的「魏晉風度」與「六朝散文」〉,收入王曉明主編,《二十世紀中國文學史論‧上卷》,上海:東方出版中心,2003年4月,頁314。

27　《秉燭談》,頁150。

　　「八代之衰」是指自漢末建安迄於隋代，約當西元三世紀初至七世紀初。以文學的功用而言，這四百餘年間之文學發展，凸顯偏差，被人稱為「八代之衰」的文敝時期。魏晉南北朝時，由於儒學的削弱，關於文與道關係的認識呈多元發展的趨勢。劉勰（465～520）說：「心生而言立，言立而文明，自然之道也。」又說：「道心惟微，神理設教。」他的道的思想，既有儒學的成分，也有自然的成分，在闡明文學教化的同時，也認識到文學要反映現實生活的生動性和複雜性。唐宋時期，古文家們以「文以明道」、「文以載道」，強調文章要傳先王之道，宣揚道德，重道而輕文，給後世以負面影響。至到五四時期，胡適（1891～1962）和陳獨秀（1879～1942）分別提出建立一種新文學。陳獨秀的〈文學革命論〉從總體上對封建舊文學進行了抨擊，批判了作為封建正統文學觀的「文以載道」的思想；批判了尊古蔑今、咬文嚼字的桐城派古文；批判了舖張空泛、塗脂抹粉的駢體文；也批判了內容枯燥卻愛用冷僻的典故與文字的江西派的詩。

　　周作人之所以不滿韓愈的「文」和「道」，主要是韓愈把文章完全當作明道的工具，是純粹的功利文學觀。這不僅強調明道，而也強調作者修養，對作者來說，是以行為本，以文為輔；對文章來說，是以道為本，以辭為末。總括一句，是以道為本，道決定文。通過上述的解釋，可以了解周作人對韓愈「文起八代之衰」的偏頗說法，提供可靠理據，也支持周作人從頭到尾都在嫌棄韓愈文章「道勝於文」的事實，使必須傳達的情志盡是儒家之道統，同時夾雜太多非必要的文字，正如他所說的「此是文字的遊戲」。

　　周作人主張中國人需要常識，但是中國的科學小品、自然史的知識遠遠比不上外國。對於封建中國的封閉型文化而言，有的只是「裝調作勢」的假道學。常識性方面的嚴重缺失，以中國文人，尤其是韓愈，就顯得責無旁貸，這和他認為中國人的文學功利性和對道學的滲

透是互為因果的：

> 中國文人大都是信仰「文藝政策」的，最不高興人家談到蒼
> 蠅，以為無益於人心世道也，准此則落葉與蚯蚓與輪蟲縱說怎
> 麼好亦復何用，豈有人肯寫或准寫乎，中國在現今雖嚷嚷科學
> 小品，其實終於只一名詞，或一新招牌如所謂衛生臭豆腐而
> 已。[28]
> 我不知道何以大家多不喜歡記錄關於社會生活自然名物的事，
> 總是念念不忘名教，雖短書小冊亦復如是，正如種樹賣柑之
> 中亦必寄托治道，這豈非古文的流毒直滲進小說雜家裡去了
> 麼。[29]

誠然，周作人藉由讀前代筆記，從草木蟲魚的引用，連類抄錄的
隨意性，資料充裕而又能展現自己的趣味和見解，間歇穿插針對時弊
的不滿情緒，或批評某些道統對社會現象造成的危害和影響。除此之
外，他以為一些惆悵無華的學究們的筆記，更提供給他寫文章的方
法。他說：

> 中國文人學士大抵各有他們的道統，或嚴肅的道學派或風流的
> 才子派，雖自有其系統，而缺少溫柔敦厚或淡泊寧靜之趣，這
> 在筆記文學中卻是必要的，因此無論別的成績如何，在這方面
> 就難免很差了。這一點小事情卻含有大意義，蓋這裡不但指示
> 出看筆記的途徑，同時也教了我寫文章的方法也。[30]

綜觀此時期作品的內容，周作人堅持以讀書之作為文化批判，

---

28 〈科學小品〉，《苦茶隨筆》，頁48。
29 〈洗齋病學草〉，《苦茶隨筆》，頁24。
30 〈俞理初的詼諧〉，《秉燭後談》，頁31。

甚至社會批判的旨意，已相當程度的超越他所說的「文學無用論」[31]，「我原是不主張文學有用的，不過那是就政治經濟上說，若是給予讀者以愉快，見識以至智慧，那我覺得卻是很必要的，也是有用的所在。」[32]而用心寫好文章，莫管人家鳥事，且談草木蟲魚的習慣，成為他作品內容的重要素材。

周作人的文學理念在《中國新文學的源流》中已基本為自己定位。他堅持的兩個支點：「一、文學只有感情沒有目的。」「二、這兩種潮流（按即言志派與載道派）的起伏，便造成了中國的文學史。」[33]之後對於言志和載道曾加以說明，「凡載自己之道者即是言志，言他人之志者亦是載道。」[34]而「文學無用」可以說是周作人文學觀的副產品，他在《中國新文學的源流》開宗明義的標榜「文學是無用的東西。因為我們所說的文學，只是以達出作者的思想感情為滿足，此外再無目的之可言。裡面，沒有多大鼓動的力量，也沒有教訓，只能令人聊以快意。不過，即這使人聊以快意一點，也可以算作一種用處的：它能使作者胸懷中的不平因寫出而得以平息：讀者雖得不到什麼教訓，卻也不是沒有益處。」[35]其實，從「文學無用」的另一角度著眼，周作人更關心的是「文學裡的東西不外物理人情，假如不是在這

---

[31] 周作人曾以禪宗與密宗形容文學無用，風趣而有見地。同文也表達了他對文學無用的立場和寫作趨向。看〈草木蟲魚小引〉，《苦雨齋序跋文》，石家莊：河北教育出版社，2002年1月，頁64。

[32] 《苦茶隨筆》，頁194。

[33] 這兩點是周作人的文學觀和文學史觀，二者是完全一致的，言志派之「志」，即是「個人感情」，載道派之「道」，即是「社會目的」。按照他的觀念，此文學史上「兩種潮流的起伏」，亦即是文學與非文學之相合消長。參止庵，〈關於《中國新文學的源流》〉，周作人著，止庵校訂，《中國新文學的源流》，石家莊：河北教育出版社，2002年1月，頁2。

[34] 〈自己所能做的〉，《秉燭後談》，石家莊：河北教育出版社，2002年1月，頁4。

[35] 同註33，頁14。

裡有點理解，下餘的只是辭句，雖是寫的華美，有如一套繡花枕頭，外面好看而已。」[36]

在三十年代的評論中，周作人常感嘆文學有用這一信念鼓舞著文藝界，推動寫作者去寫本身沒有經驗兼誇張失實的事情。他通過讀《純吟雜錄》[37]把源頭指向韓愈：「我常懷疑中國人相信文學有用而實在只能說濫調風涼話其源蓋出於韓退之而其他七大家實輔成之。」[38]其實，周作人中期以後的文章，字裡行間都想把名教（即道的不可見），只就日用飲食人情物理上看出來為價值取向。說得簡單一點，即把文學和自然名物掛鉤，舉凡「說生物的生活狀態是人生的基本，如果對這方面有了充分的常識，關於人生的意義自然能夠更明確地了解認識。」[39]他在〈雜拌兒之二序〉寄予此想法：「以科學常識為本，加上明淨的感情與清澈的智理，調合成功的種人生觀，以此為志，言志固佳，以此為道，載道亦得何礙。」[40]這就是他為何選擇草木蟲魚的原因。借用他說的話：第一，這是他所喜歡；第二，他們也是生物，與我們很有關係，但又到底是異類，由得我們說話。

毋庸諱言，周作人認為妨礙文學和自然常識的調節正是人事，或說倫理道理的規範化，是「中國人拙於觀察自然，往往喜歡把他和人事連接在一起。最顯著的例，第一是儒教化，如鳥反哺，羔羊跪乳，或梟食母，都一一加以倫理的解說。第二是道教化，如桑蟲化為果

36 〈苦口甘口〉，《苦口甘口》，石家莊：河北教育出版社，2002 年 1 月，頁 10。

37 作者馮班（1614～1681）清初虞山詩派重要作家。字定遠，自號鈍吟老人，另著有《鈍吟集》、《鈍吟文稿》。

38 《風雨談》，石家莊：河北教育出版社，2002 年 1 月，頁 34。

39 柳存仁〈知堂紀念〉，收入陳子善編，《閒話周作人》，浙江：浙江文藝出版社出版，1996 年 7 月，頁 70。

40 同註 31，頁 120。

贏，腐草化為螢，這恰似『仙人變形』，與六道輪迴又自不同。」[41]問題關鍵在於道德觀念的固步自封，造成人事和自然相互關係的分隔。中國人的人生觀以儒家思想為主流，樹立起一條為人生的文學的統系，其間隨時加上道家思想的分子，正好作為補偏救弊之用，使得調和漸近自然。這裡涉及到周作人對中國人心理建設的兩個要點：一是倫理之自然化，一是道義之事功化。前者是根據現代人類的知識調整中國固有的思想，後者是實踐自己所有的理想適應中國現在的需要。

四 結 語

周作人的散文成就從審美標準上說，是平淡而腴潤，從審美表現上說則有著雍容淡雅的風神。周作人對自己文章得到平和沖淡的評語，曾有以下見解，他說：

> 有人好意地說我的文章寫得平淡，我聽了很覺得喜歡但也很惶恐。平淡，這是我所最缺少的，雖然也原是我的理想，而事實上絕沒有能夠做到一分毫，蓋凡理想本來即其所最缺少而不能做到者也。現在寫文章自然不能再講什麼義法格調，思想實在是很重要的，思想要充實已難，要表現得好更大難了，我所有的只有焦躁，這說得好聽一點是積極，但其不能寫成好文章來反正總是一樣。……孔子曰，鳥獸不可與同群，吾非斯人之徒而誰與。中國是我的本國，是我歌於斯哭於斯的地方，可是眼見得那麼不成樣子，大事且莫談，只一出去就看見女人的扎縛的小腳，又如此刻在寫字耳邊就滿是後面人家所收廣播的怪聲的報告與舊戲，真不禁令人怒從心上起也。在這種情形裡平淡

---

[41] 〈螟蛉與螢火〉，《風雨談》，頁53。

的文情那裡會出來，手底下永遠是沒有，只在心目中尚存在
耳，所以我的說平淡乃是跛者之不忘履也，諸公同情遂以為真
是能履，跛者固不敢承受，諸公殆亦難免有失眼之譏矣。[42]

除了集中談到文章平淡風格難求外，筆者以為這時期文化批評基
本有兩方面的落實，一是表面圍繞著文章內容的要求，思想充實和表
現與否，相當程度聯繫到對社會文化現象的抗拒，其實是文學無用論
點的發揮；二是通過古今中外書籍的精讀，把文學和自然名物聯繫，
帶出文學不只是令人聊以快意，且是觀察社會文化現象的工具。「閑
適之作未必閑適，常由文化現象入手」，按理是切入此三十年代中期
的讀書之作為準。周作人在四十年代回首自己執筆為文過程的變化，
似乎以此風格奠定其文化批評家和文化思想家的地位。他曾說：

> 鄙人執筆為文已閱四十年，文章尚無成就，思想則可云已定，
> 大致由草木蟲魚，窺知人類之事，未敢云嘉孺子而哀婦人，亦
> 嘗用心於此，結果但有畏天憫人，慮非世俗之所樂聞……[43]

郁達夫（1898～1945）在《中國新文學大系·散文二集》序中曾
認為家常談話似的個人文體能使讀者更好地認識作者其人，主張「宇
宙之大，蒼蠅之微，無不可談」。這觀點似乎也恰當的用在周作人
「文抄公體」散文的寫作上。針對《夜讀抄》之後的文章，郁達夫並
且感覺到周作人散文文體變化的特殊之處，曾說他：「一變而為枯澀
蒼老，爐火純青，歸入古雅遒勁的一途」[44]。阿英（錢杏邨）（1900～

---

[42] 〈自己的文章〉，收入《瓜豆集》頁170。

[43] 〈秉燭後談序〉，收入周作人著，止庵校訂，《立春以前》，石家莊：河北教育出版
社，2002年1月，頁174。

[44] 王鍾陵主編，《二十世紀中國文學史文論精華·散文卷》，石家莊：河北教育出版
社，2000年12月，頁133。

1977）認為以周作人小品文發展的路，可以分為兩期：前期是從新青年時代（1918）一直到《談虎集》（1927）的編成；後期是從《永日集》（1927年）開始寫作，通過《看雲集》（1932），直到晚年。他以周作人的小品文在給予讀者影響方面，前期的是遠不如後期的廣大。[45]這後期的轉折點，應該是以《夜讀抄》「文抄公體」寫作方式的變化而說的。

　　但這類的抄書式的書話散文，至今不見得受人歡迎，倪墨炎就有這樣的評語：「周作人早期的散文，以沖淡平和、樸實自然見長，到三十年代以後，特別是在敵偽時期，越寫越多的是掉書袋式的文字，讀了不免令人生厭。」[46]

　　「文抄公體」顯著的特性，是將直接表述轉為間接表述，靠的是獨特的視角，作者坦言「沒有意見怎麼抄法」「不過我不願意直說」，關鍵是要讀出作者的眼光。[47]而這類文體也正代表周作人往後寫作的特色，周作人在〈談文〉中說：「因了年歲的不同，一個人的愛好與其所能造作的東西自然也異其特色，我們如把綺麗與豪放並在一處，簡練與淡遠並在一處，可以分作兩類，姑以中年前後分界，稱之曰前期後期。」[48]則以《夜讀抄》開始，寫的恰恰是簡練淡遠的後期文章。

---

[45] 《夜航集》，創作書社，上海良友圖書印刷公司印行。無出版年份，頁13。

[46] 倪墨炎，《苦雨齋主人周作人》，上海：上海人民出版社，2003年8月，頁462。

[47] 錢理群有篇文章〈周作人『文抄公體』散文及其他〉，將周作人此類文體如《游山日記》、《關於傅青主》、《無生老母的信息》、《關於活埋》、《水裡的東西》和《風的話》作詳細解剖，窺探其中旨意，值得一讀。《安順師專學報》（社會科學版）1994年第3期。

[48] 《苦竹雜記》，頁203。

參考文獻
〔按筆劃順序〕

一　沈從文著作

1.《沈從文全集》〔1-10卷：小說；11-12卷：散文；13卷：傳記；14卷：雜文；15卷：詩歌；16-17卷：文論〕，太原：北岳文藝出版社，2002年12月。

2.《沈從文文集》〔全十二冊〕(海外版)，廣州：花城出版社，1985年。

3. 范橋、吳子慧、小飛編：《沈從文散文集》〔全四冊〕，北京：中國廣播電視出版社，1994年。

4. 沈從文、張兆和：《從文家書——從文兆和書信選》，上海：遠東出版社，1999年。

5. 沈從文：《花花朵朵 壇壇罐罐——沈從文談藝術與文物》，南京：江蘇美術出版社，2002年。

二　沈從文研究專書

1. 王亞蓉編《從文口述——晚年的沈從文》，香港：商務印書館，2002年。

2. 王潤華：《沈從文小說新論》，上海：學林出版社，1998年9月。

3. 王繼志：《沈從文論》，江蘇：江蘇教育出版社，1992年4月。

4. 王繼志、陳龍：《沈從文的文學世界》，台北：三民書局，民國八十八年。

5. 向成國：《〈回歸自然與追尋歷史——沈從文與湘西》，湖南：湖南師範大學出版社，1997年7月。

6. 吳立昌：《人性的治療者——沈從文傳》，台北：業強出版社，1992年。

7. 吳立昌：《沈從文作品欣賞》，廣西：廣西教育出版社，1988年。

8. 李輝：《沈從文與丁玲》，武漢：湖北人民出版社，2005年1月。

9. 金介甫〔美〕著，符家欽譯：《鳳凰之子·沈從文傳》，北京：中國友誼出版公司，2000年1月。

10. 金介甫〔美〕虞建華、邵華強譯：《沈從文筆下的中國社會與文化》，上海：華東師範大學出版社，1994年7月。

11. 邵華強編：《沈從文研究資料》上、下二冊，廣東：花城書局，1991年1月。

12. 凌宇：《沈從文傳》，北京：十月文藝出版社，1988年10月。

13. 凌宇：《從邊城走向世界》，北京：三聯書店出版社，1985年12月。

14. 黃獻文：《沈從文創作新論》，武漢：華中理工大學出版社，1996年。

15. 賀興安：《楚天鳳凰不死鳥——沈從文評論》，四川：成都出版社，1992年10月。

16. 鄧瓊《文壇漩流——沈從文與「京海之爭」》，天津：天津社會科學院出版社，2000年9月。

17. 趙學勇：《沈從文與東西方文化》，蘭州：蘭州大學出版社，1990年6月。

18. 劉洪濤編：《沈從文批評文集》，廣東：珠海出版社，1998年

19. 劉洪濤：《〈邊城〉：牧歌與中國形象》，南寧：廣西教育出版社，2003年8月。

20. 韓立群：《沈從文論──中國現代文化的反思》，天津：天津人民出版社，1994年9月。

三　　其他專書

1. 卜立德，陳廣宏譯《一個中國人的文學觀──周作人的文藝思想》，上海：復旦大學出版社，2001年7月。

2. 王曉明：《潛流與漩渦》，北京：中國社會科學出版社，1991年10月。

3. 王安憶：《王安憶小說講稿》，上海：復旦大學出版社，1997年12月。

4. 王鍾陵主編：《二十世紀中國文學史文論精華：散文卷》，石家莊：河北教育出版社，2000年12月。

5. 王鍾陵主編：《二十世紀中國文學史文論精華：小說卷》，石家莊：河北教育出版社，2000年12月。

6. 王本朝：《20世紀中國文學與基督教文化》，合肥：安徽教育出版社，2000年12月。

7. 王德威：《現代中國小說十講》，上海：復旦大學出版社，2003年10月。

8. 王珞編《沈從文評說八十年》，北京：中國華僑出版社，2004年2月。

9. 朱光潛著，商金林編《朱光潛批評文集》，廣東：珠海出版社，1998年10月。

10. 司馬長風：《中國新文學史》，香港：昭明出版社有限公司，1980

年。

11. 汪曾祺著，范用編：《晚翠文談新編》，北京：三聯‧讀書‧新知三聯書店，2002年7月。

12. 吳福輝：《帶著伽鎖的笑》，杭州：浙江文藝出版社，1991年。

13. 李歐梵：《現代性的追求──李歐梵文化評論精選集》，台北：麥田出版股份公司，1996年9月。

14. 宋益齊：《新月才子》，濟南：山東畫報出版社，2000年8月。

15. 吳小美等著《中國現代作家與東西方文化》，甘肅：蘭州大學出版社，1990年5月。

16. 周作人著，楊揚編《周作人批評文集》，廣東：珠海出版社，1998年10月。

17. 周作人著，止庵校訂：《苦竹雜記》，石家莊：河北教育出版社，2002年1月。

18. 周作人著，止庵校訂：《苦茶隨筆》，石家莊：河北教育出版社，2002年1月。

19. 周作人著，止庵校訂：《苦口甘口》，石家莊：河北教育出版社，2002年1月。

20. 周作人著，止庵校訂：《風雨談》，石家莊：河北教育出版社，2002年1月。

21. 胡適編《中國新文學大系‧建設理論集》，上海：上海文藝出版社，影印本2003年7月。

22. 胡適著，俞吾金編選：《胡適文選》，上海：上海遠東出版社，1995年。

23. 郁達夫：《達夫文藝論文集》，香港：港青出版社，1998年。

24. 郁達夫：《中國現代散文精品：郁達夫卷》，陝西：人民出版社，1992年。

25. 除復觀；《中國藝術精神》，台北：台灣學生書局，中華民國五十五年。

26. 范智紅；《世變緣常——四十年代小說論》，北京：人民文學出版社，2002年3月。

27. 姚丹：《西南聯大歷史情境中的文學活動》，桂林：廣西師範大學出版社，2000年5月。

28. 高恒文：《京派文人：學院派的風采》，上海：上海教育出版社，2000年12月。

29. 凌宇編《現代文學與民族文化的重構》，長沙：湖南師範大學出版社，2002年1月。

30. 夏志清著、劉紹銘等譯：《中國現代小說史》，香港：友聯出版社，1979年。

31. 唐函、嚴家炎主編《中國現代文學史》，北京：人民文學出版社，1979年。

32. 秦弓：《荊棘上的生命—— 20世紀三四十年代中國小說敘事》，沈陽：春風文藝出版社，2002年10月。

33. 陳平原：《中國小說敘事模式的轉變》，北京：北京大學出版社，2003年7月。

34. 陳國恩：《浪漫主義與20世紀中國文學》，合肥：安徽教育出版社，2000年10月。

35. 陳思和：《人格的發展·巴金傳》，上海：上海人民出版社，1992年6月。

36. 陳思和：《談虎談兔》，桂林：廣西師範大學出版社，2001年6月。

37. 陳思和：《筆走龍蛇》，濟南：山東友誼出版社，1997年5月。

38. 陳思和：《中國當代文學史教程》，上海：復旦大學出版社，1999

年9月。

39. 張新穎：《火焰的心臟》，石家莊：花山文藝出版社，2002年1月。

40. 張新穎：《20世紀上半期中國文學的現代意識》，北京：三聯書店，2001年12月。

41. 張大明、陳學超，李葆琰：《中國現代文學思潮史》〔上，下冊〕，北京：北京十月文藝出版社，1995年11月。

42. 彭明、程歗主編《近代中國的思想歷程》〔1840～1949〕，北京：中國人民大學出版社，1999年3月。

43. 許道明：《中國現代文學批評史新編》，上海：復旦大學出版社，2002年11月。

44. 黃修己：《中國現代文學發展史》，香港：中國圖書刊行社，1994年2月。

45. 黃鍵：《京派文學批評研究》，上海：上海三聯書店，2002年6月。

46. 賀桂梅：《轉折的時代──40～50年代作家研究》，濟南：山東教育出版社，2003年12月。

47. 楊義：《京派海派綜論》，北京：中國社會科學出版社，2003年1月。

48. 楊義編《魯迅作品精華‧小說卷》〔第一卷〕，香港：三聯書店，2003年。

49. 楊義：《中國現代文學流派》〔楊義文存〕，北京：人民出版社，1998年11月。

50. 溫儒敏：《文學課堂：溫儒敏文學史論集》，長春：吉林人民出版社，2002年1月。

51. 溫儒敏、趙謨主編：《中國現當代文學專題研究》，北京：北京大

學出版社，2002年1月。

52. 溫儒敏：《中國現代文學批評史》，北京：北京大學出版社，1993年10月。

53. 聞一多：《聞一多學術文化隨筆》，北京：中國青年出版社，2001年。

54. 趙遐秋：《徐志摩傳》，北京：中國人民大學出版社，1999年4月。

55. 趙麗宏，陳思和主編〔《得意莫忘言》（《上海文學》50年經典：理論批評）〕，上海：華東師範大學出版社，2003年9月。

56. 劉西渭（李健吾）著《咀華集》，北京：人民文學出版社，2001年1月。

57. 劉曉波：《悲劇‧審美‧自由》，台灣：風雲時代出版公司，中華民國七十八年。

58. 劉炎生：《中國現代文學論爭史》，廣州：廣東人民出版社，1999年12月。

59. 劉炎生：《才子梁實秋》，南昌：百花州文藝出版社，1995年3月。

60. 潘頌德：《中國現代新詩理論批評史》，上海：學林出版社，2002年8月。

61. 錢鍾書：《錢鍾書散文》，浙江：浙江文藝出版社，1997年。

62. 錢鍾書：《錢鍾書隨筆》，浙江：寧夏人民出版社，1998年。

63. 錢理群、溫儒敏、吳福輝：《中國現代文學三十年》，北京：北京大學出版社，1998年7月。

64. 錢理群：《走進當代的魯迅》，北京：北京大學出版社，1999年11月。

65. 錢理群：《百年中國文學總系——1948：天地玄黃》，山東：山東

教育出版社，1998年。

66. 錢理群：《話說周氏兄弟——北大演講錄》，濟南：山東畫報出版社，1999年9月。

67. 廢名（馮文炳）著，陳子善編訂：《論新詩及其他》，瀋陽：遼寧教育出版社，1998年3月。

68. 嚴家炎：《中國現代小說流派史》，北京：人民文學出版社，1989年。

四 文學理論、美學、心理學

1. （清）王國維著，徐調孚、周振甫注；王幼安校訂：《人間詞話》，北京：人民文學出版社，1960年4月。

2. 丁寧：《接受之維》，天津：百花文藝出版社，1990年10月。

3. 王夫之等撰：《清詩話》，上海：上海古籍出版社，1999年6月。

4. 弗洛姆著，孫依依譯：《為自己的人》，北京：三聯書店，1988年11月。

5. 朱光潛著：《文藝心理學》，香港：開明書局（出版年月從缺）。

6. 朱立元：《接受美學》，上海：上海人民出版社，1989年8月。

7. 李鈞主編：《二十世紀西方美學經典文本》（第三卷：結構與解放），上海：復旦大學出版社，2001年1月。

8. 孫立：《詞的審美特性》，台灣：文津出版社，中華民國八十四年二月。

9. 郭紹虞主編：《中國歷代文論選》（第2冊），上海：上海古籍出版社，2001年10月。

10. 郭宏安，張國鋒、王逢振：《二十世紀西方文論研究》，北京：中國社會科學出版社，1997年。

11. 黑格爾著，朱孟實譯：《美學》，台灣：里仁書局，1959年。

12. 張廷深、梁永安編：《接受理論》，四川：四川文藝出版社，1989年5月。

13. 楊海明：《唐宋詞美學》，江蘇：江蘇教育出版社，1998年6月。

14.（清）葉燮著，霍松林校正《原詩》，北京：人民文學出版社，1979年9月。

15. 趙毅衡編：《新批評文集》，天津：百花文藝出版社，2001年9月。

16. 劉若愚著，杜國清譯：《中國文學理論》，台北：聯經出版社，1993年。

17.（梁）劉勰著，范文瀾註《文心雕龍》，北京：人民文學出版社，1958年9月。

18. 魯樞元、錢谷融主編《文學心理學》，台北：新學識文教出版社，1990年。

19. 滕守堯：《審美心理描述》，四川：四川人民出版社，1998年3月。

20. 薩特：《薩特文學論文集》，合肥：安徽文藝出版社，1998年4月。

21. 羅蘭·巴特著，屠友祥譯：《文之悅》，上海：上海人民出版社，2002年

22. 蘇珊·朗格：《藝術問題》，北京：中國社會科學出版社，1983年6月。

23. 蘇珊·朗格：《情感與形式》，台北：商鼎文化出版，1991年10月。

24.（宋）嚴羽著，郭紹虞校釋：《滄浪詩話》，北京：人民文學出版社，1961年5月。

25. H.R.耀斯著，顧建光、顧靜宇、張樂天譯：《審美經驗與文學解釋學》，上海：上海譯文出版社，1997年11月。

26. H.R.耀斯、R.C.霍拉勃著，周寧、金元甫譯：《接受美學與接受理論》，遼寧：遼寧人民出版社，1987年9月。

27. Rene & Wellek著、梁伯傑譯：《文學理論》，台北：水牛出版社，1991年。

28. Rene & Wellek著、張今言譯：《批評的概念》，杭州：中國美術學院出版社，1999年12月。

29. M.A.Abrams：《鏡與燈——浪漫主義文論與批評傳統》，北京：北京大學出版社，2004年1月。

五　英文書籍

1. Hans Robert Jauss, *Toward an Aesthetic of Reception*, trans. Timothy Bathi (Minneapolis: University of Minnesota Press, 1982).

2. Hans Robert Jauss, *Aesthetic Experience and Literary Hermeneutics*, trans. Michael Shaw (Minneapolis: University of Minnesota Press, 1982).

3. Harold Bloom, *The Anxiety of influence: A Theory of Poetry*, New York: Oxford University Press, 1973.

4. Jeremy Hawthorn, *A Concise Glossary of Contemporary Literary Theory*, London: Edward Arnold, 1992.

5. Peng Hsiao-yen, *Antithesis Overcome: Shen Congwen's Avant-Gardism and Primitivism*, Academia Sinica, Taipei, Taiwan, 1994.

後記

　　整整三年，除了教學，就是為了此書的撰寫，收穫卻不僅僅是對沈從文深入的理解，而是由沈從文引發了對中國知識分子命運的關懷，以及對此類課題的興趣。日日翻閱的沈從文使我經常困惑，以致論文完成後仍使我感到不滿足。沈從文其人其文的命運和圍繞在他身邊的文人之間的關係千絲萬縷，引起了我無限的思考。他生命經歷的種種和對文學事業的理想，甚至文物服飾研究的專心致志，使我充滿好奇而有發掘不盡的素材。

　　在此書付梓的時候，借此機會，感謝母親鄔春蘭女土在那個生活貧困的年代，她是如何艱辛的培育我。要感謝外子徐軍先生，在我整日埋首書堆，翻查資料時，長期承擔家務和照顧女兒。

　　還要感謝邱燮友老師為本書寫的序，有幸得益於老師的教誨，這將使我受用不盡。何廣棪老師促成此書的出版，鄭潤培學長的熱心協助，萬卷樓圖書有限公司管理層的不吝支持，編輯陳欣欣小姐的敬業精神，都使我感動，在此表示誠摯的謝意。

陳慧寧

二〇一一年十一月於香江

國家圖書館出版品預行編目(CIP)資料

生命理論：沈從文文論探微 / 陳慧寧著.-- 初版.-- 臺北市：萬卷樓, 2011.12

　面；　公分

ISBN 978-957-739-734-8(平裝)

1.沈從文 2.文學理論 3.文學評論 4.生命哲學

848.6　　　　　　　　　　　　　　　100025030

生命理論
─沈從文文論探微

ISBN 978-957-739-734-8

2011 年 12 月初版 平裝　　　　　　　　　定價：新台幣 360 元

著　　者	陳慧寧	出　版　者	萬卷樓圖書股份有限公司
發 行 人	陳滿銘	編輯部地址	106 臺北市羅斯福路二段 41 號 9 樓之 4
總 編 輯	陳滿銘		
副總編輯	張晏瑞	電話	02-23216565
助理編輯	游依玲	傳真	02-23218698
封面設計	斐類工作室	電郵	wanjuan@seed.net.tw
		發行所地址	106 臺北市羅斯福路二段 41 號 6 樓之 3
		電話	02-23216565
		傳真	02-23944113
		印　刷　者	百通科技股份有限公司

版權所有‧翻印必究　　　　新聞局出版事業登記證局版臺業字第 5655 號

如有缺頁、破損、倒裝請寄回更換　　　網路書店　www.wanjuan.com.tw

劃撥帳號　15624015